Edgar Rice Burroughs

Tarzans Dschungelgeschichten

Bibliografische Information der Deutschen Nationalbibliothek:
Die Deutsche Nationalbibliothek verzeichnet diese Publikation in der Deutschen Nationalbibliografie; detaillierte bibliografische Daten sind im Internet über http://dnb.dnb.de abrufbar.

Herstellung und Verlag: BoD – Books on Demand, Norderstedt

ISBN: 978-3-7534-0751-7

Inhaltsverzeichnis

Tarzans erste Liebe

Teeka, in üppiger Behaglichkeit hingestreckt im Schatten eines Baumes, bot unzweifelhaft ein höchst anziehendes Bild junger, weiblicher Lieblichkeit. Wenigstens kam es dem Affentarzan so vor, der im tiefherabgebogenen Zweige eines benachbarten Baumes saß und zu ihr hinuntersah.

So mußte man ihn sehen, wie er sich auf dem schwanken Zweig eines Urwaldriesen schaukelte. Die leuchtende Sonne des Äquators durchbrach den grünen Baldachin über ihm wie ein Gewebe und überstreute seine braune Haut mit Lichtpünktchen, sein schön gemeißelter Körper bog sich in leichter Anmut, in Betrachtung versunken neigte er das Haupt und verschlang den Gegenstand seiner Anbetung mit den klugen grauen Augen – wie die Wiedergeburt eines Halbgottes der Vorzeit sah er aus.

Wer hätte annehmen können, daß er seine Kindheit an der Brust einer häßlichen, behaarten Äffin verbracht hatte und daß er (seit dem Tode seiner Eltern in jener kleinen Hütte vor dem landumschlossenen Hafen am Dschungelrand) in seiner ihm bewußten Vergangenheit keine anderen Genossen gekannt hatte als die mürrischen Bullen und die knurrenden Weibchen von Kerschaks, des großen Affen, Horde!

Wer umgekehrt die Gedanken in seinem scharfsinnigen, fähigen Gehirn hätte lesen können, das Verlangen, die Wünsche und Hoffnungen, welche Teekas Anblick bei ihm erweckte, würde ebensowenig an die wahre Abstammung des Affenmenschen geglaubt haben. Daß er der Sohn einer edlen, englischen Dame war, dessen Vater sich rühmen konnte, dem englischen Hochadel anzugehören, das hätte aus seiner Gedankenwelt niemand schließen können.

Dem Affentarzan war seine Herkunft unbekannt. Daß er John Clayton, Lord Greystoke, Mitglied des Oberhauses war, wußte er nicht. Aber wenn er es auch gewußt hätte, hätte er es doch nicht verstanden.

Ach, Teeka war wirklich schön!

Kala war natürlich auch schön gewesen – die Mutter erscheint uns immer schön – aber Teeka war schön in ganz anderem, eigenem Sinne, in einem unerklärbaren Sinne, den Tarzan gerade um diese Zeit in noch recht unbestimmter und traumhafter Form zu empfinden begann.

Seit Jahren waren Tarzan und Teeka Spielgefährten gewesen und Teeka blieb immer noch mutwillig und zum Spielen geneigt, während die gleichaltrigen jungen Bullen bereits sauertöpfisch und mürrisch wurden. Falls sich Tarzan überhaupt darüber Gedanken machte, konnte er seine wachsende Vorliebe für das junge Weibchen leicht damit begründen, daß sie allein von allen früheren Spielkameraden mit ihm zusammen weiter Spaß an den bisherigen Streichen hatte.

Aber als er heute zu ihr hinabspähte, fand er sich in Bewunderung von Teekas Gestalt und Gesicht – was er früher nicht getan hätte, denn keine von diesen Eigenschaften hatte etwas mit Teekas Geschicklichkeit zu tun, die sie beim Springen durch die unteren Waldterrassen oder bei dem urwüchsigen Abschlagen oder Versteckensuchen entwickelte, Spiele, welche Tarzans fruchtbares Gehirn ersonnen hatte.

Tarzan kratzte sich auf dem Kopf, wühlte mit den Fingern tief in dem schwarzen Haarschopf, der sein wohlgeformtes Jungengesicht einrahmte – er kratzte sich auf dem Kopf und seufzte. Teekas neuentdeckte Schönheit verursachte ihm plötzlich Verzweiflung. Er beneidete sie um den hübschen Rock aus Haaren, der ihren Körper bedeckte. Er haßte seine eigene, glatte, braune Haut mit einer Mischung aus Abscheu und Verachtung. Vor Jahren hatte er noch die Hoffnung gehegt, er werde eines Tages doch wie alle seine Brüder und Schwestern ein Haarkleid bekommen, aber er hatte aus diesem tröstlichen Traum schließlich erwachen müssen.

Dann besaß Teeka große Zähne, natürlich nicht so große wie die Männchen, aber immerhin mächtige, hübsche Dinger im Vergleich zu seinen armseligen, weißen. Und erst ihre hervorstehenden Brauen, ihre breite, flache Nase und ihr Mund!

Wie oft hatte Tarzan versucht, seinen Mund zu einem kleinen, runden Kreis zu ziehen und dann die Backen aufzublasen und rasch mit den Augen zu zwinkern; aber er bekam doch nie einen so verschmitzten und unwiderstehlichen Ausdruck heraus, wie ihn Teeka fertigbrachte.

Als er sie an diesem Nachmittag bewundernd belauschte, kam ein junger Affe, der bisher träge unter der feuchten, verfilzten Matte aus verwesenden Pflanzen in der Nähe nach Nahrung gesucht hatte, plump in der Richtung auf Teeka angewackelt. Die übrigen Affen von Kerschaks Horde trieben sich sorglos herum oder lagen träge in der heißen Mittagshitze der Tropendschungel herum. Ab und zu war einer davon nahe vor Teeka vorbeigegangen, ohne daß Tarzan ihm Aufmerksamkeit geschenkt hätte. Warum zog er aber jetzt die Brauen zusammen und spannte die Muskeln, als Taug vor der jungen Äffin anhielt und sich dicht neben ihr niederhockte?

Tarzan hatte den Taug stets gerne gehabt. Seit der Kindheit hatten sie sich gebalgt, Seite an Seite hatten sie am Wasser gehockt, um mit ihren raschen, starken Fingern Pisah, den Fisch, herauszufangen, wenn dieser schlaue Bewohner der kühlen Tiefe nach dem Köder von Insekten heraufkam, den Tarzan auf den Wasserspiegel des Tümpels geworfen hatte.

Sie beide hatten zusammen Tublat geplagt und den Löwen Numa gehänselt. Warum fühlte also Tarzan, daß sich seine kurzen Nackenhaare sträubten, nur weil sich Taug nahe zu Teeka hockte?

Allerdings war Taug nicht mehr der lustige Affe von gestern. Wenn seine Backenmuskeln die riesigen Fangzähne bloßlegten, konnte man nicht länger annehmen, Taug sei in der spielfrohen Stimmung wie damals, als er sich mit Tarzan im Scheinkampf über den Rasen kollerte. Der Taug von heute war ein ungeheurer, mürrischer Affenbulle, ein finsterer Geselle. Doch hatte er sich mit Tarzan noch nie gezankt.

Einige Minuten sah der junge Affenmensch zu, wie sich Taug enger an Teeka preßte. Aber als seine große Pfote mit rauher Zärtlichkeit die schlanke Schulter des Weibchens streichelte, schlüpfte Affentarzan wie eine Katze auf den Boden und näherte sich den beiden.

Er fletschte die Fangzähne unter der zum Knurren hochgezogenen Oberlippe und rollte ein tiefes Brummen aus seiner breiten Brust. Taug sah auf und blinzelte mit seinen blutunterlaufenen Augen. Teeka erhob sich halb und schielte nach Tarzan. Ahnte sie den Grund der Störung? Wer kann das sagen. Aber sie war ein Weibchen, deshalb langte sie hinauf und kratzte Taug hinter einem seiner kleinen, platten Ohren.

Als Tarzan das sah, war Teeka für ihn nicht länger die kleine Spielgefährtin von vor einer Stunde. Jetzt war sie ein Wundergeschöpf – das wunderbarste der Welt – um dessen Besitz Tarzan mit Taug und jedem anderen, der sein Eigentumsrecht zu bestreiten wagte, bis auf den Tod kämpfen würde. Affentarzan schob sich gebückt, eine Schulter voran, dem jungen Bullen näher und näher. Das Gesicht hielt er etwas abgewendet, aber seine scharfen grauen Augen blickten starr in die Taugs. Je näher er kam, desto lauter und tiefer wurde sein Knurren. Taug richtete sich auf seinen kurzen Beinen auf und sträubte die Haare. Er fletschte die Reißzähne, schob sich steifbeinig auch mit der Seite voran und knurrte.

Teeka gehört Tarzan, sagte der Affenmensch in den tiefen Kehltönen der großen Menschenaffen.

Teeka gehört Taug, erwiderte der Affenbulle.

Thaka, Numgo, Gunto, die das Knurren der zwei jungen Bullen störte, sahen halb gleichgültig, halb gespannt zu. In Taugs kleinem Gehirn saß ein mächtiger Respekt vor dem blanken Stückchen scharfen Metalls, das der Affenknabe so gut zu gebrauchen verstand. Tublat, seinen trotzigen Pflegvater, und den Gorilla Volgani hatte er damit getötet. Taug wußte um diese Tatsachen, deshalb ging er in einer Spirale auf Tarzan los, um einen günstigen Anfang abzuwarten. Der andere, vorsichtig im Hinblick auf sein geringeres Gewicht und die Schwäche seiner natürlichen Waffen, verfolgte eine ähnliche Taktik.

Eine Zeitlang sah es aus, als ob diese Auseinandersetzung wie die Mehrzahl solcher Streitigkeiten zwischen den Angehörigen der Horde verlaufen würde, nämlich so, daß einer der Beteiligten zum Schlüsse das Interesse verlor und anscheinend mit einer anderen Angelegenheit beschäftigt abzog. Bei einem anderen » casus belli« wäre das sicher der Fall gewesen. Aber Teeka fühlte sich durch die Aufmerksamkeit, die sie erregt hatte, und durch den Umstand, daß zwei Bullen um sie kämpfen wollten, geschmeichelt. So etwas war bisher in Teekas kurzem Leben noch nicht vorgekommen. Sie hatte mitangesehen, wie andere Bullen um andere und ältere Weibchen kämpften und tief in ihrem kleinen Tierherz hatte sie den Tag ersehnt, an dem sich um ihretwillen die Dschungelgräser im Kampf auf Leben und Tod röten würden.

Darum hockte sie sich jetzt breit auf ihre Schenkel und beschimpfte unparteiisch ihre beiden Anbeter gleichmäßig. Sie spottete über deren Feigheit, nannte sie mit verächtlichen Namen wie Histah, die Schlange, und Dango, die Hyäne. Sie drohte, sie werde Mumga rufen, sie solle die beiden mit dem Stock züchtigen – Mumga, die so alt war, daß sie nicht einmal mehr klettern konnte und so zahnlos, daß sie sich mit ihrem Futter bereits auf Bananen und Raupen beschränken mußte!

Die Affen ringsumher hörten es und lachten. Taug war wütend. Er machte einen plötzlichen Sprung auf Tarzan zu, aber der junge Affenmensch hüpfte flink zur Seite, ließ ihn vorbei, drehte sich so schnell wie eine Katze und kam ihm in den Rücken. Im Anspringen hob er das Jagdmesser über den Kopf und hieb gefährlich nach Taugs Genick. Der Affe drehte sich, um der Waffe zu entgehen, so daß ihn die scharfe Klinge nur an der Schulter streifte.

Das fließende rote Blut rief einen schrillen Schrei des Entzückens auf Teekas Lippen. Ha! das war doch einmal etwas wert! Sie sah sich um, ob die anderen auch diesen Beweis ihrer Beliebtheit bemerkt hatten. Helena von Troja war kein bißchen stolzer als Teeka in diesem Augenblick.

Wäre Teeka nicht so sehr mit der Befriedigung ihrer Eitelkeit befaßt gewesen, dann hätte sie wohl das Rascheln der Blätter im Baume über sich bemerken müssen – der Wind konnte dieses Rascheln nicht verursacht haben, denn es wehte kein Wind. Und hätte sie aufgeblickt, dann hätte sie gesehen, daß ein geschmeidiger Körper gerade über ihr kauerte und daß ein Paar boshafte, gelbe Augen hungrig auf sie herunterblickten. Aber Teeka sah nicht auf.

Der verwundete Taug ging mit fürchterlichem Knurren etwas zurück. Tarzan folgte ihm, beschimpfte ihn und schwang drohend sein Messer. Teeka kam unter dem Baume hervor um den zwei Duellanten möglichst nahe zu bleiben.

Der Zweig über Teeka schwankte und bog sich etwas, als sich der lauernde Körper darauf streckte. Taug hatte jetzt Halt gemacht und bereitete sich für eine neue Runde vor, während ihm der Schaum auf den Lippen stand. Zu einem neuen Angriff bereit senkte er den Kopf. Dann streckte er die Arme aus. Wenn er erst seine mächtigen Hände auf die weiche, braune Haut legen konnte, dann war der Sieg sein. Taug betrachtete Tarzans Kampfweise als unschön. Jener wollte sich nicht auf ein Handgemenge einlassen und schlüpfte immer gewandt gerade unter Taugs muskulösen Fingern weg.

Da der junge Affenmensch seine Kräfte bisher noch nicht ernstlich, anders als im Spiele, mit einem Affenbullen gemessen hatte, war er nicht recht sicher, ob es geraten sei, seine Muskeln in einem Ringen um Leben und Tod auf die Probe zu stellen. Nicht als ob er Furcht gehabt hätte; Tarzan kannte keine Furcht. Aber der Selbsterhaltungstrieb warnte ihn. Er setzte nur etwas aufs Spiel, wenn es nötig war; dann schreckte er aber auch vor nichts zurück.

Seine eigene Kampfesweise entsprach am besten seiner Gestalt und Bewaffnung. So stark und scharf seine Zähne waren, als Angriffswaffen waren sie im Vergleich mit den mächtigen Fängen der Menschenaffen armselig. Aber so im Herumtanzen, gerade außer dem Bereich des Gegners konnte Tarzan mit seinem langen, scharfen Jagdmesser unbegrenztes Unheil zufügen und gleichzeitig den vielen, gefährlichen und schmerzhaften Wunden entgehen, die ihm sicher gewesen wären, wenn ihn der Affenbulle in die Finger bekommen hätte.

Wieder griff Taug an und brüllte wie ein Stier, und wieder tanzte Affentarzan leicht dahin und dorthin, rief seinem Gegner Ausdrücke vom Dschungel-»Fischmarkt« zu und ritzte ihn hin und wieder mit dem Messer.

Gelegentlich machten die beiden Kämpfer Pausen, wenn sie einander nach Atem ringend besahen und Witz und Kräfte für einen neuen Gang zusammennahmen. Als sie wieder eine solche Pause machten, sah Taug zufällig über seinen Feind hinweg. Sogleich änderte sich das ganze Benehmen des Affen. Statt der Wut brachten seine Züge Angst zum Ausdruck.

Mit einem Schrei, der jedem Affen wohlbekannt war, drehte sich Taug um und floh. Eine Frage war unnötig – sein Warnungsruf meldete die Nähe ihres Erbfeindes.

Tarzan setzte zur rettenden Flucht an wie die anderen Mitglieder des Stammes, als er hörte, wie sich das Fauchen des Leoparden mit dem Angstschrei einer Äffin mischte. Auch Taug hörte es, aber er hielt nicht an.

Anders der Junge. Er sah herum, ob irgendein Mitglied der Horde von dem Raubtier nahe bedroht war und bekam einen mächtigen Schrecken.

Es war Teeka, die vor Entsetzen geschrien hatte, denn als sie nach dem nächsten Baum jenseits der Lichtung eilte, lief ihr Sheeta, der Leopard, in kurzen, eleganten Sprüngen nach. Sheeta schien gar keine Eile zu haben. Sein Mahl war ihm sicher, denn selbst wenn der Affe die Bäume vor ihm erreichte, hatte er ihn trotzdem noch, ehe er aus dem Bereich seiner Pranken hochklettern konnte.

Tarzan sah, daß Teeka sterben mußte. Er schrie Taug und den anderen Bullen zu, sie sollten Teeka zu Hilfe eilen, während er sich, hinter der verfolgenden Katze herrennend, das Wurfseil abnahm. Tarzan wußte, wenn er die großen Bullen heranholen konnte, gab es keinen in der Dschungel, nicht einmal den Löwen Numa, der besondere Lust verspürt hätte, sich mit ihnen zu messen, und wenn alle, die von der Horde eben anwesend waren, zum Angriff vorgingen, dann würde Sheeta, die große Katze, davonrennen, wenn ihr das Leben lieb wäre.

Taug hörte den Ruf so gut wie die anderen, aber keiner kam Tarzan zu Hilfe oder zur Rettung Teekas, und Sheeta verkürzte rasch den Abstand zwischen sich und seiner Beute.

Der Knabe sprang hinter dem Leoparden her und schrie das Tier laut an, um es von Teeka abzubringen, oder seine Aufmerksamkeit solange abzuziehen, bis die Äffin sich auf die höheren Zweige gerettet hatte, wohin der Leopard sich nicht wagte. Er rief Sheeta jeden Schimpfnamen zu, der ihm einfiel. Er forderte ihn auf, zu bleiben und mit ihm zu kämpfen. Aber Sheeta lief unbeirrt hinter dem schmackhaften Bissen her, den er jetzt beinahe in Reichweite hatte.

Tarzan war nicht weit zurück und holte auf, aber die Entfernung war nur noch so kurz, daß er kaum hoffen konnte, das Raubtier zu überholen, ehe es Teeka zu Boden schlug. Mit der rechten Hand schwang der Knabe sein Grasseil über dem Kopf, aber er hatte Furcht vor einem Fehlwurf, weil die Entfernung größer war als die, welche er bisher außer zur Übung geworfen hatte. Die volle Reichweite seines Grasseils trennte ihn noch von Sheeta, aber es blieb ihm nichts weiter übrig. Er konnte nicht an die Seite der Bestie kommen, ehe sie Teeka überholt hatte; er mußte den Wurf wagen.

Eben jetzt sprang Teeka nach dem untersten Zweig eines großen Baumes und Sheeta flog mit einem langen, geschmeidigen Satze dahinter hoch, da schoß die Schlinge des Knaben blitzschnell durch die Luft, das Seil streckte sich zu einer geraden, dünnen Linie, als die offene Schlinge über dem wilden Kopf und dem fauchenden Rachen einen Augenblick stillstand. Dann fiel sie – haarscharf saß sie um den braunen Nacken, Tarzan zog mit kurzem Ruck der Wurfhand die Schlinge fest und stemmte sich gegen den Stoß, der kommen mußte, sobald Sheetas Wucht das Seil spannte.

Um Haaresbreite hinter Teekas glattem Rumpf fegten die grausamen Tatzen durch die Luft, als sich das Seil straffte und Sheeta plötzlich zum Halten brachte – einem Halt, der das Tier auf den Rücken riß. Wie ein Gedanke war Sheeta wieder hoch – die Augen glühten, der Schwanz peitschte, der offene Rachen entsandte Schreie der Wut und Enttäuschung. Da, kaum vierzig Fuß vor sich sah er den Affenjungen, die Ursache seines Fehlsprunges, und Sheeta griff an.

Teeka war mittlerweile in Sicherheit, soviel hatte Tarzan mit einem raschen Blick nach dem Baum gesehen, dessen Schutz sie nicht einen Augenblick zu früh gewonnen hatte. Sheeta kam an. Es war zwecklos, das Leben in einem eitlen und ungleichen Kampf zu wagen, bei dem nichts Gutes herauskommen konnte; aber wie den Kampf mit der wütenden Katze vermeiden? Und wenn er zum Kampfe gezwungen war, welche Aussicht hatte er, ihn zu überleben? Tarzan mußte zugeben, daß seine Lage nicht gerade beneidenswert war. Die Bäume waren zu fern, um sie rechtzeitig vor der Katze zu erreichen. Tarzan konnte nur noch diesem fürchterlichen Angriff die Stirne bieten. Seine Rechte hielt das Jagdmesser – ein winziges, wertloses Ding gegen die gewaltigen Reihen mächtiger Fänge in Sheetas furchtbarem Rachen und gegen die scharfen, in den weichen Tatzen verborgenen Krallen. Doch der junge Lord Greystoke begegnete ihnen mit derselben mutvollen Ergebung, mit welcher sich seine furchtlosen Ahnen bei Hastings von dem Senlac Hill hinab in Niederlage und Tod stürzten.

Von ihren sicheren Baumwipfeln aus sahen die großen Affen zu, kreischten haßerfüllt auf Sheeta und gaben Tarzan gute Ratschläge, denn naturgemäß zeigen die Vorfahren des Menschen schon viele menschliche Charakterzüge. Teeka war zu Tode erschrocken. Sie schrie den Bullen zu, sie sollten Tarzan zu Hilfe kommen, aber die Bullen waren gerade anderweitig beschäftigt – hauptsächlich mit Gesichterschneiden und Erteilen guter Ratschläge. Außerdem war Tarzan gar kein richtiger Mangani, warum sollten sie also beim Versuche, ihn zu beschützen, ihr Leben aufs Spiel setzen?

Da, nun war Sheeta schon auf dem weichen, nackten Leib und – der Leib war nicht mehr da. Flink war die große Katze, der Knabe war flinker. Als sich die Fänge des Leoparden fast schon in ihn gruben, schnellte er zur Seite, und während Sheeta im Schwung über die Stelle hinausschoß, raste Tarzan nach dem Sicherheit bietenden nächsten Baum.

Der Leopard fing sich sofort, wendete und flog, das Seil des Jungen auf dem Boden nach sich schleppend, hinter seiner Beute her. Als Sheeta im Bogen hinter Tarzan hersprang, mußte er einen kleinen Busch herum. Für ein Dschungeltier von Sheetas Größe und Gewicht war das soviel wie kein Hindernis – wenn kein mitgeschlepptes Seil im Wege war. Aber Sheeta hatte das Seil als Hindernis, und als er wieder dem Affentarzan nachsprang, schlang sich die Leine um den kleinen Busch, verwickelte sich darin und nötigte den Leoparden zu einem ruckweisen Halten. Einen Augenblick später befand sich Tarzan auf den höheren Zweigen eines Baumes, auf die ihm Sheeta nicht folgen konnte, in Sicherheit.

Dort saß er und schleuderte Zweige und Schimpfworte auf das unten rasende Katzentier. Nun nahmen auch die übrigen

Glieder der Horde die Beschießung auf und warfen an harten Früchten und dürren Zweigen hinab, was sie finden konnten, bis Sheeta in seiner Raserei wie toll nach dem Grasseil biß und so schließlich seine Fessel zertrennte. Eine Zeitlang starrte der Leopard noch von einem seiner Quäler zum anderen, bis er mit einem letzten Wutschrei im Urwalddickicht verschwand.

Eine halbe Stunde später war wieder der ganze Stamm unten auf dem Boden bei der Nahrungssuche, als ob nichts die dumpfe Eintönigkeit des Lebens unterbrochen hätte. Tarzan hatte den größten Teil seines Seiles wiedergefunden und brachte eifrig eine neue Schlinge an, während Teeka dicht neben ihm hockte als offensichtliches Anzeichen, daß sie ihre Wahl getroffen hatte.

Taug sah die beiden mürrisch an. Einmal kam er näher, da fletschte Teeka ihre Zähne und knurrte ihn an und Tarzan zeigte mit bösartigem Schnarren seine Fangzähne. Aber Taug suchte keinen neuen Streit. Nach der Gewohnheit seiner Artgenossen nahm er augenscheinlich die Entscheidung des Weibchens als Hinweis, daß er im Kampf um ihre Gunst besiegt worden war.

Spät am Tage hatte Tarzan sein Wurfseil ausgebessert und nahm seinen Weg durch die Bäume, um zu jagen. Mehr als seine Gefährten trug er Verlangen nach Fleisch, und während sie mit Früchten, Kräutern und Kerbtieren zufrieden waren, die sie ohne besondere Mühe finden konnten, verbrachte Tarzan den größten Teil seiner Zeit auf der Jagd nach Wild, dessen Fleisch allein den Ansprüchen seines Magens genügte, und den mächtigen Muskeln, die sich jeden Tag stärker unter seiner glatten, braunen Haut entwickelten, Nahrung und Kraft lieferte.

Taug sah ihn aufbrechen und kam ganz zufällig auf der Nahrungssuche immer mehr in Teekas Nähe. Als er nur noch einige Fuß von ihr entfernt war und nach ihr hinüberschielte, sah er, daß sie keinerlei Ärger zeigte und seine Annäherung anscheinend billigte.

Taug warf sich in die breite Brust und stolzierte auf seinen kurzen Beinen umher, wobei er aus seiner Kehle merkwürdige, knurrende Geräusche hervorholte. Jetzt hob er die Lippen und bleckte die Zähne. Nein, was für große, wunderschöne Fangzähne er hatte! Teeka mußte das wirklich feststellen. Dann ließ sie ihre Augen voll Bewunderung auf Taugs mächtigen Brauen und seinem kurzen, starken Nacken ruhen. Was für ein Prachtgeschöpf er doch war!

Durch die unverhehlte Bewunderung in ihren Augen fühlte sich Taug geschmeichelt und begann so stolz und eitel wie ein Pfau herumzustolzieren. Dann zählte er für sich seinen Bestand an Vorzügen auf und bald verglich er sie mit denen seines Nebenbuhlers.

Taug grunzte: da war nichts zu vergleichen! Wie konnte man sein schönes Fell mit der glatten, nackten Scheußlichkeit von Tarzans haarloser Haut vergleichen? Wer konnte an des Tarmangani spitzer Nase etwas Schönes finden, wenn er Taugs breite Nüstern gesehen hatte? Und erst Tarzans Augen! Häßliche Dinger, die das Weiße sehen ließen und kein Spürchen roten Rand hatten! Taug wußte, wie schön seine eigenen blutunterlaufenen Augen waren, denn er hatte sie oft schon in der glatten Oberfläche eines tränkenden Wassertümpels spiegeln sehen.

Der Affe schlich näher an Teeka und drückte sich schließlich eng an ihre Seite. Als Tarzan bald danach von seiner Jagd zurückkam, sah er, wie Teeka seinem Rivalen zufrieden den Rücken kratzte.

Tarzan war empört. Weder Taug noch Teeka sahen es, als er aus den Bäumen auf die Waldwiese herauskam. Er schaute ihnen einen Augenblick zu, dann wendete er sich mit einer jammervollen Grimasse ab und verschwand wieder in dem Gewirr belaubter Zweige und Moosgirlanden, aus denen er aufgetaucht war.

Tarzan wünschte sich von der Ursache seines Herzeleides so weit fort wie möglich. Er litt die ersten Stiche verschmähter Liebe und wußte nicht einmal ganz genau, was eigentlich mit ihm los war. Er glaubte erst, es sei Ärger über Taug, aber dann verstand er nicht, warum er davongelaufen war, statt sich zum tödlichen Kampfe auf den Zerstörer seines Glücks zu stürzen.

Dann dachte er wieder, es sei wohl Ärger über Teeka, aber die Vorstellung ihrer vielen Schönheiten verfolgte ihn, so daß sie ihm wieder nur im Lichte der Liebe als das begehrenswerteste Ding auf der Welt erschien.

Dem Affenknaben fehlte Zuneigung. Von seiner Kindheit bis zur Zeit ihres Todes, als Kulongas vergifteter Pfeil ihr wildes Herz durchbohrte, war Kala für den englischen Knaben die einzige gewesen, für die er Anhänglichkeit empfinden konnte.

Kala hatte ihren angenommenen Sohn in ihrer wilden, rauhen Art geliebt und Tarzan hatte diese Liebe erwidert, obgleich die äußerlichen Zeichen davon nicht größer waren, als man es auch von jedem anderen Dschungeltier erwarten konnte.

Erst als er ihrer beraubt war, wußte der Junge, wie innig er an seiner Mutter, denn dafür hielt er sie, gehangen hatte.

In Teeka hatte er in den letzten paar Stunden einen Ersatz für Kala gesehen – etwas, für das er kämpfen, für das er jagen konnte – etwas, das er liebkosen konnte! Nun war sein Traum zerbrochen. Irgend etwas in der Brust tat ihm weh. Er legte die Hand auf das Herz und fragte sich verwundert, was ihm denn geschehen war. Ganz unbestimmt fühlte er, daß er seinen Schmerz Teeka zuzuschreiben habe. Je mehr er daran dachte, wie er zuletzt Teekas Liebkosung für Taug gesehen, desto weher tat ihm das Ding in der Brust.

Tarzan schüttelte den Kopf und brummte. Immer weiter durch die Dschungel schwang er sich, und je weiter er zog und je mehr er über das erlittene Unrecht nachdachte, desto näher war er daran, unwiderruflich ein Weiberfeind zu werden.

Volle zwei Tage später jagte er immer noch allein – recht mürrisch und recht unglücklich; er war entschlossen, nie wieder zur Horde zurückzukehren. Er konnte den Gedanken nicht ertragen, Taug und Teeka stets beieinander sehen zu müssen. Als er sich gerade auf einen großen Ast schwang, schritten Numa, der Löwe, und Gabor, die Löwin, unter ihm durch. Seite an Seite gingen sie und Gabor lehnte sich an den Löwen und biß ihn im Spiel in die Wange. Es war eine halbe Zärtlichkeit. Tarzan seufzte und schleuderte ihnen eine Nuß nach.

Nachher stieß er auf mehrere von Mbongas schwarzen Kriegern. Er wollte schon einem, der sich etwas von den anderen entfernt hatte, seine Schlinge um den Hals werfen, als ihn der Gegenstand anzog, mit dem sich die Schwarzen beschäftigten. Sie bauten auf der Wildfährte einen Käfig, und bedeckten ihn mit belaubten Zweigen. Als sie ihr Werk beendet hatten, war der Bau kaum noch zu sehen.

Tarzan wunderte sich, wozu das Ding dienen sollte, und warum seine Erbauer nach der Fertigstellung wieder den Wildpfad hinab nach ihrem Dorfe zurückgingen.

Es war einige Zeit her, seit Tarzan die Schwarzen besucht und sich aus der Deckung des großen Baumes über der Pallisade die Beschäftigungen seiner Feinde, deren einer Kala ermordete, wieder angesehen hatte.

Obgleich er sie haßte, verschaffte es ihm doch viele Unterhaltung, ihr tägliches Leben im Dorfe, besonders bei den Tänzen, zu belauschen, wenn der Feuerschein auf den nackten Körpern spielte, die im Getümmel des Scheinkampfs sprangen und sich bogen und drehten. Wohl in der Hoffnung, etwas Derartiges zu sehen zu bekommen, folgte er ihnen bis zum Dorfe, aber er war enttäuscht. Diese Nacht fand kein Tanz statt.

Dafür sah Tarzan aus seinem sicheren Baumversteck, wie kleine Gruppen, um Feuerchen hockend, die Tagesereignisse besprachen, während er in den dunkleren Ecken des Dorfes einzelne Paare erspähte, die miteinander lachten und schwatzten. Und immer war einer von dem Paare ein junger Mann und das andere ein junges Weib.

Tarzan neigte den Kopf auf die Seite und überlegte. Ehe er in dieser Nacht in einer Astgabel des großen Baumes am Dorfe einschlief, erfüllte ihn der Gedanke an Teeka und nachher träumte er von ihr – von ihr und den jungen Schwarzen, die mit den jungen Negermädchen lachten und scherzten.

Taug hatte sich beim Alleinjagen etwas von dem übrigen Stamm entfernt. Er strich langsam eine Elefantenfährte entlang, als er entdeckte, daß sie an einer Stelle von Pflanzen verwachsen war. Nun war der erwachsene Taug ein übellauniges, ungeduldiges Tier geworden. Wenn ihn etwas hinderte, dachte er nur daran, das Hindernis durch rohe Kraft und Wildheit zu beseitigen. Als er daher jetzt den Weg versperrt sah, riß er ärgerlich an dem Vorhang aus Zweigen, fand sich alsbald in einem wunderlichen Raum und fand weiter, daß der Durchgang versperrt war und daß er trotz heftigster Anstrengung nicht durchbrechen konnte.

Taug biß und schlug nach dem Gitter und geriet zuletzt in eine fürchterliche Wut, aber es nützte ihm alles nichts; schließlich sah er ein, daß er umkehren mußte. Aber als er es tun wollte, fand er zu seinem Grimm, daß ein anderes Gitter hinter ihm herabgefallen war, während er das vordere hatte niederbrechen wollen! Taug saß in der Falle. Er kämpfte verzweifelt bis zur völligen Erschöpfung um seine Freiheit, aber es war ganz vergeblich.

Am Morgen rückte aus Mbongas Dorf eine Abteilung Schwarzer nach der tags zuvor gebauten Falle ab, während ein nackter junger Riese, von der Neugierde der wilden Geschöpfe erfüllt, in den Zweigen über ihnen schwebte. Manu, das Äffchen, schnatterte und schalt, als Tarzan vorbeikam und obgleich er die wohlbekannte Gestalt des Affenjungen nicht fürchtete, zog er doch den kleinen braunen Körper seiner Lebensgefährtin enger an sich. Tarzan lachte, als er das sah, aber nach dem Lachen zog eine Wolke über sein Gesicht und er seufzte tief.

Ein paar Schritte weiter stolzierte ein Vogel in buntem Prachtgefieder vor den bewundernden Augen seines dunkelfarbigen Weibchens umher. Es kam Tarzan vor, als ob sich alles in der Dschungel vereinigt hätte, um ihn an Teekas Verlust zu erinnern; sonst hatte er diese Dinge jeden Tag gesehen und sich nichts dabei gedacht

Als die Schwarzen die Falle erreichten, machte Taug einen mächtigen Aufruhr. Er packte die Stangen seines Gefängnisses und schüttelte sie wahnsinnig, während er ohne Aufhören brüllte oder schrecklich knurrte. Die Schwarzen waren ganz übermütig vor Freude, denn obgleich sie ihre Falle nicht für diesen haarigen Baummann gebaut hatten, waren sie doch entzückt über ihren Fang.

Tarzan spitzte die Ohren. Als er die Stimme eines großen Affen hörte, schlug er rasch einen Bogen, bis er unter Wind der Falle war und suchte in der Luft nach der Witterung des Gefangenen. Nach kurzer Frist drang in seine feine Nase ein vertrauter Geruch, der ihm so untrüglich, als es seine Augen gekonnt hätten. Taug als den Gefangenen angab. Jawohl, Taug war es und zwar allein.

Tarzan lachte und näherte sich, um festzustellen, was die Schwarzen mit ihrem Gefangenen vorhatten. Ohne Zweifel würden sie ihn sofort töten. Wieder freute sich Tarzan. Jetzt hatte er Teeka für sich und keiner würde sie ihm mehr streitig machen können. Er beobachtete noch, wie die Schwarzen die Zweige vom Käfig nahmen, Seile anbrachten und den Käfig nach dem Dorfe zu die Wildfährte hinabschleiften.

Tarzan wartete, bis sein Nebenbuhler außer Sicht kam, der immer an den Gitterstäben rüttelte und seinen Zorn und seine Drohungen durch Knurren kundgab. Dann wandte sich der Affenjunge und machte sich rasch auf die Suche nach der Horde und nach Teeka.

Unterwegs überraschte er Sheeta und seine Familie auf einer kleinen, halbverwachsenen Lichtung. Das große Männchen lag ausgestreckt auf dem Boden, während das Weibchen seinem Herrn eine Tatze über das wilde Gesicht legte und ihm den weichen, weißen Pelz am Hals beleckte.

Tarzan vergrößerte seine Geschwindigkeit bis er fast durch den Wald flog und traf bald auf die Horde. Er hatte sie längst erspäht, ehe sie ihn erblickten, denn von allen Dschungelgeschöpfen kam keines leiser als Affentarzan. Er sah Kamma mit ihrem Gefährten Seite an Seite, wie sie die behaarten Körper aneinanderrieben. Aber er sah Teeka allein Futter suchen. Sie sollte nicht lange allein suchen, dachte Tarzan, als er mit einem Satze mitten unter ihnen erschien.

Es gab ein entsetztes Rennen, und ein Chor ärgerlicher und erschreckter Knurrstimmen ertönte, denn Tarzan hatte sie überrascht. Aber es mußte mehr als nur ein nervöses Erschrecken dabei sein, sonst war nicht zu erklären, warum das Haar der Affen noch gesträubt blieb, trotzdem sie schon lange die Person des Ankömmlings festgestellt hatten.

Tarzan fand wieder, wie schon so oft, daß immer sein plötzliches Erscheinen unter ihnen sie für lange Zeit völlig aus der Fassung brachte und daß sie sich erst beruhigten, wenn sie ihn samt und sonders ein halbes dutzendmal oder öfter berochen hatten.

Er drängte sich zwischen ihnen durch und ging auf Teeka zu; aber als er näherkam, wich die Äffin zurück.

Teeka, sagte er, ich bin Tarzan. Du gehörst Tarzan. Ich bin deinetwegen gekommen.

Die Äffin kam näher und besah ihn sorgfältig. Endlich beroch sie ihn, wie um ganz sicher zu gehen.

Wo ist Taug? fragte sie.

Die Gomangani haben ihn, erwiderte Tarzan. Sie werden ihn töten.

Tarzan sah in den Augen des Weibchens einen Ausdruck von Verstehen und einen traurigen Blick, als er ihr Taugs Schicksal mitteilte; aber sie kam ganz nahe heran und schmiegte sich an ihn und Tarzan, Lord Greystoke, legte seinen Arm um sie. Da fuhr er auf, denn er bemerkte die merkwürdige Unstimmigkeit seines glatten, braunen Armes neben dem schwarzen, behaarten Fell seiner Angebeteten. Er dachte an die Pfote von Sheetas Weibchen über Sheetas Gesicht – da war keine Unstimmigkeit. Er dachte, wie der kleine Manu sein Weibchen an sich drückte und wie eines zu dem anderen zu gehören schien. Selbst das stolze Männchen der Vögel mit seinem hübschen Gefieder trug eine gewisse Ähnlichkeit mit seiner ruhiger getönten Gefährtin zur Schau. Auch Numa, der Löwe, war, wenn man seine zottige Mähne wegließ, das Gegenstück zur Löwin Gabor. Zwischen Männchen und Weibchen bestanden wohl Unterschiede, aber nicht so große, wie zwischen Tarzan und Teeka.

Tarzan war verwirrt. Irgend etwas stimmte nicht. Sein Arm rutschte von Teekas Schulter. Ganz langsam wich er vor ihr zurück. Sie blickte ihm mit schräg gehaltenem Kopfe nach. Tarzan erhob sich zu seiner vollen Größe und schlug mit den Fäusten auf seine Brust. Er hob den Kopf zum Himmel, öffnete den Mund und stieß aus der Tiefe der Lungen den wilden, unheimlichen Kampfruf des siegreichen Affenbullen hervor. Der Stamm besah ihn mit neugierigen Augen. Er hatte doch nichts erlegt und ein Gegner war auch nicht da, um sich durch den wilden Schrei zur Kampftollheit anzustacheln! Nein, es gab wirklich keine Entschuldigung für diese Störung, sie hielten daher stets ein Auge auf den Affenmenschen gerichtet für den Fall, daß sein Schrei die Vorbereitung zum Amoklaufen war.

Sie beobachteten noch, wie er sich auf einen nahen Baum schwang und aus dem Gesichtskreis verschwand. Dann vergaßen ihn alle wieder; auch Teeka.

Mbongas schwarze Krieger kamen nur langsam dem Dorfe näher, denn sie schwitzten sehr bei ihrer anstrengenden Arbeit und mußten oft ausruhen. Jedesmal, wenn sie den Käfig bewegten, knurrte und brüllte das wilde Tier in dem rohgebauten Käfig und trommelte an den Stäben. Es war ein fürchterlicher Lärm.

Die Schwarzen hatten ihren Weg fast beendet und ruhten zum letzten Male aus, ehe sie die Lichtung erreichten, auf welcher ihr Dorf lag. Ein paar weitere Minuten würden sie aus dem Walde gebracht haben, und dann würde wahrscheinlich das, was nun kam, nicht eingetreten sein. Eine schweigende Gestalt huschte über ihnen durch die Bäume. Scharfe Augen prüften den Käfig und zählten die Krieger. Ein erfindsames und wagehalsiges Gehirn erwog die Möglichkeit. des Erfolges, wenn ein gewisser Plan nötig wurde.

Tarzan beobachtete, wie die Schwarzen im Schatten ruhten. Sie waren erschöpft. Einige schliefen bereits. Er kroch näher, hielt schon über ihnen. Kein Blättchen raschelte bei seinem behutsamen Vorrücken. Mit der unerschöpflichen Geduld des Raubtiers wartete er. Jetzt waren nur noch zwei Krieger wach und einer der beiden war bereits schlaftrunken. Affentarzan zog sich zum Angriff zusammen, als der nicht eingeschlafene Schwarze aufstand und um den Käfig herumging. Der Junge blieb über seinem Kopf. Taug folgte dem Krieger mit den Augen und knurrte laut, so daß Tarzan fürchtete, der Menschenaffe werde die Schlafenden wecken.

In einem den Ohren des Negers unhörbaren Flüstern nannte Tarzan Taug beim Namen, empfahl ihm Schweigen, und Taugs Knurren verstummte.

Der Schwarze ging an die Rückseite des Käfigs, um die Befestigung zu prüfen, und als er dort stand, stürzte sich der Affenmensch über ihm vom Baume gerade auf seinen Nacken. Stählerne Finger umklammerten seinen Hals, den Schrei erstickend, der sich über die Lippen des erschrockenen Mannes ringen wollte, starke Zähne gruben sich in seine Schulter und kraftvolle Beine wanden sich um seinen Rumpf.

Der vor Angst wahnsinnige Schwarze suchte das stille, auf seinem Rücken hängende Etwas loszuwerden. Er warf sich auf den Boden und überkollerte sich, aber die mächtigen Finger nahmen ihren Griff immer enger und fester. Der Mann riß den Mund weit auf, die geschwollene Zunge drückte sich vor, die Augen traten aus den Höhlen, aber die erbarmungslosen Finger verstärkten ihren Druck noch.

Taug war schweigsamer Zeuge des Ringens. In seinem wilden, kleinen Hirn fragte er sich zweifellos, was Tarzan bewegen mochte, den Schwarzen anzugreifen. Taug hatte weder den Kampf jüngst mit dem Menschenjungen, noch den Grund dazu vergessen. Plötzlich sah er die Gestalt des Gomangani nachgeben. Ein krampfhaftes Zucken noch und der Mann lag still. Tarzan sprang von seinem Opfer auf und lief an die Türe des Käfigs. Mit seinen geschickten Fingern löste er die Riemen, welche die Tür an ihrem Platze hielten. Taug konnte nur zusehen, helfen konnte er nicht. Gleich darauf stieß Tarzan das Ding ein paar Fuß hoch und Taug kroch heraus. Der Affe wollte sich sofort auf die schlafenden Schwarzen stürzen, um sein Mütchen an ihnen zu kühlen, aber Tarzan duldete es nicht. Statt dessen zog der Affenknabe den *bewußtlosen* Schwarzen in den Käfig und lehnte ihn gegen das Seitengitter. Dann ließ er die Türe wieder herunter und befestigte die Riemen, wie sie gewesen waren.

Ein vergnügtes Lächeln erhellte seine Züge bei dieser Beschäftigung, denn eine seiner Lieblingsunterhaltungen war es, die Schwarzen in Mbongas Dorf zu plagen. Er stellte sich ihren Schrecken vor, wenn sie beim Erwachen ihren *toten* Kameraden statt des ein paar Minuten vorher darin gewesenen Menschenaffen im Käfig eingeschlossen fanden.

Taug und Tarzan schwangen sich in die Bäume, das zottige Fell des wilden Affen streifte die glatte Haut des englischen Lordsohnes, als sie zusammen durch den Urwald zogen.

Geh zu Teeka zurück, sagte Tarzan. Sie gehört dir. Tarzan braucht sie nicht.

Hat Tarzan ein anderes Weibchen gefunden? fragte Taug.

Der Junge zuckte die Schultern. Die Gomangani nehmen eine andere Gomangani, Numa der Löwe hat die Löwin Gabor; Sheeta hat ein Weibchen von seiner Art, so hat es Bara, der Hirsch, und Manu, das Äffchen. Alle Tiere und Vögel der Dschungel finden eine Gefährtin. Nur für Affentarzan gibt es keine. Taug ist ein Affe. Teeka ist eine Äffin. Geh du zurück zu Teeka. Tarzan ist ein Mensch. Er muß allein bleiben.

Tarzan gefangen

Die schwarzen Krieger arbeiteten in der feuchten Hitze mühsam unter den erstickenden Schatten der Dschungel. Mit den Speeren lockerten sie den festen dunklen Lehm und die tiefe Lage vermoderter Pflanzen. Mit ihren Fingernägeln kratzten sie die zerkleinerte Erde aus der Mitte der uralten Wildfährte. Oft hielten sie in der Arbeit an, hockten sich auf den Rand der Grube, die sie anlegten, ruhten sich aus, lachten und schwatzten. Während sie mit ihren Speeren gruben, lehnten ihre langen ovalen Schilde aus dicker Büffelhaut an den nahen Baumstämmen. Ihre glatte, schwarze Haut, unter der sich die schönen, vollen Muskeln in der runden Form vollster Gesundheit strafften, glänzte vom Schweiß.

Eine Riedantilope zog vorsichtig auf dem Wege zur Wasserstelle die Fährte entlang, als ihr das Gelächter zu Gehör kam. Sie stand einen Augenblick bis auf die witternden Nüstern bewegungslos, dann wendete sie sich und floh geräuschlos aus der schrecklichen Nähe des Menschen.

Hundert Schritte davon entfernt im Dickicht der undurchdringlichen Dschungel hob der Löwe Numa seinen massigen Kopf. Numa hatte heute fast bis zum Tagesanbruch gefressen, so daß er erst durch den großen Lärm geweckt wurde. Jetzt hob er die Schnauze, zog die Luft ein und fing die scharfe Witterung des Riedbocks und die dumpfe des Menschen auf. Aber Numa war wohl gesättigt. Mit einem leisen, unzufriedenen Grunzen erhob er sich und schlich davon.

Buntgefiederte Vögel mit heiseren Stimmen schossen von Baum zu Baum. Kleine Affen schwangen sich schnatternd und scheltend über den schwarzen Kriegern durch die schwanken Zweige. Und doch fühlten sich diese allein, denn die gleich den Straßen einer Großstadt von Myriaden Lebewesen wimmelnde Dschungel wirkt auf jeden wie der einsamste Flecken auf Gottes großer Welt.

Aber waren sie wirklich allein?

Über ihnen wiegte sich ein grauäugiger Jüngling auf einem dichtbelaubten Ast und bewachte mit reger Aufmerksamkeit jede ihrer Bewegungen. Das zurückgehaltene Feuer des Hasses glomm unter des Jungen offenbarem Wunsch, herauszufinden, welchen Zweck die Arbeit der Schwarzen hatte. Einer so wie diese da hatte seine geliebte Kala getötet. Er konnte nur bittere Feindschaft für sie hegen, aber er belauschte sie gerne, weil er begierig war, das Benehmen der Menschen besser kennen zu lernen.

Er sah die Grube tiefer werden, bis ein großes Loch von der Breite der Fährte gähnte – ein Loch, groß genug, um alle sechs Schwarzen zusammen in sich aufzunehmen. Tarzan konnte sich den Zweck einer solchen Riesenarbeit nicht vorstellen. Als sie lange Stangen schnitten, am oberen Ende zuspitzten und in Abständen senkrecht in den Boden der Grube setzten, stieg sein Erstaunen. Und als sie dann schwache Querstäbe darüber legten und mit einer sorgfältig angebrachten Lage aus Blättern und Erde ihr Werk jedem Blick verdeckten, wurde er nicht klüger daraus.

Als die Schwarzen fertig waren, betrachteten sie ihr Werk mit Zeichen vollster Zufriedenheit und Tarzan betrachtete es gleichfalls so. Selbst für sein geübtes Auge blieb kaum eine Spur davon, daß die alte Wildfährte in irgendeiner Weise angerührt worden war.

Der Affenmensch war so sehr in seine Mutmaßungen über den Zweck der überdeckten Grube vertieft, daß er die Schwarzen nach ihrem Dorfe ohne die übliche Hetze entkommen ließ, die ihn zum Schrecken von Mbongas Stamm gemacht hatte und für ihn gleichzeitig ein Mittel zur Rache und eine unerschöpfliche Quelle der Unterhaltung darstellte.

Aber wie sehr er sich auch den Kopf zerbrach, er konnte das Rätsel der verdeckten Grube nicht lösen, denn die Sitten der Schwarzen waren für Tarzan immer noch etwas Unbekanntes. Sie waren erst vor kurzem in die Dschungel eingewandert – die ersten ihrer Gattung, um den Tieren dort ihre uralte Vorherrschaft aufzudrängen. Für den Löwen Numa, für Tantor, den Elefanten, für die großen und die kleinen Affen, für all und jeden der Myriaden Geschöpfe dieser rauhen Wildnis waren die Mittel und Wege des Menschen neu. Sie mußten noch vieles lernen, was diese schwarzen, haarlosen Geschöpfe betraf, die aufrecht auf den Hinterpfoten gingen – und sie lernten langsam und immer zu ihrem größten Kummer.

Bald nach dem Abzug der Schwarzen schwang sich Tarzan auf die Fährte hinab. Vorsichtig witternd umkreiste er die Ränder der Falle. Er hockte sich hin und kratzte das Ende eines Querträgers frei. Dann beroch er ihn, berührte ihn, legte den Kopf auf die Seite und beschaute ihn ernst ein paar Minuten lang. Schließlich brachte er die Stelle wieder sauber in Ordnung, schwang sich hinauf in die Zweige und machte sich auf die Suche nach seinen behaarten Gefährten, den großen Affen von Kerschaks Horde.

Als ihm dabei der Löwe Numa über den Weg lief, hielt er einen Augenblick an, warf seinem Feind eine weiche Frucht in das knurrende Gesicht und schimpfte ihn Aasfresser und Bruder der Hyäne Dango. Numa starrte mit seinen feurigen, runden, gelbgrünen Augen voll tiefem Haß auf die tanzende Gestalt oben. Seine dicken Backen zitterten unter leisem Knurren und die Wut setzte seinen geschmeidigen Schweif in scharfe peitschende Bewegung. Aber aus alter Erfahrung wußte er, wie zwecklos es war, mit dem Affenmenschen auf weite Entfernung zu verhandeln, deswegen schlug er sich alsbald seitwärts in die Büsche, die ihn den Blicken seines Quälgeistes entzogen.

Tarzan schnitt seinem abziehenden Feinde eine affenartige Grimasse und schrie ihm eine letzte Dschungelbeleidigung nach, ehe er seinen Weg fortsetzte.

Eine Meile weiter trug ihm ein Windhauch einen scharfen vertrauten Geruch ganz aus der Nähe in die Nase und gleich darauf sah er unter sich ein ungeheures grauschwarzes Ungetüm geradewegs durch die Dschungel sich Bahn brechen. Tarzan griff neben sich und knickte einen kleinen Zweig und schon machte der wuchtige Körper bei dem plötzlichen Knacken Halt. Große Ohren klappten nach vorne und ein langer, weicher Rüssel hob sich, um rasch auf der Suche nach feindlicher Witterung hin- und herzuschwanken, während zwei schwachsichtige, kleine Augen argwöhnisch aber erfolglos nach dem Urheber des Geräusches spähten, das seinen friedlichen Weg gestört hatte.

Tarzan lachte laut und kam dicht über den Kopf des Dickhäuters.

Tantor! Tantor! schrie er. Bara, der Hirsch, ist nicht so ängstlich wie du – du, Tantor, der Elefant, der größte von allem Dschungelvolk. Du, mit der Stärke von ebensoviel Numas als ich Finger und Zehen habe! Tantor, der die größten Bäume ausreißen kann, du zitterst vor Angst, wenn ein kleiner Zweig knackt!

Ein raschelndes Geräusch, das ebenso ein Zeichen der Verachtung wie der Erleichterung sein konnte, war Tantors einzige Antwort, als er den hocherhobenen Rüssel und die Ohren senkte und seinen Schwanz wieder wie gewöhnlich hängen ließ. Nur die Augen suchten weiter nach Tarzan. Tantor brauchte nicht lange zu warten, denn eine Sekunde später sprang der Jüngling auf den breiten Kopf seines alten Freundes herab. Dort streckte er sich lang aus, trommelte mit den Zehen auf der Haut und kratzte mit den Fingern die zarteren Stellen hinter den großen Ohren, während er Tantor den ganzen Dschungelklatsch erzählte, als ob das große Tier jedes seiner Worte verstünde.

Tarzan konnte Tantor vieles verständlich machen und obgleich sein Geschwätz von der Jagd über die Begriffe des großen, grauen Dschungel-Fürchtenichts ging, stand dieser doch mit funkelnden Augen und leise schwingendem Rüssel, als ob er jedes Wort mit vollstem Verständnis in sich aufnehme. In Wirklichkeit liebte er die angenehme freundliche Stimme, die liebkosenden Hände hinter den Ohren und die enge Vertraulichkeit des Freundes, den er schon so oft auf dem Rücken getragen hatte. Tarzan hatte sich einst noch als kleines Kind dem großen Tier furchtlos genaht, weil er bei dem Dickhäuter die gleichen freundlichen Gefühle voraussetzte, die sein eigenes Herz erfüllten.

Tarzan hatte in den Jahren ihrer Freundschaft entdeckt, daß er eine unerklärliche Macht besaß, seinen mächtigen Freund zu leiten und zu lenken. Von so weit her als Tantor mit seinen scharfen Ohren die schrillen durchdringenden Rufe des Affenmenschen noch vernehmen konnte, kam er auf dessen Ruf herbei, und wenn Tarzan dann auf seinem Kopfe hockte, brach

Tantor in jeder Richtung durch die Dschungel, die ihn sein Reiter zu gehen hieß. Es war das Übergewicht des menschlichen Verstandes über den des Tieres und die Wirkung war gerade so, als ob sie beide den Grund gewußt hätten, obgleich keiner von ihnen eine Ahnung davon hatte.

Eine halbe Stunde lang spreizte sich Tarzan dort auf Tantors Rücken. Einen Zeitbegriff kannten sie beide nicht. Das Leben, wie sie es auffaßten, bestand hauptsächlich aus der Aufgabe, sich den Magen zu füllen. Für Tarzan war diese Arbeit weniger schwer als für Tantor, denn Tarzans Magen war kleiner und als Omnivore, als Allesfresser, fand er leichter Nahrung. Wenn er die eine Art nicht bald genug fand, gab es immer noch viele andere, um den Hunger zu stillen. Er war in der Lebensweise nicht so eigen wie Tantor, der von einigen Bäumen nur die Rinde fraß, das Holz wieder von anderen, während ihm wieder von noch anderen nur das Laub schmeckte und auch das nur zu bestimmten Jahreszeiten.

Infolgedessen mußte Tantor den größten Teil seines Lebens damit zubringen, seinen Magen für die Bedürfnisse seiner mächtigen Muskeln zu füllen. So geht es allen Tieren – ihr Leben ist mit Nahrungssuche und Verdauung so voll beschäftigt, daß ihnen wenig Zeit für andere Erwägungen bleibt. Zweifellos hat sie diese Belastung gehindert, sich ebenso rasch als der Mensch, dem mehr Zeit zum Nachdenken über alles bleibt, weiter zu entwickeln.

Doch ließ sich Tarzan durch solche Gedanken nur wenig stören und Tantor schon gar nicht. Der erstere wußte nur, daß er sich in der Gesellschaft Tantors wohl fühlte. Warum, wußte er nicht. Er verstand nicht, daß er als Mensch – als normal empfindender, gesunder Mensch – sich nach einem Lebewesen sehnte, dem er seine Zuneigung schenken konnte. Die Spielgefährten seiner Kindheit unter Kerschaks Affen waren nunmehr große, mürrische Bestien geworden. Sie konnten Vorliebe weder hegen noch erwecken. Mit den jüngeren Affen spielte Tarzan noch gelegentlich und liebte sie in rauher Weise, aber als Kameraden waren sie weder befriedigend noch ruhig genug. Tantor dagegen war ein Berg von Ruhe, Gesetztheit und Zuverlässigkeit. Es war eine Erholung und Befriedigung, sich auf seinem rauhen Schädel auszustrecken und ihm unklare Hoffnungen und Ziele in seine großen Ohren zu erzählen, die dann so gewichtig und verständnisinnig vor- und zurückklappten. Seit ihm Kala genommen war, hegte Tarzan von allem Dschungelvolk für Tantor die größte Liebe. Manchmal hätte Tarzan gerne gewußt, ob Tantor diese Zuneigung erwiderte, aber es war schwer, das herauszufinden.

Die Stimme des Magens – die dringendste und beständigste Forderung, welche die Dschungel kennt – brachte schließlich Tarzan wieder auf die Bäume und auf die Nahrungssuche, während Tantor seinen unterbrochenen Marsch in entgegengesetzter Richtung wieder aufnahm.

Eine Stunde lang ging der Affenmensch auf Nahrung aus. Ein luftiges Nest gab seinen frischen, warmen Inhalt her. Früchte, Beeren und zarte Pisangbananen fanden ihren Platz auf seiner Menükarte in der Reihenfolge, in welcher er auf sie stieß, denn nach solcher Nahrung suchte er nicht erst. Fleisch, Fleisch, Fleisch! Affentarzan jagte immer nach Fleisch; nur bekam er es manchmal nicht, wie zum Beispiel heute.

Während er die Dschungel durchstrich, befaßte sich sein lebhafter Geist nicht nur mit seiner Jagd, sondern auch mit vielen anderen Dingen. Gewohnheitsmäßig rief er sich die Ereignisse der vergangenen Tage und Stunden ins Gedächtnis zurück. Er erlebte wieder seine Begegnung mit Tantor, er dachte an die grabenden Neger und die merkwürdige, zugedeckte Grube, die sie zurückgelassen hatten. Wieder und wieder fragte er sich, was wohl deren Zweck sein könnte. Er verglich seine Wahrnehmungen und kam dabei zu Urteilen. Dann verglich er seine Urteile und gelangte zu Schlüssen, die wohl nicht immer richtig waren, aber er gebrauchte sein Gehirn zu dem Zweck, für welchen es Gott bestimmt hatte, und da er nicht durch das meist irrige Urteil anderer vorher beeinflußt war, fiel ihm der rechte Gebrauch nicht so schwer.

Und während er sich so wegen der Grube den Kopf zerbrach, tauchte plötzlich vor seinen Augen im Geiste eine massige, schwarzgraue Gestalt auf, welche gewichtig eine Dschungelfährte entlang trampelte. Im Nu spürte Tarzan schlagartig eine Gefahr dahinter. Entschluß und Ausführung fielen bei dem Affenmenschen gewöhnlich zusammen, und schon rannte er durch die belaubten Zweige davon, ehe er die Bedeutung der Fallgrube im Geiste noch ganz erfaßt hatte.

Von einem wehenden Ast zum anderen sich schwingend eilte er durch die mittlere Terrasse, in welcher die Bäume am dichtesten mit den Zweigen aneinanderstießen, dann sprang er wieder zu Boden und schnellte sich leichtfüßig über den Teppich aus vermoderten Pflanzen, bis er wieder in die Bäume hinaufkletterte, wenn ihm dichter Unterwuchs das raschere Vorwärtskommen auf dem Boden verwehrte.

In seiner Hast vergaß er alle Vorsicht. Die Warnung der tierischen Instinkte war von der redlichen Freundschaft des Menschen übertönt, und so konnte es kommen, daß er eine große, baumleere Lichtung betrat, ohne vorher daran zu denken, ob nichts dort sei, was ihm den Weg streitig machen könnte.

Er war schon halb über die Lichtung hinweg, als gerade vor ihm auf dem Wege in nur wenigen Schritten Entfernung aus einem Flecken großer Gräser ein halbes Dutzend schnatternde Vögel aufflogen. Tarzan schlug sich auf die Seite, denn er wußte gut genug, was für ein Geschöpf die kleinen Schildwachen verrieten. Buto, das Nashorn, raffte sich auf seine kurzen Beine und schoß wütend zum Angriff vor. Buto rennt aufs Geratewohl drauf los. Mit seinen schlechten Augen sieht es selbst auf kurze Entfernung nicht viel, und es ist schwer zu entscheiden, ob sein irrsinniges Drauflosstürzen von sinnloser Angst beim Flüchten oder von dem jähzornigen Charakter, den man ihm zuschreibt, herrührt, übrigens ist das auch für einen, den Buto angreift, ziemlich nebensächlich, denn wenn er gefaßt und gespießt ist, läßt sich zehn gegen eins wetten, daß er nachher wenig Interesse für diese Frage hat.

Heute schoß nun Buto zufällig gerade über die wenigen trennenden Schritte Grasfläche auf Tarzan los. Er hatte die Richtung nach dem Affenmenschen genommen und griff ihn mit Schnaufen und Schnarren an, als er ihn vor seine schwachen Augen bekam. Die kleinen Nashornvögel flatterten im Kreise um ihren großen Beschützer, über ein Dutzend Affen drüben in den Zweigen an der Ecke der Lichtung schnatterten und schalten, als sie das laute Schnarchen der wütenden Bestie erschreckte und in Verwirrung in die höheren Zweige jagte. Nur Tarzan schien gleichgültig und heiter.

Er stand dem Ansturm mitten im Wege. Es war keine Zeit, jenseits der Lichtung auf den Bäumen Rettung zu suchen, aber Tarzan hatte auch gar nicht die Absicht, Butos wegen seinen Weg zu verzögern. Er war dem dummen Vieh schon früher begegnet und hatte nur höchste Verachtung dafür.

Jetzt hatte Buto ihn erreicht, der massige Kopf senkte sich und das lange, schwere Horn neigte sich für den furchtbaren Gebrauch, zu dem es die Natur bestimmt hatte. Aber als Buto aufwärts fuhr, spießte seine Waffe in die leere Luft, denn der Affenmensch war mit einem katzenartigen Satze in die Höhe und weit über dem drohenden Horn auf den breiten Rücken des Nashorns geschnellt. Noch ein Sprung, er war hinter dem Tier auf dem Boden und sauste wie ein Hirsch nach den Bäumen.

Geärgert und angeführt durch das merkwürdige Verschwinden seines Opfers wandte sich Buto und schoß wütend nach einer anderen Richtung, aber das war nicht die von Tarzans Flucht, der Affenmensch kam zu den deckenden Bäumen und setzte seinen eiligen Weg durch den Wald fort.

In einiger Entfernung vor ihm bewegte sich Tantor stetig auf der stark ausgetretenen Elefantenfährte vorwärts, während ein schwarzer, schleichender Krieger vor Tantor angestrengt mitten auf dem Pfad lauschte. Jetzt hörte er das erhoffte Geräusch – den krachenden, schnappenden Ton, welcher das Nahen eines Elefanten verkündet.

Zur Rechten und Linken an anderen Stellen der Dschungel wachten weitere Krieger. Ein leise weitergegebenes Zeichen meldete auch den Entferntesten, daß die Beute nahe war. Rasch schwenkten sie nach der Fährte zu ein und postierten sich gegen den Wind auf Bäumen, an denen Tantor vorbeimußte. Sie warteten schweigend und wurden bald durch den Anblick eines mächtigen Elefanten belohnt, der eine solche Menge Elfenbein in seinen langen Stoßzähnen trug, daß ihnen das gierige Herz im Leibe lachte.

Sobald er an ihren Stellungen vorbei war, kletterten sie von ihren Sitzen. Aber sie waren nicht mehr still, sie klatschten in die Hände und schrien, sobald sie auf dem Boden waren. Tantor, der Elefant, blieb einen Augenblick mit hocherhobenem Rüssel und ausgestrecktem Schwanz stehen und spitzte seine großen Ohren, dann schwang er sich in raschem, schleifendem Gang die Wildfährte entlang – geradewegs auf die verdeckte Grube mit den geschärften Pfählen auf dem Boden zu.

Hinter ihm kamen die heulenden Krieger und jagten ihn in raschere Flucht, damit er nicht den Boden vor sich prüfen konnte. Tantor, der Elefant, der seine Gegner mit einem einzigen Angriff hätte in alle Winde zerstreuen können, floh; er floh wie ein gehetzter Hirsch – einem schrecklichen, qualvollen Tode entgegen.

Erst hinter der ganzen Hetzjagd kam Affentarzan, der mit der Eile und Gewandtheit eines Eichhörnchens durch den Dschungelforst raste, weil er die Rufe der Krieger gehört und sich richtig gedeutet hatte. Einmal hatte er einen gellenden Schrei ausgestoßen, der durch die Dschungel dröhnte, aber Tantor hörte entweder nicht mehr in seiner heillosen Angst oder er wagte nicht darauf zu achten.

Jetzt war der große Dickhäuter nur noch wenige Schritte vor dem im Wege lauernden Tode. Die Schwarzen waren ihres Erfolges bereits ganz sicher, schrien, tanzten, schwangen ihre Speere und feierten schon im Voraus den Gewinn des prachtvollen Elfenbeins an ihrer Beute und außerdem das Festmahl an Elefantenfleisch, das sie diese Nacht haben würden.

Sie waren so erpicht darauf, sich Glück zu wünschen, daß ihnen das leise Vorbeihuschen des Tiermenschen über ihren Köpfen ganz entging. Auch Tantor sah und hörte nicht, obgleich ihm Tarzan Halt zurief.

Noch ein paar Schritte und Tantor mußte in die spitzen Pfähle stürzen. Tarzan flog derweil geradezu durch die Bäume, bis er das flüchtige Tier eingeholt und dann überholt hatte. Vor dem Rand der Grube sprang der Affenmensch in der Mitte der Fährte zu Boden. Tantor war fast auf ihm, ehe er mit seinen schwachen Augen den alten Freund erkannte.

Halt! schrie Tarzan und das große Tier hielt vor der erhobenen Hand.

Tarzan stieß einiges Buschwerk zur Seite und enthüllte die Grube. Tantor sah und verstand.

Kämpfe! grollte Tarzan, sie sind hinter dir! Aber Tantor, der Elefant, ist ein großes Bündel Nerven und jetzt war er vom Schrecken halb verstört.

Vor ihm gähnte die Grube, wie weit wußte er nicht, aber rechts und links blieb noch der jungfräuliche, von Menschen unbetretene Urwald. Mit einem Quieken drehte sich das Riesentier um einen rechten Winkel und brach sich geräuschvoll einen Weg durch den festen Wall verwachsener Pflanzen, der jedem anderen als ihm den Durchbruch verwehrt hätte.

Tarzan auf dem Rande der Grube lächelte über Tantors würdelose Flucht. Die Schwarzen mußten bald kommen. Es war besser, daß Affentarzan von der Szene verschwand. Er wollte einen Schritt vom Rand der Grube wegtun, aber als das ganze Gewicht seines Körpers auf dem linken Fuß allein ruhte, gab die Erde nach. Tarzan machte eine einzige herkulische Anstrengung, sich noch nach vorne zu werfen, aber es war zu spät. Er fiel rückwärts hinab auf die spitzen Pfähle unten in der Grube.

Als die Schwarzen einen Augenblick später ankamen, sahen sie schon aus der Ferne, daß ihnen Tantor entkommen war, denn das Loch in der Grubenbedeckung war zu klein, um den gewaltigen Körper eines Elefanten durchgelassen zu haben. Sie dachten erst, ihre Beute sei mit einem der großen Füße durch die Deckung getreten und habe sich, dadurch gewarnt, zurückgezogen. Aber als sie an die Grube kamen und hinuntersahen, machten sie vor Erstaunen große Augen, denn auf dem Boden lag still und stumm der nackte Körper eines weißen Riesen.

Einige, die diesen Waldgott schon flüchtig gesehen hatten und ihm seit einiger Zeit die Wunderkräfte eines Dämons zuschrieben, zogen sich voll Scheu vor seiner Gegenwart zurück. Aber andere dachten nur an die Gefangennahme eines Feindes, drängten sich vor, sprangen in die Grube hinab und hoben Tarzan heraus.

Eine besondere Verletzung war an seinem Körper nicht zu entdecken. Keiner der spitzen Pfähle hatte ihn durchbohrt — nur eine Geschwulst am Hinterkopf zeigte an, daß er beim Rücklingsfallen mit dem Kopf gegen die Seite eines Pfahles geschlagen war und dadurch das Bewußtsein verloren hatte. Die Schwarzen beeilten sich nach dieser raschen Feststellung, dem Gefangenen Arme und Beine zu binden, ehe er das Bewußtsein wiedererlangte, denn sie hegten einen heillosen Respekt vor diesem merkwürdigen Tiermenschen, der mit den behaarten Baumleuten zusammenlebte.

Noch ehe sie den Affenmenschen weit getragen hatten, blinzelte er mit den Augen. Er schaute einen Augenblick verwundert um sich, dann kam ihm mit dem vollen Bewußtsein auch sofort Klarheit über den Ernst seiner Lage. Von Kind auf gewohnt, sich nur auf seine eigenen Hilfsmittel zu verlassen, dachte er nicht erst an fremde Hilfe, sondern überlegte sich, welche Möglichkeiten zu entkommen in seiner eigenen Macht lagen. Er wagte keinen Versuch, seine Fesseln zu zerreißen, solange ihn die Schwarzen trugen, damit diese sie nicht aus erweckter Befürchtung verstärkten. Als seine Häscher herausfanden, daß er bei Besinnung war, hatten sie keine Lust mehr, den schweren Menschen in der Dschungelhitze zu tragen, sie stellten ihn auf seine eigenen Beine und zwangen ihn zum Vorwärtsgehen, indem sie ihn ab und zu mit ihren Sperren stachen, wobei sie aber ihre abergläubische Scheu vor ihm nicht ganz verbergen konnten.

Da sie entdeckten, daß das Stechen keine Zeichen von Schmerzen hervorrief, wuchs ihr Schauder noch, so daß sie die Quälerei bald sein ließen, weil sie schon halb und halb glaubten, daß der fremde, weiße Riese ein übernatürliches Wesen sei, dem man keinen Schmerz zufügen konnte.

Als sie dem Dorfe näherkamen, stießen sie ihren lauten Siegesruf aus, so daß um die Zeit, als sie das Tor tanzend und speerschwingend erreichten, eine große Menge von Männern, Weibern und Kindern zu ihrer Begrüßung versammelt war, um die Erzählung ihres Abenteuers zu hören.

Die Augen der Dorfbewohner blickten starr auf den Gefangenen und die großen Mäuler standen ihnen vor Staunen und Ungläubigkeit weit offen. Seit Monaten lebten sie in ständiger Angst vor einem unheimlichen, weißen Dämon, und nur wenige, die ihn gesehen hatten, waren am Leben geblieben, um ihn zu beschreiben.

Krieger waren schon in Sicht des Dorfes mitten auf dem Wege und aus der Mitte ihrer Kameraden so geheimnisvoll und spurlos verschwunden, als ob sie die Erde verschlungen hätte und später in der Nacht waren ihre Leichen wie vom Himmel herab auf die Dorfstraße gefallen.

Dieses fürchterliche Wesen war nachts in den Hütten erschienen, hatte getötet und hatte beim Verschwinden außer den Getöteten in den Hütten noch erschreckende Anzeichen seines unheimlichen Sinnes für Humor hinterlassen.

Aber jetzt war er in ihrer Gewalt und konnte sie nicht länger erschrecken! Langsam dämmerte ihnen die Erkenntnis dieser Tatsache. Ein Weib sprang mit einem Schrei vor und schlug den Affenmenschen in das Gesicht. Dann kam eine andere und wieder eine, bis Affentarzan von einem schlagenden, kratzenden, brüllenden Haufen der Wilden umgeben war.

Aber der Häuptling Mbonga ging zwischen sie hinein und hieb kräftig mit dem Speer nach den Schultern seiner Leute, bis er sie von ihrem Opfer wegtrieb.

Wir wollen ihn für heute abend aufheben, sagte er.

Weit draußen in der Dschungel stand Tantor, der Elefant, mit hochgestellten Ohren und pendelndem Rüssel. Seine anfängliche sinnlose Angst hatte sich gelegt. Aber was ging in den Windungen seines wilden Gehirnes vor sich? War es möglich, daß er nach Tarzan suchte? Konnte er sich an den Dienst, den ihm der Affenmensch geleistet hatte, erinnern und seine Bedeutung ermessen? Das steht außer Zweifel. Aber fühlte er wohl Dankbarkeit? Hätte er wohl sein eigenes Leben gewagt, um Tarzan zu retten, wenn er die Gefahr gekannt hätte, die seinem Freunde drohte? Daran kann man zweifeln. Jeder, der mit Elefanten vertraut ist, wird es bezweifeln. Auch die Engländer, welche in Indien viel mit Elefanten gejagt haben, erklären stets, daß kein Fall bekannt ist, in welchem ein solches Tier einem Menschen in der Gefahr zu Hilfe gekommen wäre, wie oft auch der Mensch sich ihm freundlich gezeigt hatte. Es war also mehr als zweifelhaft, ob Tantor versuchen würde, seine instinktive Angst vor den schwarzen Menschen soweit zu bezwingen, daß er Tarzan zu Hilfe kommen konnte.

Die Schreie der wütenden Dorfbewohner drangen schwach an seine empfindlichen Ohren, er schwenkte wie erschrocken herum und dachte an Flucht. Aber irgend etwas hielt ihn zurück, er drehte sich wieder um, hob den Rüssel und ließ ein schrilles Trompeten ertönen.

Dann blieb er lauschend stehen.

In dem entfernten Dorfe, wo Mbonga mittlerweile Ruhe und Ordnung wieder hergestellt hatte, war Tantors Stimme für die Schwarzen kaum vernehmbar, aber für das scharfe Gehör Tarzans brachte sie eine Botschaft.

Seine Häscher führten ihn gerade nach einer Hütte, in der er bis zur nächtlichen Orgie seines martervollen Todes eingeschlossen und bewacht werden sollte. Als er Tantors Ruf hörte, hob er den Kopf hoch und stieß einen schauerlichen Schrei aus, daß es die abergläubischen Schwarzen kalt überlief und daß selbst die ihn bewachenden Krieger ein paar Schritte zurückwichen, obgleich dem Gefangenen die Arme auf den Rücken gebunden waren.

Mit erhobenen Sperren umgaben sie ihn, während er noch einen Augenblick lauschend stand. Ganz schwach ließ sich aus der Ferne ein anderes Trompeten als Antwort hören und Affentarzan drehte sich befriedigt um und ging ruhig nach der Hütte, in der sie ihn einsperrten.

Der Nachmittag verging. Der Affenmensch hörte rund herum im Dorfe geschäftige Geräusche zur Vorbereitung des Festes. Durch den Eingang der Hütte sah er die Weiber die Kochfeuer anzünden und ihre irdenen Töpfe mit Wasser füllen. Aber seine Ohren waren der Dschungel zugewendet und lauschten gespannt auf Tantors Kommen.

Selbst Tarzan konnte nur halb daran glauben, daß er kommen würde. Er kannte Tantor beinahe besser als dieser sich selbst. Er wußte, welch feiges Herz in dem riesigen Körper steckte. Er wußte auch, welch sinnlose Angst die Witterung der Gomangani jener wilden Brust einflößte und je näher die Nacht kam, desto mehr erstarb in seinem Herzen die Hoffnung, und er bereitete sich mit der stoischen Ruhe des wilden Tieres, das er ja auch im Grunde war, darauf vor, seinem ihn erwartenden Geschick zu begegnen.

Den ganzen Nachmittag hatte er an den Fesseln um seine Gelenke gezerrt, gezerrt, gezerrt. Ganz langsam gaben sie etwas nach. Vielleicht bekam er die Hände frei, ehe sie ihn zu der Schlächterei hinausführten, und dann – Tarzan lächelte kalt und grimmig. Sie sollten seinen Grimm zu kosten bekommen, ehe sie mit ihm fertig würden!

Schließlich kamen sie – bemalte, federgeputzte Krieger – noch scheußlicher, als sie die Natur schon geschaffen hatte. Sie kamen und stießen ihn durch die Öffnung ins Freie, wo sein Erscheinen von dem versammelten Dorfe mit wildem Gebrüll begrüßt wurde.

Sie führten ihn nach dem Marterpfahl, gegen den sie ihn rauh stießen, um ihn zunächst für den bald beginnenden Todestanz festzubinden. Da spannte Tarzan seine mächtigen Muskeln und zerriß mit einem einzigen, mächtigen Ruck die gelockerten Fesseln seiner Hände. Schnell wie ein Gedanke sprang er unter die nächsten Krieger. Ein Faustschlag streckte den einen zu Boden, während der Affenmensch knurrend und schnarrend dem nächsten an die Kehle sprang. Im Nu gruben sich seine Zähne in die Halsader des Gegners, und dann sprang ein halbes Hundert Schwarzer auf ihn und riß ihn zu Boden.

Hauend, kratzend, beißend kämpfte der Affenmensch – er kämpfte, wie es ihn seine Pflegeeltern gelehrt hatten – kämpfte wie ein Raubtier, das in die Ecke gedrängt ist. Seine Stärke, seine Gewandtheit, sein Mut und seine Klugheit ließen ihn wohl einem halben Dutzend Schwarzer im Handgemenge gewachsen sein, aber selbst Affentarzan konnte es nicht auf die Dauer erfolgreich mit einem halben Hundert aufnehmen.

Langsam überwältigten sie ihn, obgleich ein Dutzend von ihnen aus bösen Wunden blutete, während zwei schon ganz still unter den trampelnden Füßen und den herumrollenden Körpern der Ringer lagen.

Überwältigen konnten sie ihn wohl. Aber ob sie ihn auch zum Binden festhalten konnten? Eine halbe Stunde der verzweifeltsten Anstrengung bewies ihnen, daß sie dazu nicht imstande waren, und Mbonga, der sich wie alle tüchtigen Anführer im sicheren Hintergründe gehalten hatte, befahl einem, mit dem Speer dazwischen zu gehen und das Opfer zu durchbohren. Langsam näherte sich der Krieger durch den Strudel kämpfender Männer seinem Ziel.

Er hob den Speer über den Kopf und wartete auf den Augenblick, der ihm einen Teil des Affenmenschen freigeben würde, ohne daß der Stoß einen Schwarzen gefährdete. Näher und näher drängte er sich zwischen die Bewegungen der ringenden, sich windenden Kämpfer. Bei dem Knurren des Affenmenschen lief es dem Krieger mit kaltem Schauer das Rückgrat hinab und er wollte erst recht vorsichtig sein, um nicht bei einem ersten Fehlstoß selbst den erbarmungslosen Zähnen und mächtigen Händen preisgegeben zu sein.

Endlich ersah er eine Blöße. Höher hob er seinen Speer, die Muskeln unter der glänzenden, glatten, schwarzen Haut spannten sich wie Seile – als aus der Dschungel gerade hinter der Pallisade ein donnerndes Krachen kam.

Der Schwarze hielt mit dem Sperre an und sah nach der Störung zurück wie die anderen, die nicht mit dem Niederhalten des Affenmenschen beschäftigt waren.

Sie sahen im Feuerschein eine riesige Masse gegen die Wand stürmen, sie sahen die Pallisade schwanken und nach innen sinken. Sie sahen noch, wie sie zersplitterte, als ob sie aus Stroh gebaut wäre und dann donnerte Tantor der Elefant auf sie ein.

Mit Schreckensschreien flohen die Schwarzen nach rechts und links. Einige, oben auf im Handgemenge mit Tarzan, hörten es und brachten sich in Sicherheit, aber ein halbes Dutzend von ihnen war so in wahnsinniger Kampfwut verbissen, daß sie selbst die Ankunft des riesigen Elefanten überhörten.

Tantor griff diese mit wütendem Trompeten an. Über ihnen stand er, schwenkte seinen empfindlichen Rüffel, und jetzt hatte er Tarzan auf dem Boden herausgefunden, zwar blutete dieser, aber er kämpfte immer noch.

Einer der Krieger sah aus dem Handgemenge auf. Über ihm türmte sich der riesige Koloß des Dickhäuters, das Licht des Feuers glänzte auf den kleinen Augen – boshaft, fürchterlich, schreckenerregend sahen sie herab. Der Krieger schrie, aber schon umfaßte ihn der biegsame Rüssel, hob ihn hoch empor und schleuderte ihn hinter dem Haufen Fliehender her.

Mann für Mann riß Tantor die anderen vom Körper des Affenmenschen und schleuderte sie nach rechts und links, wo sie dann stöhnend oder ganz still liegen blieben, je nachdem sie der Tod langsam oder sofort ereilte.

Mbonga sammelte in einiger Entfernung seine Krieger. Seine gierigen Augen hatten die großen Stoßzähne des Elefanten bemerkt. Als der erste Schreck vorbei war, jagte er seine Leute mit den schweren Elefantenspeeren zum Angriff vor. Aber als sie kamen, schwang Tantor Tarzan auf seinen breiten Kopf, schwenkte herum und trampelte durch die große Bresche, die er in die Pallisadenwand gebrochen hatte, wieder in die Dschungel hinaus.

Die Elefantenjäger mögen recht haben, wenn sie behaupten, daß dieses Tier einem richtigen Menschen einen solchen Dienst nicht erwiesen haben würde, aber für Tantor war Tarzan kein Mensch – er war ihm ein Kamerad aus den Dschungeltieren.

Und damit erfüllte Tantor, der Elefant, eine Dankespflicht gegen den Affentarzan und kittete ihre alte Freundschaft noch fester. Denn sie bestand schon zwischen ihnen, seit Tarzan noch als kleiner, brauner Knabe unter den Gestirnen des Äquators auf Tantors mächtigem Rücken durch die mondbeschienene Dschungel geritten war.

Der Kampf um das Affenbaby

Teeka war Mutter geworden. Affentarzan zeigte außerordentliches Interesse dafür, viel mehr als selbst Taug, der Vater, denn Tarzan hatte Teeka sehr gerne. Selbst die Sorgen der bevorstehenden Mutterschaft hatten in Teeka noch nicht ganz das Feuer der sorglosen Jugend erstickt und sie war in dem Alter, in welchem die anderen Weibchen von Kerschaks Stamm bereits die mürrische Würde der Vollreife annahmen, immer noch ein gutlauniger Spielgefährte geblieben. Sie hatte immer noch ihr kindliches Entzücken an den primitiven, von Tarzans fruchtbarem Menschenhirn erfundenen Abschlag- und Versteck-Spielen behalten.

In den Baumwipfeln Abschlagen zu spielen ist ein anregender und aufregender Zeitvertreib. Tarzan schwärmte dafür, aber die mit ihm gleichaltrigen Affen hatten längst solch kindische Dinge aufgegeben. Doch wenigstens Teeka war immer scharf dabei gewesen bis kurz ehe ihr Baby kam; mit der Ankunft ihres Erstgeborenen jedoch änderte sich auch Teeka.

Die Erkenntnis dieser Änderung überraschte und verletzte Tarzan außerordentlich. Eines Morgens sah er, wie Teeka auf einem niedrigen Zweig hockte und etwas sehr eng an ihre Brust drückte – ein winziges Etwas, das sich krümmte und zappelte. Tarzan nahte sich mit jener Neugierde, die allen Geschöpfen gemeinsam ist, sobald ihr Gehirn über mikroskopische Abmessungen hinaus entwickelt ist.

Teeka rollte die Augen nach ihm und drückte das zappelnde Körperchen noch enger an sich. Tarzan kam näher. Teeka zog sich zurück und zeigte die Fangzähne. Tarzan fand, daß so etwas noch nicht dagewesen war! Teeka hatte ihm bisher die Zähne nie anders als im Spiel gezeigt; aber heute sah sie nicht nach Spiel aus. Tarzan fuhr sich mit seinen braunen Fingern durch das dichte schwarze Haar, bog den Kopf auf die Seite und äugte. Dann rückte er ein Stückchen näher und reckte den Hals, um das Ding, welches Teeka mit den Armen verhüllte, besser zu sehen.

Wieder zog Teeka mit warnendem Schnarren die Oberlippe hoch. Tarzan streckte vorsichtig eine Hand aus, um das Ding in Teekas Armen zu berühren, als Teeka plötzlich mit einem häßlichen Brummen auf ihn losfuhr. Ehe der Affenmensch seinen Arm zurückziehen konnte, biß sie ihn hinein und verfolgte ihn noch eine kurze Zeit, während er sich sogleich durch die Bäume davonmachte. Teeka mit ihrem Baby im Arm konnte ihn nicht einholen.

In sicherer Entfernung hielt Tarzan an und besah mit unverhehltem Erstaunen seine frühere Spielgefährtin. Was war geschehen, daß sich die sanftmütige Teeka so geändert hatte? Sie hatte das Ding in ihren Armen so bedeckt, daß Tarzan es bis jetzt noch nicht hatte erkennen können, aber als sie von seiner Verfolgung abließ, sah er es. Und Tarzan lächelte trotz Schmerz und Ärger, denn er hatte junge Affenmütter schon früher gesehen. In ein paar Tagen würde sie weniger argwöhnisch sein. Aber Tarzan war dennoch gekränkt. Es war nicht recht, daß Teeka ihn wie alle anderen fürchtete. Ei! nicht um alles in der Welt würde er ihr etwas zuleide tun, sowenig wie ihrem Balu. Balu ist nämlich das Affenwort für Baby.

Und nun hatte er trotz der Schmerzen im Arm und trotz seines verletzten Stolzes nur noch mehr den Wunsch, aus der nächsten Nähe Taugs neugeborenen Sohn zu besichtigen. Es erscheint wunderlich, daß Affentarzan, der mächtige Kämpfer, vor dem gereizten Angriff eines Weibchens flüchtete und daß er sich scheute, zur Befriedigung seiner Neugierde zurückzukommen, da er doch mit Leichtigkeit die geschwächte Mutter des neugeborenen Jungen überwältigen konnte. Aber das ist nicht wunderbar. Jeder Affe weiß, daß nur ein tollwütiger Bulle ein Weibchen anders als milde zurechtweist, natürlich ausgenommen jene Individuen, wie wir sie auch in unserer Rasse finden, welche ein Vergnügen darin finden, ihre bessere Hälfte zu schlagen, weil sie zufällig kleiner und schwächer ist als sie selbst.

Tarzan kam wieder auf die junge Mutter zu, aber ganz vorsichtig und mit offen gehaltener Rückzugslinie. Wieder brummte Teeka wild. Tarzan protestierte.

Affentarzan wird Teekas Balu nichts tun, sagte er. Laß es mich sehen.

Geh fort, befahl Teeka. Geh fort oder ich töte dich.

Laß es mich sehen, drängte Tarzan.

Geh fort, wiederholte die Affin. Da kommt Taug. Er wird dich fortbringen. Taug wird dich töten. Es ist Taugs Balu.

Ein wildes Knurren dicht hinter seinem Rücken belehrte Tarzan darüber, daß Taug die Warnungen und Drohungen seiner Ehegefährtin gehört hatte und ihr zu Hilfe kam.

Nun war Taug so gut wie Teeka Tarzans Spielgefährte gewesen, solange er noch jung genug war, um zu spielen. Tarzan hatte dem Taug auch schon einmal das Leben gerettet. Aber das Gedächtnis eines Affen ist nicht allzugut und Dankbarkeit geht nicht weiter als die verwandtschaftlichen Instinkte. Tarzan und Taug hatten ihre Kräfte einmal gemessen und Tarzan war Sieger geblieben. An diese Tatsache erinnerte sich Taug sicher noch; aber trotzdem war er bereit, sich für seinen Erstgeborenen einer neuen Niederlage auszusetzen – wenn er zufällig in der richtigen Stimmung war.

Nach seinem häßlichen, jetzt an Stärke und Umfang zunehmenden Knurren zu urteilen, schien er gerade in der Laune dazu zu sein. Tarzan fürchtete sich keineswegs vor Taug, und das ungeschriebene Gesetz der Dschungel forderte auch nicht von ihm, daß er den Kampf mit irgendeinem Männchen vermeiden sollte, wenn er es nicht aus rein persönlichen Gründen unterließ. Aber Tarzan hatte Taug gerne; er hatte keinerlei Zank mit ihm und sein Menschenverstand sagte ihm etwas, was einem Affen nie eingeleuchtet hätte – daß Taugs Benehmen in keiner Weise bösen Willen anzeige. Es war nur der naturgemäße Trieb des Männchens, seinen Sprößling und seine Ehegefährtin zu schützen.

Tarzan hatte wohl keine Lust, mit Taug zu kämpfen, andererseits konnte das Blut seiner englischen Ahnen in ihm auch keinen Gefallen am Weglaufen finden. Doch als der Bulle angriff, sprang Tarzan geschmeidig zur Seite und Taug, der dadurch Mut bekam, drehte sich herum und stürzte sich wie toll auf den anderen. Vielleicht stachelte ihn gerade die Erinnerung an seine frühere Niederlage unter Tarzans Händen gegen diesen auf. Vielleicht trieb auch der Umstand, daß Teeka zusah, seinen Wunsch an, den Affenmenschen vor ihren Augen zu besiegen, denn auch in der Brust jedes Dschungelmännchens sitzt die große Eitelkeit, welche sich in der Vollbringung von verzweifelten Taten im Angesicht des anderen Geschlechtes ausdrückt.

Über der Schulter des Affenmenschen hing dessen langes Grasseil, das Spielzeug von gestern, die Waffe von heute. Als Taug das zweite Mal angriff, zog Tarzan die Stricke über den Kopf und legte geschickt die Laufschlinge zurecht, während er wiederum gewandt dem ungeschickten Tier auswich. Ehe sich der Affe wenden konnte, war Tarzan weit weg auf den Zweigen der oberen Terrasse.

Taug folgte ihm, jetzt in wirkliche Wut gebracht. Teeka sah von unten zu. Es war schwer zu sagen, ob sie gespannt war. Da Taug nicht so rasch klettern konnte als Tarzan, hatte der letztere bereits die höchsten Zweige erreicht, ehe ihn der Affe erreichen konnte. Und ganz hinauf konnte ihm der schwere Affe nicht folgen. Nun saß er oben, sah auf seinen Verfolger herab, schnitt ihm Gesichter und gab ihm alle die schönen Namen, die seinem erfindsamen Menschengehirn einfielen. Als er dann Taug zu einem solchen Stadium kochender Wut gebracht hatte, daß der große Bulle vor Grimm auf den schwankenden Ästen förmlich tanzte, streckte er blitzschnell die Hand aus, eine aufgehende Schlinge fiel rasch durch die Luft, ein kurzer Ruck, als sie auf Taug niederfiel, und schon saß die Schlinge fest um die haarigen Beine des Menschenaffen.

Taug, der etwas schwer von Begriff war, merkte zu spät die Absicht seines Peinigers. Er wollte sich freistrampeln, aber der Affenmensch gab dem Seil einen solch scharfen Ruck, daß er Taug von seinem Aste wegriß, und eine Sekunde später hing der Affe mit dem Kopfe nach unten in dreißig Fuß Höhe über dem Boden.

Tarzan befestigte sein Seil an einem starken Ast und stieg in die Nähe Taugs herab.

Taug, sagte er, du bist so dumm, wie Buto, das Nashorn. Jetzt werde ich dich hier hängen lassen, bis du etwas Verstand in deinen dicken Schädel bekommst. Da kannst du derweil hängen und zusehen, wie ich gehe, um mich mit Teeka zu unterhalten.

Taug fauchte und drohte, aber Tarzan grinste nur, während er sich federnd auf die tieferen Zweige fallen ließ. Er näherte sich wieder Teeka, die ihn erneut mit fletschenden Zähnen und mit drohendem Knurren begrüßte. Er suchte sie zu beschwichtigen, betonte seine freundschaftlichen Absichten und reckte den Hals, um einen Blick auf Teekas Balu zu erhaschen. Aber die Äffin ließ sich nicht davon überzeugen, daß er etwas anderes wollte, als ihrem Kleinen ein Leid antun. Ihre Mutterschaft war so neu, daß die Vernunft noch vom Instinkt verdeckt wurde.

Als Teeka die Unmöglichkeit einsah, Tarzan zu packen und zu züchtigen, suchte sie ihm zu entkommen. Sie sprang auf den Boden und wackelte über die kleine Lichtung, auf der sich die Affen des Stammes in Ruhe oder auf der Futtersuche befanden. Alsbald gab es Tarzan auf, durch Überredung eine Erlaubnis zur näheren Besichtigung des Balu zu erlangen. Der Affenmensch hätte das kleine Dingelchen gar zu gerne in der Hand gehabt. Sein Anblick erweckte ihm in der Brust ein merkwürdiges Sehnen. Er wünschte das groteske, kleine Affending zu drücken und zu liebkosen. Es war Teekas Balu, und Tarzan hatte einst für Teeka seine erste Jugendliebe empfunden.

Aber jetzt wurde seine Aufmerksamkeit durch Taugs Stimme abgelenkt. Die Drohungen aus dem Maul des Affen hatten Bitten Platz gemacht. Die immer enger werdende Schlinge hemmte ihm in den Beinen den Blutumlauf – er begann ernstlich zu leiden. Mehrere Affen in der Nähe befaßten sich angelegentlich mit seiner Verlegenheit. Sie machten ihm recht eindeutig absprechende Komplimente, denn jeder von ihnen hatte bereits Taugs mächtige Faust und die Stärke seiner großen Kinnladen gefühlt. Jetzt freuten sie sich ihrer Rache.

Als Teeka sah, daß Tarzan sich wieder nach den Bäumen gewandt hatte, machte sie mitten auf der Lichtung Halt, setzte sich hin und liebkoste – argwöhnische Blicke um sich werfend – ihr Balu. Mit dem Erscheinen des Balus hatte sich Teekas bisher sorgenfreie Welt plötzlich mit einer Unzahl von Feinden bevölkert. In Tarzan, ihrem besten Freund bisher, sah sie einen unversöhnlichen Feind. Selbst die arme, alte Mumga, halb blind und fast völlig zahnlos, die nur noch geduldig unter altem Holz nach Maden suchte, erschien ihr als ein übelwollender Geist, den nach dem Blute kleiner Balus dürstete.

Und während sich Teeka argwöhnisch vor Unheil hütete, wo keines zu erwarten war, übersah sie zwei schreckliche, gelbgrüne Augen, die hinter einem dicken Haufen Büsche gegenüber starr nach ihr blickten.

Der ausgehungerte Leopard Sheeta blickte gierig nach dem lockenden Bissen in nächster Nähe, aber der Anblick der großen Bullen drüben hielt ihn zurück.

Ah, wenn die Äffin mit ihrem Balu nur ein Stückchen näher käme! Ein kurzer Sprung! Er wäre auf und davon mit seinem Mahle, ehe ihn die Bullen hindern konnten.

Die Spitze seines gelbbraunen Schweifes schlug krampfhaft kleine Zirkel. Alles dieses sah Teeka nicht, ebensowenig sah es einer der anderen Affen in Ruhe oder auf Futtersuche; auch nicht Tarzan oder einer der Affen auf den Bäumen bemerkte es.

Tarzan hörte die Schmähungen, mit welchen die Bullen den hilflosen Taug überschütteten, und kletterte rasch zu ihnen hin. Einer davon war näher gerutscht und lehnte sich vor, um den baumelnden Affen zu erfassen. In Erinnerung an die letzte Gelegenheit, bei der ihn Taug derb geschlagen hatte, hatte er sich in richtige Wut versetzt und wollte es ihm nun heimzahlen. Wenn er den schwingenden Affen erst gepackt hatte, konnte er ihn rasch in den Bereich seines Gebisses ziehen. Tarzan sah es und war empört. Er liebte einen ehrlichen Kampf, aber das Vorhaben dieses Affen erregte seinen Zorn. Schon hatte eine haarige Hand den hilflosen Taug gepackt, als Tarzan mit einem zornigen Knurren des Protestes auf den Zweig zu dem Angreifer sprang und ihn mit einem einzigen, mächtigen Hieb von seinem Sitz warf.

Der überraschte Affe schlug nach der Seite um, griff wild nach einem Halt und warf sich mit einem gewandten Schwung auf einen ein paar Fuß tiefer heraussstehenden Ast. Dort fand er einen Griff für die Hand, richtete sich rasch auf und kletterte alsbald wieder hinauf, um sich an Tarzan zu rächen, aber der Affenmensch war eben anderweitig beschäftigt und liebte keine Unterbrechung. Er machte gerade wieder Taug dessen bodenlos tiefe Unwissenheit klar und bedeutete ihm, um wieviel größer und mächtiger als Taug oder jeder andere Affe Affentarzan sei.

Am Ende würde er Taug wieder loslassen, aber nicht eher, als bis der letztere völlig von seiner eigenen Minderwertigkeit überzeugt war. Und nun kam der wütende Bulle von unten herauf und im gleichen Augenblick wurde aus dem gutmütigen, Belehrung erteilenden Jüngling ein knurrendes, wildes Tier. Das Haar auf dem Kopf sträubte sich, die Oberlippe fuhr zurück, um die Reißzähne bereit zu halten. Er wartete nicht, bis der Bulle an ihn kam, denn irgend etwas in Erscheinung oder Stimme des Angreifers reizte in dem Affenmenschen ein unleugbares Gefühl kriegerischer Gegnerschaft. Mit einem Schrei, der nichts Menschliches an sich hatte, fuhr Tarzan dem Angreifer an die Kehle.

Unter dem Ungestüm seines Griffes und unter dem Gewicht und der Wucht seines Körpers fiel der Bulle nach einem Halt greifend und haschend rücklings durch die belaubten Zweige herab. Volle fünfzehn Fuß fielen die beiden hinab, Tarzan immer noch mit den Zähnen in der Schlagader seines Gegners, bis ein starker Zweig ihren weiteren Sturz auffing. Der Bulle schlug quer mit dem Kreuz auf den Ast, und hing da einen Augenblick samt dem auf seiner Brust liegenden Affenmenschen, dann kollerten sie beide weiter.

Tarzan fühlte, wie bei dem schweren Aufschlag auf den Baumast der Körper unter ihm schlagartig schlaff wurde. Als sich der andere überschlug und nach dem Boden zu weiter stürzte, faßte er daher noch rechtzeitig mit einer Hand einen Zweig, um seinen eigenen Sturz zu verhindern, während der Affe wie ein Bleiklotz unten auffiel.

Tarzan blickte einen Augenblick auf die regungslose Gestalt seines toten Gegners, dann erhob er sich zu voller Höhe, reckte seine breite Brust, schlug mit den geballten Fäusten darauf und brüllte den unheimlichen Kampfruf des siegreichen Affenbullen in die Ferne.

Selbst der schon an der Ecke der kleinen Lichtung zum Sprunge ansetzende Sheeta bewegte sich unbehaglich, als die mächtige Stimme ihren fürchterlichen Ruf dröhnend durch die

Dschungel sandte. Sheeta blickte nervös nach rechts und links, wie um sich zu versichern, ob auch der Weg zum Rückzug frei war. Ich bin der Affentarzan, prahlte der Affenmensch, der mächtige Jäger, der mächtige Kämpfer. Keiner in der ganzen Dschungel ist so groß als Tarzan.

Dann ging er zu Taug zurück. Teeka hatte die Vorgänge auf dem Baume genau beobachtet. Sie hatte sogar ihr kostbares Balu auf das weiche Gras gelegt und war näher getreten, um den Vorfall in den Bäumen oben bester zu sehen. Schätzte sie wohl immer noch im innersten Herzen den glattfelligen Tarzan? Schwoll etwa ihre wilde Brust vor Stolz, als sie seinen Sieg über den Affen mitansah? Da müßt ihr Teeka fragen!

Sheeta, der Leopard, sah inzwischen, daß die Äffin ihr Junges im Gras allein gelassen hatte. Er zuckte wieder mit der Schwanzspitze, als ob er sich mit dieser schwächsten Form des Wedelns, der er sich hingeben durfte, den fehlenden Mut machen wollte. Der Schrei des siegreichen Affenmenschen hielt seine Nerven noch im Banne. Es würde noch einige Minuten dauern, bevor er sich wieder zum Angriff angesichts der riesigen Menschenaffen entschließen konnte.

Während er so seine Kräfte sammelte, gelangte Tarzan an Taugs Seite, kletterte noch höher, bis zu der Stelle, an der er sein Seil befestigt hatte, löste es los, ließ den Affen langsam herab und schwang ihn dabei hin und her, bis er sich mit den Händen an einem Zweig anhalten konnte.

Taug zog sich rasch auf einen sicheren Sitz und streifte die Schlinge ab. In seinem tollwütigen Herz war jetzt kein Raum für Dankbarkeit gegen den Affenmenschen. Er erinnerte sich jetzt nur noch der Tatsache, daß ihm dieser eine schmerzhafte Entwürdigung zugefügt hatte. Er würde sich dafür rächen, aber seine Beine waren im Augenblick so taub und sein Kopf so schwindlig, daß er die Befriedigung seiner Rache verschieben mußte.

Tarzan legte sein Seil zusammen, während er Taug eine Vorlesung über dessen Torheit hielt, seine armseligen Kräfte, körperlich wie geistig, gegen ihn, dem weit überlegenen, einzusetzen. Teeka war nahe unter den Baum gekommen und sah nach oben. Sheeta kroch mit dem Bauche auf dem Boden leise vorwärts. Im nächsten Augenblick würde er durch das Unterholz gedrungen und bereit sein, mit kurzem Sprung und schnellem Rückzug das kurze Dasein von Teekas Balu zu beenden.

Tarzan sah zufällig auf die Lichtung hinaus und sofort ließ er die gutmütige Neckerei und die großtuerische Prahlerei fallen. Lautlos und schnell schoß er auf den Boden herab und über den Grund. Als Teeka ihn kommen sah, glaubte sie, er sei hinter ihrem Balu her, sträubte die Haare und wollte kämpfen. Aber Tarzan sprang an ihr vorbei, ihre Augen folgten ihm und da sah sie den Grund seines plötzlichen Herabspringens und des schnellen Laufes über die Lichtung. Sheeta war jetzt allen sichtbar, wie er leise und langsam auf das viele Schritte entfernt im Grase zappelnde kleine Balu losschlich. Teeka stieß einen wilden, warnenden Angstschrei aus, als sie hinter dem Affenmenschen herstürzte. Sheeta sah Tarzan kommen. Er erblickte das Affenjunge vor sich und dachte sich, daß ihm der andere die Beute rauben wolle. Mit einem wütenden Fauchen sprang er vor.

Taug, durch Teekas Schrei gewarnt, kam ihr torkelnd zu Hilfe. Bellend und knurrend kamen mehrere andere Bullen näher auf die Lichtung, aber sie alle waren viel weiter als Affentarzan von dem Balu und dem Leoparden entfernt, während Sheeta und der Affenmensch fast gleichzeitig bei dem Balu anlangten. Da standen sie nun, jeder auf einer Seite, zeigten die Reißzähne und knurrten sich über das kleine Geschöpf hin an.

Sheeta scheute sich, das Balu zu packen, denn damit würde er den Angriff gegen den Affenmenschen beginnen und aus dem gleichen Grunde zögerte Tarzan, dem Leoparden die Beute aus dem Bereich der Klauen zu ziehen, denn wenn er sich dazu bückte, würde das große Raubtier im Nu auf ihm sein. So standen sie eine Weile, bis Teeka über die Lichtung kam, aber je näher sie dem Leoparden kam, um so langsamer ging sie, denn selbst ihre Mutterliebe konnte kaum den instinktiven Schrecken vor dem Erbfeind ihrer Art überwinden. Weiter hinten kam vorsichtig mit vielen Pausen und großem Getöse Taug und noch weiter zurück erschienen mit wildem Knurren und unheimlichem Kampfgebrüll andere Bullen.

Sheetas gelbgrüne Augen starrten wild auf Tarzan und warfen dann und wann einen Blitz auf die herannahenden Affen Kerschaks. Vorsicht riet ihm, Kehrt zu machen und zu fliehen, aber Hunger und die Nähe des lockenden Bissens im Grase zwang ihn, zu bleiben. Er langte mit einer Pfote nach Teekas Balu, aber im selben Moment war Tarzan mit einem wilden Kehllaut auf ihm.

Der Leopard zog sich zurück, um dem Angriff des Affenmenschen zu begegnen. Er schlug einen fürchterlichen, fegenden Hieb nach Tarzan, der diesem das Gesicht weggerissen hätte, wenn er getroffen hätte. Aber er traf nicht, denn Tarzan duckte sich und ging Sheeta mit dem langen Messer seines von ihm nie gekannten toten Vaters zu Leibe.

Nun hatte Sheeta das Balu vergessen. Er dachte nur noch daran, seinem Gegner das Fleisch mit seinen starken Tatzen zu Streifen zu reißen und seine langen, gelben Fangzähne in die weiche, glatte Haut des Affenmenschen zu schlagen. Aber Tarzan hatte schon vorher mit tatzenbewehrten Dschungelgeschöpfen zu tun gehabt. Vordem schon hatte er mit ungeheuren Krallen gekämpft und war nicht stets ohne Schrammen davongekommen. Er wußte, welche Gefahr er lief, aber der Affentarzan war an den Anblick von Schmerzen und Tod gewöhnt und scheute weder die einen noch fürchtete er den anderen.

Als er unter Sheetas Prankenschlag weggehuscht war, sprang er dem Tier erst in die Flanke und dann mitten auf den braunen Rücken, grub sein Gebiß in Sheetas Nacken und die Finger der einen Hand in das Fell an der Kehle, während er mit der anderen sein Messer in Sheetas Seite trieb.

Sheeta überkollerte sich im Grase wieder und wieder, fauchte und schrie und biß und krähte im tollen Bestreben, den Gegner vom Rücken loszuwerden oder einen Teil seines Körpers in Reichweite seiner Zähne und Klauen zu bringen.

Als Tarzan mit dem Leoparden zum Nahkampf kam, sprang Teeka rasch hinzu und riß ihr Balu an sich. Jetzt saß sie in voller Sicherheit auf einem hohen Ast, drückte ihr Kleines eng an die behaarte Brust und ermahnte, starr nach der

Lichtung auf den Kampf blickend, Taug und die anderen mit ihrer wilden Stimme, sich in das Handgemenge zu stürzen.

Die dergestalt angefeuerten Bullen kamen näher und verdoppelten ihren wüsten Lärm, aber Sheeta war schon zu sehr beschäftigt, um sie noch zu hören. Einmal war es ihm gelungen, den Affenmenschen teilweise von seinem Rücken herunterzubringen, so daß Tarzan für einen Augenblick vor die furchtbaren Krallen geschwenkt wurde, und in dem kurzen Augenblick, ehe dieser seinen alten Griff wieder fassen konnte, hatte ihm auch schon ein reißender Schlag einer Hintertatze das eine Bein von der Hüfte bis zum Knie aufgeschlitzt.

Möglicherweise brachte der Anblick und Geruch seines Blutes die umstehenden Affen in Wut, aber Taug war es, der sie in Wirklichkeit zum Handeln brachte.

Taug, im Augenblick zuvor noch voll Wut gegen den Affentarzan, stand neben dem kämpfenden Paar und stierte mit seinen rotumränderten, bösen kleinen Augen auf sie. Was ging wohl in seinem grimmen Gehirn vor? Freute er sich über die keineswegs beneidenswerte Lage seines kürzlichen Peinigers? Sehnte er sich danach, zu sehen, wie Sheetas große Fangzähne in den weichen Hals des Affenmenschen sanken? Oder verstand er die mutvolle Selbstlosigkeit zu schätzen, mit der Tarzan für Teekas Balu – für Taugs kleines Balu sein Leben einsetzte? Ist Dankbarkeit nur eine menschliche Eigenschaft oder kennen die niederen Gattungen sie auch?

Als Tarzans Blut floß, beantwortete Taug diese Fragen. Mit fürchterlichem Knurren warf er die ganze Wucht seines großen Körpers auf Sheeta. Seine langen Fänge bissen sich in die weiße Kehle, seine langen Arme schlugen und zerrissen das weiche Fell, daß die Fetzen davon in die Luft flogen.

Und auf Taugs Beispiel hin griffen auch die anderen Bullen ein, begruben Sheeta unter ihren Fangzähnen und erfüllten den Wald mit dem wilden Getöse ihrer Kampfrufe.

Ha! ein wunderbarer, begeisternder Anblick war er – dieser Kampf der urweltlichen Affen und des großen weißen Affen gegen ihren Erbfeind Sheeta, den Leoparden.

In verzückter Erregung tanzte Teeka auf dem unter ihrem großen Gewicht schwankenden Zweig, während sie die

Männchen ihres Stammes zum Kampfe anfeuerte, und Thaka, Mumga, Kamma und die anderen Weibchen von Kerschaks Horde fügten ihre schrillen Stimmen zu dem wilden Bellen des nun in der Dschungel herrschenden Pandämoniums.

Beißend und gebissen, reißend und zerrissen kämpfte Sheeta um sein Leben, aber die Zahl war gegen ihn. Selbst der Löwe Numa hätte sich gehütet, eine gleich große Anzahl der riesigen Bullen von Kerschaks Horde anzugreifen, und als er jetzt aus der Entfernung einer halben Meile das Getöse der schreckensvollen Schlacht vernahm, erhob sich der König der Tiere unruhig von seinem Mittagsschlummer und schlich sich weiter fort in die Dschungel.

Die titanenhafte Gegenwehr von Sheetas zerrissenem und blutigem Körper hörte bald auf. Noch ein krampfhaftes Strecken, ein Sichkrümmen, dann war er still, während die Bullen fortfuhren, ihn zu zerfetzen, bis sein schönes Fell zu Lappen zerrissen war. Endlich mußten sie lediglich aus körperlicher Erschöpfung aufhören und nun erhob sich aus dem Durcheinander blutiger Körper ein purpurfarbiger Riese, gerade wie ein Pfeil.

Er setzte einen Fuß auf den toten Leoparden, hob sein blutbeflecktes Gesicht zum Blau des Äquatorhimmels und stieß den schrecklichen Siegesschrei des Affenbullen aus.

Einer nach dem anderen folgten die haarigen Gesellen von Kerschaks Stamm seinem Beispiel. Die Weibchen kamen von ihren sicheren Sitzen und schlugen und schmähten den toten Körper Sheetas. Die jungen Affen fochten den Kampf der Großen nachahmend nochmals durch.

Teeka war ganz nahe bei Tarzan. Er sah sie mit ihrem eng an die Brust gedrückten Balu und streckte seine Hände nach dem Kleinen aus aber in der Annahme, sie werde ihn mit fletschenden Fängen angreifen. Statt dessen legte sie ihm das Balu auf die Arme und leckte, an ihn herankommend, seine schrecklichen Wunden.

And gleich darauf kam Taug, der nur ein paar Kratzwunden davongetragen hatte, hockte sich neben Tarzan und sah zu, wie er mit dem kleinen Balu spielte, bis auch er sich vornüberlehnte und Teeka half, die Wunden des Affenmenschen zu reinigen und zu heilen.

Tarzans Gott

Tarzan hatte in der kleinen Hütte in den Büchern seines toten Vaters manche Dinge gefunden, die seinen jungen Kopf in Verlegenheit brachten. Nach vieler Anstrengung und wohl auch durch unendliche Geduld hatte er ohne jede Hilfe den Zweck der kleinen Käfer herausgefunden, die in solcher Unzahl über die gedruckten Seiten liefen. Er hatte zu verstehen gelernt, daß sie in den vielen Zusammenstellungen, in denen sie vorkamen, eine fremde Zunge sprachen und von wundervollen Dingen erzählten, die ein weltfremder Affenjunge keinesfalls völlig verstehen konnte, Dingen, welche seine Wißbegier erregten, seine Einbildungskraft arbeiten ließen und seine Seele mit einem mächtigen Sehnen nach weiterem Wissen erfüllten.

Ein Lexikon hatte sich als ein wundervoller Schatz der Belehrung erwiesen, als er nach mehreren Jahren unermüdlicher Anstrengung das Rätsel seines Zweckes und Gebrauches gelöst hatte. Er machte eine richtige Art Jagd daraus, der Spur eines neuen Gedankens durch das Gewirr der vielen Begriffsbestimmungen zu folgen, deren Erforschung jedes neue Wort nötig machte. Es glich der Verfolgung einer Beute durch die Dschungel – es war Jagd und Affentarzan war ein unermüdlicher Jäger.

Natürlich waren Worte dabei, welche seine Neugierde in höherem Maße als andere erregten, Worte, welche aus dem einen oder anderen Grunde seine Einbildungskraft anregten. Da war zum Beispiel eines, dessen Bedeutung außerordentlich schwer zu erfassen war. Es war das Wort Gott. Tarzan hatte sich anfänglich von ihm dadurch angezogen gefühlt, daß es sehr kurz war und mit größerem g-Käfer anfing als die anderen – für Tarzan war es ein männlicher g-Käfer; die kleineren waren Weibchen. Ein weiterer bemerkenswerter Umstand, der ihn dabei anzog, war die große Zahl von »er«-Käfern in seinen Erläuterungen: Höchstes Wesen – Schöpfer – Erhalter des Weltalls –. Es mußte wirklich ein sehr wichtiges Wort sein, das er untersuchen mußte. Und das tat er denn auch, obgleich er nach vielen Monaten eifrigen Denkens und Studierens immer noch verwirrt war.

Indessen hielt Tarzan keine Zeit für verloren, die er auf diese merkwürdigen Jagdzüge in die Wildplätze des Wissens verwendete, denn jedes Wort und jede Erklärung brachte ihn zu neuen fremden Plätzen und in neue Welten, in denen er mit zunehmender Häufigkeit alten, vertrauten Gesichtern begegnete. Und immer mehr häufte er den Schatz seines Wissens.

Aber über die Bedeutung von Gott war er immer noch im Zweifel. Einmal glaubte er, es erfaßt zu haben. Gott war ein mächtiger Häuptling, König aller Mangani! Er war aber dessen nicht ganz sicher, denn das würde bedeuten, daß Gott mächtiger war als Tarzan – ein Punkt, den der Affentarzan, der in der Dschungel keinen als ebenbürtig anerkannte, nicht zugeben konnte.

In keinem seiner Bücher fand er ein Bild von Gott, obgleich er vieles fand, was seinen Glauben bestärkte, daß Gott ein großes, ein allmächtiges Wesen war. Er sah Bilder von Plätzen, an welchen Gott verehrt wurde, aber nie ein Zeichen von Gott selbst. Zuletzt erschien es ihm fraglich, ob nicht Gott von ihm verschieden wäre und endlich entschloß er sich, auf die Suche nach ihm zu gehen.

Zunächst befragte er Mumga darüber, die schon sehr alt war und viele merkwürdigen Dinge in ihrem langen Leben gesehen hatte. Aber Mumga hatte als Affe nur die Gabe, sich an das Gewöhnliche zu erinnern. Der Fall, als Gunto eine Stechfliege für einen eßbaren Käfer gehalten hatte, hatte auf Mumga mehr Eindruck gemacht als alle die unzählbaren Bekundungen von Gottes Größe, die sie erlebt und natürlich nicht verstanden hatte.

Numgo, welcher Tarzans Frage mit angehört hatte, bekam es wirklich fertig, seine Aufmerksamkeit lange genug von einer unterhaltsamen Flohjagd abzuziehen, um die Theorie aufzustellen, daß die Kräfte, welche Blitz und Regen und Donner machten, von Goro, dem Mond, kämen. Er wüßte dies sicher, sagte er, weil das Dum-Dum immer im Lichte Goros getanzt würde. Diese Begründung, so völlig befriedigend sie Numgo und Mumga erschien, konnte Tarzan keineswegs völlig überzeugen. Indessen gab sie ihm die Grundlage für weitere Nachforschung in einer neuen Richtung. Er wollte den Mond untersuchen.

In derselben Nacht kletterte er in die luftigste Spitze des größten Dschungelriesen. Es war Vollmond, ein großer glanzreicher Mond, wie er nur unter dem Äquator scheint. Der Affenmensch stand aufrecht auf einem schlanken, federnden Zweig und hob sein bronzenes Antlitz zu der Silberscheibe. Nun er an die höchste für ihn erreichbare Spitze geklettert war, entdeckte er zu seinem Erstaunen, daß Goro noch ebensoweit von ihm entfernt war, wie vom Boden aus gesehen. Anscheinend wollte ihm Goro entwischen!

Komm, Goro! schrie er. Affentarzan tut dir nichts. Aber der Mond hielt sich weiter ferne.

Sage mir doch, fuhr er fort, bist du der große König, der Ara, den Blitz, sendet? Machst du die starken Geräusche und die mächtigen Winde? Bist du es, der das Wasser auf das Dschungelvolk herabgießt, wenn die Tage dunkel sind und es kalt ist? Sage mir, Goro, bist du Gott?

Er sprach dabei natürlich nicht Gott so aus, wie wir, denn Tarzan wußte nichts von der gesprochenen Sprache seiner englischen Ahnen. Aber er hatte für jeden der kleinen Käfer aus dem Alphabet einen eigenen Namen erfunden. Anders geartet als die Affen, war er nicht damit zufrieden, im Geiste ein Bild der ihm bekannten Dinge zu besitzen, er mußte auch ein beschreibendes Wort für alles haben. Beim Lesen erfaßte er wohl das Wort in seiner Einheit, aber wenn er die aus dem Buche seines Vaters gelernten Worte aussprach, dann brachte er jeden einzelnen der verschiedenen kleinen Käfer, die darin vorkamen, mit dem ihm neu gegebenen vollen Namen zum Ausdruck und setzte gewöhnlich noch das Geschlechtswort vor jeden.

Infolgedessen hatte Tarzan aus Gott ein höchst imposantes Wort gemacht. Die männliche Vorsilbe ist bei den Affen bu, die weibliche mu; g hatte Tarzan la genannt, o sprach er tu aus und d war mo. So entwickelte er das englische Wort God für Gott zu Bulamutumumo oder, in unserer Sprache, zu Er–g–sie–o–sie–d.

Tarzans merkwürdigem Aussprachesystem zu folgen, würde ebenso mühsam wie nutzlos sein, deshalb wollen wir lieber im weiteren Verlauf uns wie bisher an die vertrauteren Formen unserer Schulbücher halten.

Tarzan rief also den Mond an, und als Goro nicht darauf antwortete, wurde Affentarzan zornig. Er schwellte seine riesige Brust, entblößte die Reißzähne und schleuderte dem erstorbenen Trabanten der Erde die Herausforderung des Affenbullen ins Gesicht.

Du bist gar nicht Bulamutumumo, schrie er. Du bist kein König der Dschungel. Du bist nicht so groß wie Tarzan, der mächtige Kämpfer, der mächtige Jäger. Keiner ist hier so groß wie Tarzan. Wenn hier ein Bulamutumumo ist, kann ihn Tarzan töten. Komm herunter, Goro, du großer Feigling, und kämpfe mit Tarzan. Tarzan wird dich töten. Ich bin Tarzan, der Töter.

Aber der Mond gab auf die Prahlerei des Affenmenschen keine Antwort, und als eine Wolke kam und sein Antlitz verhüllte, dachte Tarzan, daß sich Goro wirklich fürchte und sich vor ihm verberge, und kletterte vom Baume herab, weckte Numgo und erzählte ihm, wie groß Tarzan sei – wie er Goro aus dem Himmel davongeschreckt und zum Zittern gebracht habe.

Auf Numgo machte das nicht viel Eindruck. Aber da er sehr schläfrig war, sagte er Tarzan, er solle machen, daß er fortkomme und ältere Leute in Ruhe lassen.

Aber wo soll ich denn Gott finden? fragte hartnäckig Tarzan. Du bist sehr alt. Wenn es Gott gibt, mußt du ihn gesehen haben. Wie sieht er denn aus? Wo lebt er?

Ich bin Gott, antwortete Numgo. Jetzt schlafe und störe mich nicht mehr.

Einige Minuten sah Tarzan starr auf Numgo. Sein wohlgeformter Kopf zog sich ein wenig in die Schultern, das breite Kinn schob sich vor und die kurze zurückgezogene Oberlippe entblößte die weißen Zähne. Dann sprang er mit einem leisen Knurren auf den Affen und grub ihm die Fänge in die haarige Schulter, während er den großen Nacken mit den mächtigen

Fingern umklammerte. Zweimal schüttelte er den alten Affen, dann lockerte er den Griff seiner Zähne.

Bist du Gott? fragte er energisch.

Nein, winselte Numgo. Ich bin ein armer, alter Affe. Laß mich in Frieden. Geh und frage die Gomangani, wo Gott ist. Sie sind haarlos wie du und außerdem sehr weise. Sie müssen es wissen.

Tarzan ließ Numgo los und ging weg. Der Rat, die Schwarzen zu fragen, hatte etwas Anregendes und obgleich seine Beziehungen zum Stamme des Häuptlings Mbonga alles eher als freundlich waren, konnte er doch wenigstens seine verhaßten Feinde belauschen und entdecken, ob sie mit Gott Verkehr hatten.

So kam es, daß sich Tarzan durch die Bäume nach dem Dorfe der Schwarzen begab, voller Erregung über die Aussicht, das höchste Wesen, den Schöpfer aller Dinge zu entdecken. Auf dem Marsche prüfte er im Geiste seine Bewaffnung – den Zustand seines Jagdmessers, die Zahl seiner Pfeile, die neue Sehne an seinem Bogen – er wog den Kriegsspeer, welcher einst der Stolz eines schwarzen Kriegers aus Mbongas Stamm gewesen war.

Tarzan war lieber auf ein Zusammentreffen mit Gott vorbereitet. Man konnte nie sagen, ob einem unbekannten Feinde gegenüber ein Grasseil oder ein Kriegsspeer oder ein vergifteter Pfeil am wirksamsten war. Affentarzan war ganz beruhigt – wenn Gott einen Kampf wünschte, war sich Tarzan über den Ausgang des Ringens nicht im Zweifel. Aber da Tarzan dem Schöpfer des Weltalls allerlei Fragen vorlegen wollte, hoffte er, Gott werde sich nicht als kriegslustiger Gott erweisen. Immerhin hatte ihn seine bisherige Erfahrung in Leben und Lebewesen gelehrt, daß jedes Geschöpf mit den richtigen Angriffs- und Verteidigungswaffen in der entsprechenden Stimmung zum Angriff überging.

Tarzan kam in der Dunkelheit zum Dorfe Mbongas. Leise wie die stillen Schatten der Nacht suchte er seinen gewohnten Platz in den Zweigen des großen Baumes über der Pallisade auf. Unter sich auf der Dorfstraße sah er Männer und Weiber. Die Männer waren häßlich bemalt – noch häßlicher als gewöhnlich. Unter ihnen bewegte sich eine unheimliche, groteske Figur umher, eine große Gestalt, die auf zwei Beinen ging wie ein Mensch und doch den Kopf eines Büffels hatte. Ein Schwanz baumelte ihr hinten bis auf die Knöchel, eine Hand hielt einen Zebra-Schweif, die andere umklammerte ein Bündel Pfeile.

Tarzan war wie elektrisiert. Sollte er so früh eine Gelegenheit gefunden haben, Gott zu sehen? Sicher war dies Ding weder Mensch noch Tier, was konnte es also weiter sein, als der Schöpfer des Weltalls? Der Affenmensch bewachte jede Bewegung des merkwürdigen Wesens. Er sah, wie die schwarzen Männer und Weiber bei seiner Annäherung zurückwichen, als ob sie vor seinen geheimnisvollen Kräften Angst hätten.

Nun vernahm er, daß die Gottheit sprach und merkte, daß alle mäuschenstill ihren Worten lauschten. Tarzan war sicher, daß kein anderer als Gott den Herzen der Gomangani solche Scheu einflößte; wer sonst hätte ihnen ohne Hilfe von Pfeil oder Speer die Mäuler so wirkungsvoll stopfen können! Tarzan hatte für die Schwarzen eine große Verachtung gefaßt, weil sie gar so geschwätzig waren. Auch die kleinen Affen schnatterten so viel und liefen weg, wenn ein Feind kam. Kerschaks große, alte Bullen dagegen sprachen nur wenig, aber sie kämpften bei der geringsten Reizung. Auch Numa, der Löwe, war nicht gesprächig veranlagt und doch gab es in der ganzen Dschungel keinen, der häufiger focht als er.

In jener Nacht war Tarzan Zeuge von merkwürdigen Vorgängen, von denen er nichts verstand und vielleicht, weil sie so merkwürdig waren, dachte er, sie müßten etwas mit dem ihm unverständlichen Gott zu tun haben. Er sah, wie in feierlicher Zeremonie drei Jünglinge ihren ersten Kriegsspeer erhielten, wobei sich der groteske Zauberer bemühte, den Vorgang noch unheimlicher und schauerlicher zu machen.

Mit größtem Interesse beobachtete Tarzan das Aufschlitzen der drei braunen Arme und den Austausch des Blutes mit Mbonga in der Schließung der Blutsbruderschaft. Er sah, wie der Zauberer den Zebraschweif unter wildem Tanzen und Springen mit Beschwörungen in einen Kessel mit Wasser tauchte und Brust und Stirne der drei Novizen mit der verzauberten Flüssigkeit besprengte. Hätte der Affenmensch den Zweck dieser Handlung gekannt – nämlich den damit Besprengten unverletzlich für die Angriffe seiner Feinde und furchtlos in Gefahren zu machen – dann wäre er zweifellos in die Dorfstraße hinabgesprungen und hätte sich den Zebraschweif und einen Teil vom Kesselinhalt geholt.

Aber da er es nicht wußte, wunderte er sich nicht nur über das, was er sah, sondern auch über das merkwürdige Gefühl, das ihm über das nackte Rückgrat auf und ab lief, ein Gefühl, ohne Zweifel durch den gleichen hypnotischen Einfluß verursacht, der auch die Schwarzen in gespanntem Schauer auf der Höhe hysterischer Erregung hielt.

Je länger Tarzan zusah, desto sicherer war er, Gott zu sehen, und mit dieser Überzeugung kam der Entschluß, mit der Gottheit zu reden. Entschluß fassen und handeln war bei Tarzan eins.

Die hysterische Erregung von Mbongas Leuten war auf den höchsten Ton gespannt, nur noch eine Kleinigkeit war nötig, um den angesammelten Druck der durch die schreckenerregende Mummerei des Zauberers verursachten Nervenspannung auszulösen.

Plötzlich brüllte dicht an der Pallisade laut ein Löwe. Die Schwarzen fuhren zusammen und wagten kaum zu atmen, während sie auf eine Wiederholung der nur allzu bekannten und stets beängstigenden Stimme lauschten. Selbst der Zauberer hielt mitten in einem verworrenen Tanze an und blieb starr stehen, während sein schlaues Gehirn überlegte, durch welche Behauptung er beim Gemütszustande seiner Zuschauer aus dieser rechtzeitigen Störung den größten Nutzen ziehen könnte. Der Abend war für ihn bereits gewinnbringend genug gewesen. Außer drei Ziegen für die Aufnahme der drei Jünglinge in die Gemeinschaft der erwachsenen Krieger hatte er von bewundernden und erschreckten Mitgliedern seiner Zuhörerschaft noch verschiedene Gaben an Korn und Glasperlen und außerdem ein Stück Kupferdraht erhalten.

Numas Brüllen klang noch in den verstörten Nerven nach, als das schrille, durchdringende Lachen eines Weibes die Stille unterbrach. Diesen Augenblick wählte Tarzan, um sich federleicht von seinem Baume in die Dorfstraße hinabfallen zu lassen. Furchtlos stand er unter seinen Todfeinden, um Haupteslänge Mbongas Krieger überragend, gerade wie ein Pfeil, mit Muskeln wie Numa, der Löwe.

Einen Augenblick stand Tarzan und sah dem Zauberer gerade ins Auge. Jeder Blick hing an ihm, keiner wagte sich zu rühren – lähmender Schreck hielt sie alle, bis der Affenmensch mit einem Kopfnicken unmittelbar auf die häßliche Gestalt unter dem Büffelkopf zuschritt.

Das hielten die Nerven der Neger nicht mehr aus. Seit Monaten lag der Schrecken des fremden, weißen Dschungelgottes auf ihnen. Ihre Pfeile waren ihnen mitten aus dem Dorfe gestohlen worden, ihre Krieger waren lautlos auf den Wildpfaden getötet worden und deren Körper fielen geheimnisvoll bei Nacht und Nebel wie vom Himmel herab auf die Dorfstraße.

Einer oder zwei hatten die merkwürdige Gestalt des neuen Dämons flüchtig gesehen, und durch ihre wiederholten Beschreibungen erkannte das ganze Dorf in Tarzan den Urheber so vieler Übel. Bei anderer Gelegenheit und am hellen Tage hätten sich die Krieger zweifellos zum Angriff auf ihn gestürzt, aber in der Nacht, und noch dazu in einer solchen Nacht, in welcher ihre Nerven schon ohnehin durch die unheimlichen Kunststücke ihres Zauberers aus der Fassung geraten waren, machte sie der Schrecken völlig hilflos. Wie ein Mann wandten sie sich zur Flucht und rannten nach ihren Hütten auseinander, als Tarzan vortrat. Ein einziger behauptete für einen Augenblick seine Haltung – der Zauberer. Da er sich zu mehr als der Hälfte in den Glauben an seine eigene Charlatanerie hineinhypnotisiert hatte, hielt er diesem Dämon, welcher sein altes und einträgliches Gewerbe zu schädigen drohte, stand.

Bist du Gott? fragte Tarzan.

Der Zauberer, der von des anderen Rede kein Wort verstand, tanzte ein paar Schritte, sprang hoch in die Luft, drehte sich einmal herum und blieb mit gespreizten Beinen und vorgestrecktem Kopfe gebückt stehen. So stand er einen Augenblick, dann stieß er ein lautes »Buuh« aus, mit dem er zweifellos Tarzan fortschrecken wollte; aber die Wirkung blieb aus.

Tarzan blieb nicht stehen. Er wollte sich dem Gott nähern und ihn untersuchen, und keine Macht der Welt sollte ihn daran hindern. Als der Zauberer sah, daß seine Sprünge gegenüber dem Besucher nichts halfen, versuchte er es mit einer anderen Medizin. Er spuckte auf den Zebraschweif in der einen Hand, schlug mit den Pfeilen in der anderen ein paar Kreise darüber und sprach dann, immer vorsichtig vor Tarzan zurückweichend, zuversichtlich auf das buschige Ende des Schwanzes ein.

Indessen schien diese Medizin eine schwache Medizin zu sein, denn das Wesen, Gott oder Teufel, verkürzte immer mehr die trennende Entfernung. Der Zauberer schlug daher nur wenige und kurze Kreise und nahm dafür eine Haltung an, die Schrecken erregen sollte, wedelte vor sich mit dem Zebraschweif und zog eine gedachte Linie zwischen sich und Tarzan.

Die Linie kannst du nicht überschreiten, denn meine Medizin ist starke Medizin, schrie er. Steh, oder du fällst tot zu Boden, wenn dein Fuß diesen Fleck berührt. Meine Mutter war ein Wudu, mein Vater eine Schlange. Ich lebe von Löwenherzen und den Eingeweiden des Panthers; ich esse kleine Kinder zum Frühmahl und die Dämonen der Dschungel sind meine Diener. Ich bin der mächtigste Zauberer der Welt; ich fürchte nichts, denn ich kann nicht sterben. Ich – aber weiter kam er nicht, denn er drehte sich um und riß aus, als Tarzan, ohne zu sterben, über die verzauberte Todeslinie hinwegschritt.

Als der Zauberer weglief, verlor Tarzan seine gute Laune. So durfte sich Gott nicht benehmen, wenigstens nicht zufolge der Vorstellung, welche sich Tarzan von Gott gebildet hatte.

Komm zurück! rief er. Komm zurück, du Gott, ich tue dir nichts zuleide. Aber der Zauberer war schon in vollem Rückzuge und sprang wie ein Hirsch in hohem Bogen über Kochtöpfe und glimmende Feuer, die vor den Hütten der Dorfbewohner brannten. Geradewegs nach seiner Hütte rannte der Zauberer, die Angst spornte ihn zu ungewohnter Schnelligkeit. Aber sein Bemühen war umsonst – wie Bara, der Hirsch, flog der Affenmensch hinterher.

Gerade vor dem Eingang seiner Hütte war der Zauberer überholt. Eine schwere Hand packte seine Schulter, um ihn zurückzuhalten. Die Verkleidung riß herunter und der Teil eines Büffelfells blieb in der Hand Tarzans, der einen nackten Neger ins Dunkel der inneren Hütte schlüpfen sah.

So! den hatte er für den Gott gehalten! Tarzan hob mit einem ärgerlichen Knurren die Lippe und sprang dem geängstigten Zauberer in die Hütte nach. Er fand den Mann am anderen Ende in der Dunkelheit niedergekauert und schleppte ihn heraus in die verhältnismäßige Klarheit der mondhellen Nacht.

Der Zauberer suchte mit Beißen und Kratzen zu entkommen. Aber ein paar Püffe auf den Schädel belehrten ihn bald über die Nutzlosigkeit einer Gegenwehr. Draußen im Mondlicht hielt Tarzan die sich krümmende Gestalt auf ihren zitternden Füßen aufrecht.

So, also du bist Gott! schrie er. Wenn du Gott bist, dann ist Tarzan größer als Gott! Und das dachte der Affenmensch auch. Ich bin Tarzan, donnerte er dem Schwarzen ins Ohr. In der ganzen Dschungel, und über ihr, im rinnenden Wasser wie im stehenden Wasser, auf dem großen Wasser wie auf den kleinen Wassern ist keiner so groß wie Tarzan. Tarzan ist größer als die Mangani; er ist größer als die Gomangani. Mit seinen Händen hat er Numa, den Löwen, und Sheeta, den Leoparden, getötet. Da ist keiner so groß wie Tarzan. Tarzan ist größer als Gott! Da! Schau! Mit einem plötzlichen Ruck drehte er dem Schwarzen den Hals um, bis der Kerl vor Schmerz brüllte und ohnmächtig zu Boden plumpste.

Tarzan setzte seinen Fuß auf den Nacken des gefallenen Zauberers, hob das Gesicht zum Monde und stieß den langen, schrillen Schrei des siegreichen Affenbullen aus. Dann bückte er sich, riß den Zebraschwanz aus den gefühllosen Fingern des bewußtlosen Mannes und ging seinen Weg durch das Dorf zurück, ohne sich nur einmal umzusehen.

Aus einigen Hütten blickten ihm angstvolle Augen nach. Mbonga, der Häuptling, hatte mit angesehen, was sich vor der Hütte des Zauberers zutrug. Er fühlte sich tief betroffen. Als alter, kluger Patriarch, der er war, hatte er nie mehr als nur halb an Zauberei geglaubt, wenigstens nicht, seit ihm mit dem Alter größere Einsicht gekommen war. Aber als Häuptling war er vom Einfluß und der Wichtigkeit des Zauberers als Werkzeug der Regierung wohl überzeugt, und oft genug hatte Mbonga die abergläubische Angst seines Volkes mit Hilfe des Medizinmannes für seine eigenen Zwecke ausgenützt.

Mbonga und der Zauberer hatten zusammengearbeitet, aber wenn einer sah, was Mbonga eben gesehen hatte, dann würde das »Gesicht« des Zauberers für immer verloren sein, und kein Mensch in dieser Generation würde jemals wieder viel Glauben an einen Zauberer haben.

Mbonga mußte etwas tun, um den üblen Einfluß vom Siege des Waldteufels über den Zauberer zu verwischen. Er nahm seinen Kriegsspeer und kroch leise aus seiner Hütte dem sich zurückziehenden Affenmenschen nach. So unbekümmert und bedächtig schritt Tarzan die Dorfstraße hinab, als ob nur die befreundeten Affen Kerschaks um ihn gewesen wären, anstelle eines Dorfes voll bewaffneter Feinde.

Aber nur scheinbar war Tarzans Unbekümmertheit, denn die wohlgeschulten Sinne waren scharf und wachsam wie immer. Mbonga, der schlaue Beschleicher scharfhörender Dschungeltiere, schlich lautlos. Nicht einmal Bara, der Hirsch, hätte mit seinen großen Ohren aus irgendeinem Geräusch hören können, daß Mbonga nahe war. Aber der Schwarze beschlich nicht Bara, er beschlich einen Menschen, und deshalb suchte er nur das Geräusch zu vermeiden.

Näher und näher kam er dem langsam gehenden Affenmenschen. Jetzt hob er seinen Kriegsspeer und zog die Speerhand hoch über die rechte Schulter zurück. Ein für allemal wollte Mbonga, der Häuptling, sich und seine Leute von der Plage dieses schrecklichen Feindes befreien. Er wollte keinen Fehlwurf tun, er wollte sorgfältig achtgeben und seine Waffe mit solcher Kraft schleudern, daß der Dämon für immer abgetan war.

Aber Mbonga, so sicher er seiner Sache war, beging einen Irrtum. Er dachte wohl mit Recht, daß er einen Menschen beschlich – indessen wußte er nicht, daß er einen Menschen mit den empfindlichen Sinnesorganen der niedrigen Tiergattung vor sich hatte. Als Tarzan seinen Feinden den Rücken wendete, beachtete er das, was Mbonga nie bei der Beschleichung eines Menschen in Betracht gezogen hätte – den Wind. Dieser blies in der Richtung, in welcher Tarzan ging und trug zu dessen empfindlicher Nase den Geruch der Dinge, die sich hinter ihm erhoben. Deshalb wußte Tarzan, daß man ihm folgte, denn selbst unter dem mannigfachen Gestank eines afrikanischen Dorfes konnte des Affenmenschen unheimliche Fähigkeit immer noch einen Geruch vom anderen unterscheiden und mit bemerkenswerter Genauigkeit seine Quelle feststellen.

Er wußte, daß ihm ein Mann folgte und näher kam, und seine Klugheit warnte ihn vor der Absicht des Schleichers.

Als daher Mbonga in Speerwurfweite des Affenmenschen kam, fuhr dieser plötzlich nach ihm herum, so daß der Häuptling seinen erhobenen Speer um den Bruchteil einer Sekunde früher abschoß, als er gewollt hatte. Er ging etwas zu hoch, Tarzan bückte sich, um ihn über sich wegzulassen und sprang auf den Häuptling los. Aber Mbonga wartete nicht auf ihn. Er rannte in den dunklen Eingang der nächsten Hütte und schrie seinen Kriegern zu, sie sollten sich auf den Fremden werfen und ihn töten.

Mbonga hatte wohl Grund, um Hilfe zu rufen, denn Tarzan, jung und schnellfüßig, durchmaß den Abstand in mächtigen Sätzen und mit der Schnelligkeit eines jagenden Löwen. Dazu knurrte er auch noch ganz wie Numa selbst. Als Mbonga dies hörte, überlief es ihn kalt. Er fühlte, wie sich die Haare auf seinem Wollschädel sträubten und ein prickelnder Schauer sein Rückgrat entlang lief, als ob der Tod gekommen wäre und ihm die kalten Finger auf den Rücken legte.

Auch andere hörten und sahen aus dem Dunkel ihrer Hütten zu – kühne, fürchterlich bemalte Krieger, die ihre schweren Kriegsspeere in den aber jetzt kraftlosen Händen hielten. Numa, dem Löwen, hätten sie sich furchtlos entgegengeworfen. Um ihren Häuptling zu schützen, hätten sie eine mehrfache Übermacht schwarzer Krieger angegriffen; aber dieser schauerliche Dschungelteufel erfüllte sie mit Schrecken. In dem tierischen Knurren, das aus seiner breiten Brust kam, war nichts Menschliches, nichts Menschliches war auch in seinen entblößten Zähnen und in den katzenartigen Sprüngen. Mbongas Krieger waren erschreckt, – viel zu erschreckt, um die scheinbare Sicherheit ihrer Hütten zu verlassen, während sie

Augenzeuge waren, wie der Tiermensch ihrem alten Häuptling mitten auf den Rücken sprang.

Mbonga stürzte mit einem Angstschrei nieder. Er war viel zu verstört, um noch eine Verteidigung zu wagen. Vor Angst gelähmt lag er unter seinem Gegner und schrie aus Leibeskräften. Tarzan erhob sich halb und kniete auf dem Schwarzen. Er drehte Mbonga herum, sah ihm in das Gesicht und legte ihm die Kehle frei. Dann zog er sein langes, scharfes Messer, das Messer, welches John Clayton, Lord Greystoke, vor vielen Jahren von England herübergebracht hatte. Er brachte es Mbongas Kehle näher. Der alte Neger winselte voll Entsetzen. In einer Tarzan unverständlichen Sprache flehte er um sein Leben.

Zum ersten Male konnte sich Tarzan den Häuptling näher betrachten. Er sah einen sehr, sehr alten Mann mit runzeligem Gesicht und verschrumpeltem Hals – ein ausgetrocknetes, pergamentartiges Gesicht, das den kleinen, Tarzan so wohlbekannten Affen ähnlich sah. Er sah auch die Angst in des Mannes Augen – noch nie hatte Tarzan solche Angst in den Augen eines Geschöpfes oder solch ein jammervolles Flehen um Gnade auf einem Gesicht gesehen.

Irgend etwas hielt einen Augenblick die Hand des Affenmenschen zurück. Er wunderte sich selbst, was ihn vom Töten abhielt; nie zuvor hatte er so gezögert. Der alte Mann schien vor seinen Augen grau zu werden und zu einem Häufchen armseliger Knochen zusammenzuschrumpfen. So schwach und hilflos und angstverstört sah er aus, daß der Affenmensch von Verachtung erfüllt war. Aber auch noch ein anderes Empfinden ward in ihm lebendig – etwas, das Affentarzan einem Feinde gegenüber noch nicht gekannt hatte. Es war Mitleid – Mitleid mit einem armen, verängstigten, alten Mann.

Tarzan erhob sich, ließ Mbonga, den Häuptling, ungehärmt liegen und ging davon. Mit hoch erhobenem Haupte schritt er durch das Dorf, schwang sich in die Zweige des Baumes über der Palisade und verschwand aus dem Gesichtskreis der Dorfbewohner.

Auf dem ganzen Wege nach dem Lagergrund der Affen suchte Tarzan eine Erklärung der fremden Macht, die seine Hand gebändigt und ihn verhindert hatte, Mbonga zu töten.

Ihm war es, als ob ihm einer, der größer war als er, geboten hätte, das Leben des alten Mannes zu schonen. Tarzan verstand das nicht, denn er begriff nicht, wie etwas oder jemand soviel Gewalt über ihn haben sollte, um ihn zu etwas zu bringen oder von etwas abzuhalten.

Es war spät, als sich Tarzan einen schwanken Ruheplatz auf den Bäumen, unter welchen Kerschaks Affen zu schlafen pflegten, suchte, und beim Einschlafen war er immer noch mit diesem merkwürdigen Problem beschäftigt.

Die Sonne stand schon hoch am Himmel, als er erwachte. Die Affen waren eifrig bei der Futtersuche. Tarzan beobachtete träge von oben, wie sie im vermoderten Humus nach Käfern, Larven und Puppen kratzten oder zwischen den Zweigen der Bäume nach Eiern und jungen Vögeln oder schmackhaften Raupen suchten.

Eine nahe über seinem Kopfe hängende Orchidee öffnete sich langsam, entfaltete ihre zarten Kelche und reckte sie den warmen, eben zu ihrem Sitz dringenden Sonnenstrahlen entgegen. Tausendmal hatte Affentarzan das reizende Schauspiel angesehen, aber heute empfand er tieferes Interesse, denn er begann sich über die Myriaden von Wundern ringsum, die er bisher alle ohne weiteres hingenommen hatte, seine Gedanken zu machen.

Was hieß die Blüte sich öffnen? Was ließ sie von einer kleinen Knospe zur großen, vollen Blume werden. Warum gab es all das? Wozu war er selbst auf der Welt? Woher kam der Löwe Numa? Wer pflanzte den ersten Baum? Warum stieg Goro abends am Dunkel des Abendhimmels auf, um sein willkommenes Licht über die furchtbare, nächtliche Dschungel zu streuen? Und die Sonne? War diese nur zufällig da?

Warum wohnten in der Dschungel nicht lauter Bäume? Warum gab es statt der Bäume nicht etwas anderes? Weshalb war Tarzan anders als Taug, Taug anders als Bara, der Hirsch, und Bara wieder verschieden von Sheeta, dem Leopard? Und warum war Sheeta anders als Buto, das Nashorn? Wie und woher kamen sie alle – die Bäume, die Blumen, die Insekten, die unzähligen Dschungelgeschöpfe?

Ganz unerwartet tauchte ein Gedanke in Tarzans Hirn auf. In Verfolgung der weitverzweigten Angaben seines Lexikons betreffs des Wortes »Gott« hatte er das Wort »erschaffen« gefunden – verursachen, daß etwas in Erscheinung tritt; etwas aus nichts bilden.

Tarzan hatte beinahe etwas Greifbares festgestellt, als ein entferntes Weinen ihn aus seinen Gedanken in die Wirklichkeit der Gegenwart zurückriß. Das Weinen kam aus kurzer Entfernung aus der Dschungel. Es war das Weinen eines kleinen Balus, und Tarzan erkannte es gleich an der Stimme als Gazan, Teekas Kleines. Sie hatten es Gazan genannt, weil sein weiches Kinderfell ungewöhnlich rot war, und Gazan heißt in der Sprache der großen Affen »Rotfell«.

Dem Weinen folgte unmittelbar ein richtiger Angstschrei aus den kleinen Lungen. Wie ein Blitz handelte Tarzan. Wie ein Pfeil schoß er durch die Bäume auf das Geräusch zu. Vor sich hörte er das wilde Schnarren einer Affenmutter. Teeka kam zu Hilfe. Die Gefahr mußte sehr groß sein, soviel merkte Tarzan an der Mischung aus Wut und Angst in der Stimme der Äffin.

Der Affenmensch lief über federnde Äste, schwang sich von Baum zu Baum, raste auf halber Höhe der Bäume auf das Geräusch zu, das mittlerweile ohrenbetäubenden Umfang angenommen hatte. Von allen Seiten eilten Kerschaks Affen auf den Hilferuf des Balus und seiner Mutter herbei und belferten im Kommen dröhnend durch den Forst.

Tarzan, schneller als seine schwerfälligen Genossen, überholte sie alle. Er kam als der Erste auf den Schauplatz, dessen Anblick einen kalten Schauer durch seine riesige Gestalt sandte, denn der Feind war das bestgehaßte und scheußlichste aller Dschungelgeschöpfe.

Histah, die Schlange – riesig, gewichtig, schleimig – hing von einem großen Baume herab und hatte mit den Windungen ihrer tödlichen Umarmung Gazan, Teekas kleines Baku, gefaßt. Nichts in der Dschungel schuf ein der Furcht so nahe stehendes Gefühl in Tarzans Brust wie die scheußliche Histah. Auch die Affen verabscheuten das ekelhafte Reptil und fürchteten es sogar noch mehr als den Leoparden Sheeta oder Ruma, den

Löwen. Um keinen von all ihren Feinden machten sie einen größeren Bogen als um Histah, die Schlange.

Tarzan wußte, daß Teeka gerade vor diesem lautlosen, abstoßenden Feind besondere Furcht hatte. Deshalb erfüllte ihn Teekas Handlungsweise, die er eben beim Eintreffen auf dem Schauplatz zu sehen bekam, mit größter Bewunderung, denn die Äffin sprang auf den glitzernden Körper der Schlange und machte, trotzdem sie sofort ebenso wie ihr Sprößling von den mächtigen Windungen erfaßt wurde, keinen Versuch, sich zu befreien, sondern packte in nutzloser Anstrengung den würgenden Körper, um ihn von ihrem schreienden Balu loszureißen.

Tarzan wußte nur zu gut, welche tiefeingewurzelte Angst Teeka vor Histah hatte. Er traute darum kaum seinen eigenen Augen, als er sah, wie sie sich freiwillig in jene fürchterliche Umarmung begab. Und dazu hatte Teeka nicht viel mehr Furcht vor dem Ungeheuer als im Innern auch Tarzan selbst. Den Grund dafür konnte er nicht angeben, denn er hätte bei keinem Ding Furcht zugestanden. Es war auch keine Furcht, aber vielleicht ein innerer Abscheu, den er durch viele Generationen zivilisierter Vorfahren und weiter zurück durch zahllose Myriaden solcher Teekas geerbt hatte, Ahnen, die alle dem gleichen namenlosen Schreck vor dem schleimigen Reptil gewichen waren.

Doch auch Tarzan zögerte nicht länger als Teeka. Mit derselben Eile und dem gleichen Ungestüm, mit dem er sich auf der Jagd nach Nahrung auf Bara, den Hirsch, gestürzt hätte, sprang er auf Histah. Die derart angegriffene Schlange wand und krümmte sich schrecklich, aber nicht für einen Augenblick ließ sie eines ihrer Opfer los, im Gegenteil, kaum eine Minute später hatte sie auch den Affenmenschen in ihrer eiskalten Umschlingung.

Immer noch am Baum hängend, hielt das mächtige Reptil die drei in ihren Windungen frei in der Luft, als wenn sie kein Gewicht gehabt hätten und suchte ihnen das Leben aus dem Leibe zu würgen. Tarzan hatte sein Messer gezogen und stieß es wütend in den Leib des Feindes, aber die beengenden Ringe würden ihn zu Tode drücken, ehe er der Schlange die

Todeswunde beibringen konnte. Doch er focht weiter und suchte nicht, sich dem drohenden, schrecklichen Tode zu entziehen, sein einziger Gedanke war, Histah zu töten und dadurch Teeka und ihr Balu zu befreien.

Der große, weitgähnende Rachen der Schlange schwenkte geifernd über ihm. Die elastischen Kiefer, die so gut ein Kaninchen wie einen Rehbock schlingen konnten, drohten vor ihm. Aber als Histah dem Affenmenschen ihre Aufmerksamkeit zuwendete, brachte sie ihren Kopf in Reichweite seiner Klinge. Sofort griff eine braune Hand zu und packte den gefleckten Hals, während die andere das schwere Jagdmesser bis ans Heft in das kleine Gehirn stieß.

Krampfhaft zitternd ließ Histahs großer Körper nach, straffte sich wieder, gab von neuem nach, spannte und entspannte sich, peitschend und schlagend. Aber er bewegte sich ohne Sinn oder Gefühl. Histah war tot; doch noch im Tode konnte sie leicht ein Dutzend Affen oder Menschen erdrücken.

Tarzan faßte behend Teeka, zog sie aus der nachlassenden Umwürgung und ließ sie zu Boden sinken, dann holte er das Balu heraus und rollte es zu seiner Mutter hin. Histah peitschte hin und her und hielt den Affenmenschen immer noch umschlungen, aber nach einem Dutzend Versuchen kam Tarzan endlich frei und sprang aus dem Bereiche der mächtigen Schläge des sterbenden Leibes.

Eine große Anzahl der Affen umstand den Kampfplatz, aber sobald sich Tarzan unverletzt von seinem Feinde losgerissen hatte, gingen sie wieder schweigend an ihre Futtersuche und Teeka ging mit ihnen und hatte offenbar außer ihrem Balu und der Tatsache, daß sie gerade vor der Unterbrechung ein klug verborgenes Nest mit drei ganz frischen Eiern entdeckt hatte, alles vergessen.

Sobald der Kampf beendet war, war Tarzan ebenso gleichgültig, warf kaum noch einen Blick auf den immer noch sich windenden Körper Histahs und ging nach dem kleinen Tümpel, der seiner Horde als Wasserstelle diente. Merkwürdigerweise erhob er über der besiegten Histah keinen Siegesruf. Den Grund hätte er nicht sagen können, aber möglicherweise war Histah für ihn kein Tier. Sie unterschied sich auf ganz besondere Art von den übrigen Dschungelbewohnern. Tarzan konnte nur sagen, daß er sie haßte.

Am Tümpel trank sich Tarzan satt und streckte sich im Schatten eines Baumes in das weiche Gras. Er überdachte noch einmal den Kampf mit Histah, der Schlange. Es erschien ihm unerklärlich, warum sich Teeka selbst in die Umschlingungen des schrecklichen Ungeheuers begeben hatte. Warum hatte sie das getan? Wieso kam er selbst dazu? Teeka war nicht sein, auch nicht Teekas Balu. Sie gehörten beide Taug. Aus welchem Grunde hatte er sich denn eigentlich in diese Sache begeben? Histah war nicht einmal zu essen, wenn sie tot war. Wenn sich Tarzan die Sache recht überlegte, konnte er um alles in der Welt keinen Grund für seine Handlungsweise finden; da fiel ihm auf einmal ein, daß er eigentlich fast ohne jede Absicht gehandelt hatte, gerade so, wie er in der Nacht vorher den alten Gomangani wieder losgelassen hatte.

Was trieb ihn nur zu allen diesen Handlungen? Ganz entschieden trieb ihn zuzeiten ein Mächtigerer als er selbst an. »Allmächtig«, dachte Tarzan. Die kleinen Käfer sagen, daß Gott allmächtig ist. Also muß mich wohl Gott zu all diesen Dingen treiben, denn von mir allein aus würde ich sie nicht tun. Gott ließ Teeka sich auf Histah stürzen. Teeka würde aus eigenem Antrieb nie an Histah nahe herangegangen sein. Gott war es, der mein Messer vom Halse des alten Gomangani zurückhielt. Gott vollbringt merkwürdige Dinge, denn er ist »allmächtig«. Ich kann ihn nicht sehen, aber ich weiß, es muß Gott sein, welcher alle diese Dinge tut, kein Mangani, kein Gomangani, kein Tarmangani könnte sie herbeiführen.

Und die Blumen – wer ließ sie wachsen? Ah, jetzt war alles klar – die Blumen, die Bäume, der Mond, die Sonne, er selbst, jedes lebende Geschöpf in der Dschungel – sie alle waren von Gott aus dem Nichts geschaffen.

Und was war Gott? Wie sah Gott aus? Davon konnte er sich keinen Begriff machen, aber sicher war es, daß alles Gute von Gott kam: Seine gute Tat, daß er den armen, alten, wehrlosen Gomangani leben ließ; Teekas Liebe, die sie in die Umarmung des Todes stürzen ließ; seine eigene Ergebenheit gegen Teeka, daß er sein Leben wagte, um das ihre zu retten. Die

Blumen und die Bäume waren gut und schön, weil Gott sie gemacht hatte. Gott schuf auch alle anderen Wesen, auf daß jedes seine Nahrung zum Leben finde. Er schuf Sheeta, den Leopard, mit seinem schönen Kleid, und Numa, den Löwen, mit dem edlen Kopf und der zottigen Mähne. Er schuf Bara, den Hirsch, lieblich und anmutig.

Ja, Tarzan hatte Gott gefunden und verbrachte den ganzen Tag damit, ihm alles Gute und Schöne in der Natur zuzuschreiben. Aber eine Sache störte ihn dabei, weil er sie mit seinem neugefundenen Begriff Gottes nicht in Einklang bringen konnte:

Wer erschuf Histah, die Schlange?

Tarzan und der Negerjunge

Affentarzan saß am Fuße eines großen Baumes und flocht ein neues Grasseil. Neben ihm lagen die zerfransten Reste des alten, welches Sheeta, der Leopard, mit Zähnen und Krallen zerfetzt hatte. Nur die Hälfte davon war noch da, die andere Hälfte hatte die wütende Katze mit fortgeschleppt, als sie immer noch mit der Schlinge um den wilden Hals, das lose Ende durch die Dschungel nachschleifend, im Unterholz verschwand.

Tarzan lächelte, als er an Sheetas große Wut dachte, wie er sich krampfhaft bemühte, die hindernden Stränge loszuwerden, wie er teils vor Haß, teils vor Wut, teils vor Angst kreischte. Er dachte mit Lächeln an die unbehaglichen Gefühle seines Gegners und fügte in Vorahnung einer anderen Gelegenheit zur Verstärkung seinem neuen Seil noch eine Faser mehr zu.

Dies würde das stärkste und schwerste Seil werden, das Affentarzan je fertigte. Ihn erfüllten bereits Vorgefühle, als ob Numa, der Löwe, sich bereits erfolglos anstrengte, die Schlinge zu brechen. Er war ganz zufrieden, denn Hirn wie Hand waren tätig. Nicht weniger zufrieden fühlten sich seine Genossen von Kerschaks Horde auf ihrer Futtersuche in der Lichtung und den Bäumen ringsum.

Kein verwirrender Gedanke an die Zukunft belastete ihr Gemüt, und nur gelegentlich erinnerten sie sich ganz nebelhaft an die allernächste Vergangenheit. Das ergötzliche Geschäft, den Bauch zu füllen, versetzte sie in eine Art grober Genügsamkeit und Zufriedenheit. Nachher legten sie sich schlafen – das war so ihre Lebensweise. Sie freuten sich darüber, wie wir alle über die unsrige – und wie auch Tarzan sich über die seinige freute. Möglicherweise hatten sie sogar mehr Freude am Leben als wir, denn wer kann sagen, ob die Geschöpfe der Dschungel den Zweck ihres Daseins, zu dem sie erschaffen wurden, nicht vielleicht besser erfüllen als der Mensch mit seinem vielen Sichzersplittern in fremden Gebieten und seinen Verkehrungen der Naturgesetze. Und was könnte größere

Zufriedenheit und höheres Glück gewähren als der Gedanke, daß man seine Bestimmung erfüllt?

Tarzan arbeitete und Gazan, Teekas kleines Balu, spielte um ihn herum, während Teeka auf der anderen Seite der Lichtung Futter suchte. Weder Teeka als Mutter, noch der mürrische Familienvater Taug nährten Argwohn hinsichtlich der Absichten Tarzans gegenüber ihrem Erstgeborenen. Hatte er nicht dem Tode getrotzt, um Gazan vor den Fängen und Krallen Sheetas zu retten? Hätschelte und streichelte er das Kleine nicht mit ebensoviel offensichtlicher Liebe wie Teeka selbst? Ihre Furcht war beseitigt und Tarzan fand sich nun oft genug in der Rolle eines Kindermädchens für einen winzigen Menschenaffen – einem Beruf, den er keineswegs langweilig fand, da Gazan eine unerschöpfliche Quelle der Überraschung und Unterhaltung war.

Eben jetzt entwickelte das Äfflein bereits jenes nach den Bäumen zielende Streben, das ihm während der Jugendjahre, wo rasche Flucht in die unteren Zweige der Bäume weit wichtiger und wertvoller ist, als die noch unentwickelten Muskeln und unerprobten Reißzähne, so gute Dienste leisten mußte. Fünfzehn oder zwanzig Schritt von dem Baum, unter dessen Ästen Tarzan an seinem Seil flocht, trappelte es zum Anlauf zurück, huschte wieder vorwärts und kletterte gewandt zu den unteren Ästen hinauf. Dort blieb es dann ein oder zwei Sekunden voll Stolz über seine Leistung sitzen, um wieder zur Erde herunterzuklettern und von vorne anzufangen. Manchmal, richtiger oft genug, denn es war ein Affe, lenkte etwas anderes seine Aufmerksamkeit ab – ein Käfer, eine Raupe, eine Feldmaus – und husch war es dahinter her. Die Raupen fing es wohl und manchmal auch die Käfer, aber die Feldmäuse lachten es aus. Jetzt hatte Gazan das Ende des Seils entdeckt, an dem Tarzan arbeitete. Er packte es mit seiner kleinen Hand, riß – einem lebenden Gummiball zum Verwechseln ähnlich – damit aus, zog es dem Affenmenschen aus der Hand und lief über die Lichtung. Tarzan sprang auf und hinter her, aber es zeigte sich keine Spur von Ärger in seinem Gesicht oder in seiner Stimme, während er dem spitzbübischen, kleinen Balu zurief, das Seil liegen zu lassen.

Geradewegs zu seiner Mutter raste Gazan und Tarzan kam hinterdrein. Teeka sah vom Futter auf und bemerkte erst nur, daß Gazan zu ihr geflohen kam und daß ihn ein anderer verfolgte. Sie sträubte die Haare und zeigte die Zähne. Aber als sie sah, daß der Verfolger Tarzan war, wendete sie sich wieder der Angelegenheit zu, die sie eben beschäftigt hatte. Gerade vor ihren Füßen überholte der Affenmensch das Balu und obgleich der Kleine quiekte und sich wehrte, als ihn Tarzan packte, sah Teeka doch nur gelegentlich hin. Von Tarzans Händen fürchtete sie für ihren Erstgeborenen keinerlei Harm mehr. Hatte er nicht bei zwei Gelegenheiten Gazan gerettet?

Tarzan holte sich sein Seil wieder und hockte sich wieder mit seiner Arbeit unter den Baum, aber er mußte von nun an gut auf das spielende Balu achtgeben, denn dieses war jetzt ganz darauf versessen, das Seil zu stehlen, sobald sein großer, glatthaariger Vetter für einen Augenblick nicht auf der Hut war.

Aber selbst unter dieser Behinderung bekam Tarzan endlich sein Seil fertig; eine lange, geschmeidige Waffe war es geworden, stärker als je eine, die er gefertigt. Das zerrissene Ende seines früheren gab er Gazan als Spielzeug, denn er hatte die Absicht, Gazan in seine eigene Schule zu nehmen, sobald der Kleine alt und kräftig genug war, um aus seinen Lehren Nutzen zu ziehen.

Vorläufig war der dem Äfflein angeborene Nachahmungstrieb genügend, um ihn mit Tarzans Waffen und Wegen vertraut zu machen, und während der Affenmensch sich mit dem neuen Seil um die Schulter in die Dschungel davonschwang, hüpfte klein Gazan in kindlichem Entzücken mit dem alten Seil als Schleppe über die Lichtung.

Während Tarzan auf seinem Wege sowohl Beute zur Nahrung wie ein genügend edles Opfer suchte, um seine neue Waffe daran zu erproben, war sein Geist häufig mit Gazan beschäftigt. Der Affenmensch hatte von Anbeginn eine starke Vorliebe für Gazan gefaßt, teils um des kleinen Affen selbst willen, teils weil das Balu Teeka gehörte, die seine erste Flamme gewesen war. Außerdem sehnte sich Tarzans Menschenherz nach einem fühlenden Geschöpf, dem er jene natürliche Zuneigung erweisen konnte, die jedem normal empfindenden

Mitglied des genus homo innewohnt. Tarzan beneidete Teeka. Allerdings erwiderte Gazan offenbar Tarzans Zuneigung in hohem Grade, er zog ihn sogar seinem sauertöpfischen Erzeuger vor. Aber wenn der Kleine Schmerzen oder Angst hatte, wenn er müde oder hungrig war, dann rettete er sich zu Teeka. In solchen Augenblicken fühlte sich Tarzan schrecklich allein auf der Welt und sehnte sich verzweifelt nach jemand, der sich an ihn um Hilfe und Schutz wenden würde.

Taug hatte Teeka, Teeka hatte Gazan. Und beinahe jeder andere Bulle und jedes Weibchen Kerschaks hatte jemand zum lieben und wurde wiedergeliebt. Tarzan konnte natürlich seine Gedanken nicht in dieser bestimmten Form fassen – er wußte nur, daß er sich nach etwas sehnte, das ihm versagt blieb, etwas, das ihm durch das Verhältnis von Teeka zu ihrem Balu verdeutlicht war. Darum beneidete er Teeka und sehnte sich nach einem eigenen Balu.

Er sah Sheeta und sein Weibchen mit ihrer Familie von drei Kleinen, und tiefer drin im Lande bei den Felshügeln, wo man während der Tageshitze im dichten Schatten des Dickichts unter der Kühle der überhängenden Felsen ausruhen konnte, hatte Tarzan das Lager Numas, des Löwen, und der Löwin Sabor entdeckt. Dort hatte er sie beobachtet, sie und ihre kleinen Balus – leopardenartig gefleckte, lustig spielende Geschöpfchen. Und Bara, den Hirsch, hatte er mit seinem Kälbchen gesehen und Buto, das Nashorn, mit seinen plumpen Kleinen. Alle Geschöpfe in der Dschungel hatten ihre Familie, alle – außer Tarzan. Wenn der Affenmensch daran dachte, fühlte er Trauer; Trauer und Einsamkeit.

Aber jetzt verjagte die Witterung eines Wildes jeden anderen Gedanken aus seinem jugendlichen Gemüt und katzenartig kroch er auf dem sich biegenden Ast weit hinaus bis über die Wildfährte, welche zu der alten Wasserstelle der wilden Tiere dieser wilden Welt führte.

Wie viele tausendmal hatte sich wohl der große alte Ast schon unter dem Gewichte eines blutdürstigen Jägers in den langen Jahren gebogen, seit er seine belaubten Zweige über den ausgetretenen Dschungelpfad streckte! Tarzan, der Affenmensch, Sheeta, der Leopard, und Histah, die Schlange, kannten ihn wohl; sie hatten die Rinde seiner Oberfläche schon ganz glatt geschabt.

Heute war es Horta, der Eber, der zu dem Aufpasser droben auf dem alten Baume die Fährte herabkam – Horta, der Eber, dessen furchtbare Hauer und dessen teuflische Wut ihn selbst vor den wildesten und ausgehungertsten der großen Fleischfresser schützte.

Aber für Tarzan war Fleisch Fleisch. Wenn er Hunger hatte, ließ er nichts, das eßbar war und gut schmeckte, ungeschoren und unangegriffen. Im Hunger wie im Kampfe war der Affenmensch wilder als der gefürchtetste Bewohner der Dschungel. Er kannte weder Furcht noch Gnade, ausgenommen jene seltenen Fälle, bei denen ihm eine fremde, unerklärliche Gewalt die Hand festhielt – für ihn vielleicht darum unerklärlich, weil er von seiner Abstammung nichts wußte und deshalb auch seinen Anteil und sein Erbrecht an Humanität und Zivilisation nicht kannte.

Anstatt also zu warten, bis sich ein weniger gefahrvolles Mahl bot, warf Tarzan auch heute wieder seine neue Schlinge um den Hals Hortas, des Ebers. Für die ungeprüften Stränge des Seils war das eine vorzügliche Festigkeitsprobe. Der wütende Eber schoß hierhin und dorthin, aber jedesmal hielt ihn das neue Seil über dem Aste am Baumstamm fest, um welchen es Tarzan nach dem Wurf geschlungen hatte.

Horta grunzte und tobte und schlug seine mächtigen Hauer in den Stamm des alten Dschungelpatriarchen, daß die Rinde nach allen Richtungen flog, als Tarzan hinter ihm auf den Boden sprang. Der Affenmensch hielt sein langes, scharfes Messer, seinen ständigen Begleiter, seit vor langer Zeit durch Zufall die Spitze in den Leib von Volgani, dem Gorilla, gedrungen war und dadurch das blutende, zerrissene Menschenkind vor dem sicheren Tode bewahrt hatte.

Tarzan ging auf Horta zu, der sich jetzt herumwarf, um seinem Feinde zu begegnen. So mächtig und muskulös auch der junge Riese war, so schien es doch die reinste Narrheit, nur mit einem schwachen Jagdmesser bewaffnet ein so furchtbares Geschöpf wie den Eber Horta anzugreifen. So mußte der denken, der Horta nur wenig und Tarzan gar nicht kannte.

Einen Augenblick stierte Horta den Affenmenschen regungslos an. Seine boshaften, tiefliegenden Augen blitzten wild; dann schüttelte er den gesenkten Kopf.

Schlammfresser! höhnte der Affenmensch. Schmutzwälzer! Selbst dein Fleisch stinkt, aber es ist saftig und gibt Tarzan Kraft. Heute werde ich dein Herz essen, du Herr mit den großen Hauern! Dadurch will ich das, welches gegen meine eigenen Rippen schlägt, wild erhalten.

Obgleich Horta nichts von dem verstand, was Tarzan sagte, war er doch nicht weniger erbost darüber. Er sah nur einen nackten Menschen, haarlos und nichtig, der seine armseligen Zähne und schwachen Muskeln gegen seine eigene unbezähmbare Wildheit einsetzte, und fuhr darauf los.

Affentarzan wartete, bis das Hochschlagen eines bösen Hauers eben seinen Oberschenkel aufreißen wollte, dann rührte er sich – nur eine Kleinigkeit wich er zur Seite, aber es ging so schnell, daß ein Blitz im Vergleich damit ein Faulpelz war – mit der Bewegung bückte er sich leicht und trieb mit der ganzen Kraft seines rechten Armes seines Vaters langes Jagdmesser gerade in Hortas Herz. Ein rascher Sprung brachte ihn aus dem Bereich der Todeszuckungen und einen Augenblick später hatte er dem Eber das heiße, triefende Herz entrissen.

Entgegen seiner sonstigen Gewohnheit suchte Tarzan heute nach Stillung seines Hungers keinen Ruheplatz zum Schlafen, sondern setzte seinen Weg durch die Dschungel mehr auf der Suche nach Erlebnissen als nach Nahrung fort, weil er heute keine Ruhe hatte. So kam es, daß er wieder einmal seine Schritte zum Dorfe des Negerhäuptlings Mbonga lenkte, dessen Stamm er ohne Gewissensbisse seit dem Tage peinigte, an welchem Kulonga, der Sohn des Häuptlings, ihm Kala erschlagen hatte.

Ein Flußlauf wand sich dicht neben dem Dorfe der Schwarzen vorbei. Ein wenig unterhalb der Lichtung, auf welcher die strohgedeckten Hütten der Neger lagen, erreichte Tarzan das Ufer. Das Leben dort hatte stets eine große Anziehungskraft für ihn. Er hatte seine Freude an dem plumpen Wesen von Duro, dem Flußpferd, und fand ein reizvolles Vergnügen darin, das faule Krokodil, Gimla, das sich im Sande von der Sonne braten ließ, zu ärgern. Dann sah er dort auch die Weibchen und die Balus der schwarzen Männer, der Gomangani, um sie zu schrecken, wenn sie – die Weibchen mit ihrem bißchen Wäsche, die Balus mit ihren einfachen Spielsachen – am Ufer hockten.

Heute traf er auf ein Weib und ein Kind, die weiter unten als gewöhnlich an den Fluß gekommen waren. Das Weib suchte eine besondere Art von Schaltieren, die sich nur weiter unten im Uferschlamm fanden. Sie war eine junge Schwarze von etwa dreißig Jahren. Ihre Zähne waren spitz gefeilt, denn ihr Stamm aß Menschenfleisch. Ihre Unterlippe war geschlitzt, um ein mächtiges Gehänge aus Kupfer aufzunehmen, welches sie schon soviele Jahre darin getragen hatte, daß die Unterlippe zu einer wunderbaren Länge gezogen herabhing und Zähne und Gaumen des Unterkiefers sehen ließ. Dazu war ihre Nase durchbohrt und ein Holzstab durchgezogen. Schmuck aus Metall baumelte an ihren Ohren, an der Stirne und den Wangen. Auf dem Kinn und der Nase befanden sich farbige Tätowierungen. Außer einem Lendenschurz aus Gras war sie nackt. Aber sie hielt sich selbst für sehr hübsch und war es auch nach Ansicht der Männer aus Mbongas Stamm, obgleich sie von einem anderen Stamme kam – sie war als Mädchen von Mbongas Kriegern als Kriegsbeute weggeschleppt worden.

Ihr Kind war ein zehnjähriger Knabe, schlank, gerade gewachsen und für einen Schwarzen leidlich hübsch. Tarzan sah aus den ihn verdeckenden Blättern eines nahen Busches auf die beiden. Er wollte schon mit einem schreckenerregenden Schrei zu ihnen herunterspringen, um sich am Anblick ihrer Angst und haltlosen Flucht zu ergötzen, als ihm ein neuer Gedanke kam. Hier war ein Balu, das so wie er selbst gebaut war. Seine Haut war zwar schwarz, aber was schadete das? Tarzan hatte noch nie einen Weißen gesehen. So weit er wußte, war er der einzige Vertreter dieser merkwürdigen Daseinsform auf der ganzen Erde. Da Tarzan kein eigenes Balu hatte, würde der schwarze Knabe als Balu sich vorzüglich für ihn eignen. Er würde ihn sorgfältig erziehen, ihn gut füttern und so gut beschützen, wie es eben nur Affentarzan konnte, und er würde ihm aus seiner halb menschlichen, halb tierischen Weisheit alle

Geheimnisse der Dschungel von den modernden Pflanzen auf dem Boden bis zu den luftigen Wipfeln der höchsten Bäume beibringen.

Tarzan nahm das Seil ab und legte die Schlinge zurecht. Die beiden vor ihm hatten von seiner schreckenerregenden Gegenwart keine Ahnung, suchten eifrig nach Schalentieren und stocherten mit kurzen Stöcken im Schlamm.

Tarzan trat hinter ihnen aus der Dschungel. Die Schlinge lag vor ihm auf dem Boden. Von einem kurzen Ruck seines rechten Armes stieg sie geschmeidig in die Höhe, schwebte einen Augenblick über dem Haupte des ahnungslosen Jungen und fiel dann über ihn. Als sie an seinen Schultern herabglitt, zog sie Tarzan mit einem schnellen Zug fest und fesselte dadurch dem Knaben die Arme an der Seite. Als sich seine Mutter auf seinen Angstschrei nach ihm umwandte, sah sie gerade noch, wie er von einem weißen Riesen kaum ein Dutzend Schritte entfernt in den Schatten eines nahen Baumes gezogen wurde.

Mit einem wilden Angst- und Wutschrei lief das Weib furchtlos auf den Affenmenschen zu. Tarzan sah in ihrem Gesicht einen Mut und eine Entschlossenheit, die selbst vor dem Tode nicht zurückschreckte. Auch wenn sie ruhig war, war ihr Gesicht schon sehr häßlich, aber von der Leidenschaft verzerrt wurde ihr Ausdruck geradezu teuflisch. Selbst der Affenmensch wich zurück, aber mehr aus Abscheu als aus Furcht – Furcht kannte er nicht.

Das Balu des schwarzen Weibchens biß und kratzte, als es Tarzan unter den Arm nahm und damit in den überhängenden Zweigen verschwand, gerade als die ergrimmte Mutter vorwärtsstürzte, um Tarzan zu packen und mit ihm zu kämpfen. Während er mit seiner immer noch strampelnden Beute in der Tiefe des Waldes verschwand, überlegte er sich, welche Entwicklungsmöglichkeiten für die Tüchtigkeit der Gomangani gegeben wären, wenn deren Männchen ebenso furchtbar wären wie die Weibchen.

In sicherer Entfernung von der beraubten Mutter und außer Hörweite ihrer Schreie und Drohungen hielt Tarzan an, um seine Beute zu besichtigen, die nunmehr derart verängstigt war, daß sie Gegenwehr und Schreien aufgab.

Das erschreckte Kind rollte angstvoll die Augen und blickte seinen Entführer mit Augen an, die rund um die Pupille das Weiße zeigten.

Ich bin Tarzan, sagte der Affenmensch in der Sprache der Menschenaffen. Ich werde dir nichts tun. Du bist jetzt Tarzans Balu. Tarzan wird dich beschützen und ernähren. Das Beste aus der Dschungel soll Tarzans Balu bekommen, denn Tarzan ist ein gewaltiger Jäger. Du brauchst dich vor keinem, nicht einmal vor Numa, dem Löwen, zu fürchten, denn Tarzan ist ein mächtiger Kämpfer. Keiner ist so groß wie Tarzan, der Sohn der Kala. Habe also keine Furcht.

Aber das Kind wimmerte nur zitternd, denn es verstand die Sprüche der Riesenaffen nicht, und die Stimme Tarzans klang ihm wie das Bellen und Knurren eines Tieres. Außerdem hatte er schon über den bösen, weißen Waldgott Geschichten gehört. Dieser hatte Kulonga und andere Krieger des Häuptlings Mbonga getötet. Er war es, der durch Zauberei immer lautlos im Dunkel der Nacht in das Dorf kam, um Pfeile und Gift zu stehlen und Weiber und Kinder, ja sogar die großen Krieger zu ängstigen. Zweifellos fraß dieser böse Gott kleine Kinder. Hatte ihm seine Mutter das nicht gesagt, wenn er unartig gewesen war? Hatte sie dann nicht immer gedroht, ihn dem weißen Dschungelgott zu geben, wenn er nicht artig wäre? Der kleine schwarze Tibo zitterte wie im Fieber.

Frierst du, Go-bu-balu? fragte Tarzan, und gab ihm an Stelle eines besseren Namens die Bezeichnung der Affen für »schwarzes Kind«. Die Sonne ist doch warm, warum fröstelt es dich?

Tibo verstand das nicht, es schrie nach seiner Mama, bat den großen, weißen Gott, ihn laufen zu lassen und versprach, von nun an immer ein guter Junge sein zu wollen, wenn sein Flehen erhört würde. Tarzan schüttelte den Kopf. Nicht ein Wort konnte er verstehen. So ging das nicht weiter! Er mußte Go-bu-balu erst einmal eine Sprache beibringen, die sich wie Reden anhörte. Tarzan war ganz sicher, daß Go-bu-balus Laute überhaupt keine Sprache waren. Sie klangen genau so sinnlos wie das Geschnatter der dummen Vögel. Der Affenmensch dachte sich, es sei wohl am besten, ihn so schnell wie möglich zu Kerschaks Horde zu bringen, wo er die Mangani miteinander reden hörte. Auf diese Art konnte er bald eine vernünftige Sprache lernen.

Tarzan erhob sich auf seinem schwanken Zweig hoch über dem Boden und winkte dem Kind, zu folgen; aber Tibo klammerte sich nur an den Baumstamm an und weinte. Als Junge und geborener Afrikaner, der er war, war er natürlich schon oft auf Bäume geklettert, aber der Gedanke, durch die Bäume zu eilen und sich von Zweig zu Zweig zu schwingen, wie es sein Entführer zu seinem Entsetzen getan hatte, als er Tibo seiner Mutter entriß, erfüllte sein Kinderherz mit Schauder.

Tarzan seufzte. Sein neu erworbenes Balu hatte noch viel, viel zu lernen. Es war ein Jammer, daß ein Balu von seiner Größe und Stärke noch so weit zurück sein sollte. Er suchte Tibo durch Liebkosungen zum Folgen zu bringen, aber das Kind traute sich nicht, und so nahm ihn Tarzan auf und trug ihn auf dem Rücken. Tibo kratzte und biß nicht länger. Ein Entkommen war unmöglich. Schon jetzt wußte er, daß er kaum noch seinen Weg nach Mbongas Dorf zurückgefunden hätte, wenn er wieder auf den Boden gesetzt worden wäre. Und selbst vorausgesetzt, er hätte es gekonnt, dann waren auch noch die Löwen, die Leoparden und die Hyänen, und Tibo wußte, daß sie alle gern kleine schwarze Jungen fraßen.

Vorläufig hatte ihm der weiße Dschungelgott nichts zuleid getan. Von den schrecklichen, grünäugigen Menschenfressern hatte er noch nicht einmal soviel Schonung zu erwarten. Es war also immer noch das kleinere von zwei Übeln, wenn er sich von dem weißen Gott wegbringen ließ, ohne zu kratzen und zu beißen, wie er erst getan hatte.

Während sich Tarzan rasch durch die Bäume schwang, hielt der kleine Tibo vor Angst lieber die Augen geschlossen, als daß er in den fürchterlichen Abgrund hinuntergeblickt hätte. In seinem ganzen Leben war Tibo noch nicht so erschrocken gewesen, als jetzt, da der weiße Riese mit ihm durch den Wald flog und trotzdem stahl sich ein unerklärliches Gefühl der Sicherheit in die Seele des Knaben, als er sah, wie wohlberechnet die

Sprünge des Affenmenschen waren, wie untrüglich sicher seine Hände die Griffe der schwankenden Zweige faßten. Und dann merkte er, wie sicher er auf halber Höhe der Bäume so außer dem Bereiche der gefürchteten Löwen war.

Inzwischen kam Tarzan zu seiner Horde auf die Lichtung und ließ sich mit seinem neuen Balu auf den Schultern zu ihnen hinab. Er war schon mitten unter ihnen, ehe Tibo eine der großen behaarten Gestalten erblickte oder ehe die Affen merkten, daß Tarzan nicht allein war. Als sie den kleinen Gomangani auf seinem Rücken sich anklammern sahen, kamen einige von ihnen neugierig knurrend mit zurückgezogenen Lippen herbei.

Eine Stunde zuvor hatte der kleine Tibo geglaubt, er habe die allerschlimmste Angst kennen gelernt, aber als er jetzt diese fürchterlichen Bestien um sich sah, war ihm alles bisher durchgemachte nichts im Vergleich damit. Warum blieb der große, weiße Riese so unbekümmert stehen? Weshalb entfloh er nicht, ehe diese schrecklichen, behaarten Baummenschen über sie beide herfielen und sie in Stücke rissen? Aber auf einmal erinnerte sich Tibo an eine andere schreckliche Geschichte, die in Mbongas Dorf von Mund zu Mund ging, nämlich daß dieser große weiße Teufel der Dschungel nur ein unbehaarter Affe war, denn man hatte ihn doch in deren Gesellschaft gesehen.

Tibo konnte nur mit weitaufgerissenen Augen auf die sich nahenden Affen starren. Er sah ihre dicken Brauen, die riesigen Fangzähne, die bösen Augen, die mächtigen Muskeln unter den zottigen Fellen. Jede Haltung, jeder Ausdruck war eine Drohung. Tarzan sah das auch und zog Tibo vor sich.

Das ist Tarzans Go-bu-balu, sagte er. Rührt ihn nicht an, sonst tötet euch Tarzan. Dabei zeigte er dem nächststehenden Affen seine Reißzähne.

Das ist ein Gomangani, erwiderte der Affe. Lasse mich ihn töten. Es ist ein Gomangani, die Gomangani sind unsere Feinde. Laß mich ihn töten.

Geh' weg, knurrte Tarzan. Gunto, ich sage dir, das hier ist Tarzans Balu. Geh' weg, oder Tarzan wird dich töten. Mit diesen Worten tat der Affenmensch einen Schritt auf den vorrückenden Affen zu.

Steif und hochmütig schob sich der andere zur Seite, wie ein Hund, der einem anderen begegnet und zu furchtsam zum Kämpfen ist, aber aus Stolz sich nicht herumdrehen und davonrennen will.

Hinter ihm kam, von Neugierde getrieben, Teeka. Der kleine Gazan trippelte an ihrer Seite. Sie waren voller Erstaunen wie die anderen, aber Teeka zeigte keine Zähne. Tarzan bemerkte dies und winkte ihr, näher zu kommen.

Jetzt hat Tarzan ein Balu, sagte er. Seines und Teekas Balu können zusammen spielen.

Es ist ein Gomangani, entgegnete Teeka. Er wird mein Balu töten. Nimm ihn fort, Tarzan.

Tarzan lachte: Er kann ja nicht einmal Pamba, der Ratte, etwas tun. Er ist noch ein kleines Balu und hat schreckliche Angst. Laß Gazan mit ihm spielen.

Teeka hegte immer noch Befürchtungen, denn trotz ihrer großen Wildheit sind die großen Menschenaffen scheu; aber schließlich vertraute sie auf Tarzan und schob Gazan dem kleinen schwarzen Jungen entgegen. Der kleine Affe zog sich, vom Instinkt geleitet, zu seiner Mutter zurück, entblößte seine kleinen Fänge und schrie halb furchtsam, halb zornig.

Da auch Tibo keinen Wunsch bezeugte, mit Gazan nähere Bekanntschaft zu machen, gab Tarzan seine Bemühungen für diesmal auf.

Während der folgenden Tage fand Tarzan seine Zeit stark in Anspruch genommen. Sein Balu erwies sich als größere Verantwortlichkeit als er gedacht hatte. Nicht einen Augenblick durfte er es allein lassen, da vom ganzen Stamm höchstens Teeka sich enthalten haben würde, den unglücklichen Schwarzen zu töten, sobald Tarzan nicht aufgepaßt hätte. Wenn der Affenmensch jagte, mußte er Go-bu-balu immer mit sich tragen. Das war lästig und dann schien Tarzan der kleine Schwarze so dumm und furchtsam zu sein. Selbst den kleinen Dschungeltieren gegenüber war er völlig hilflos. Tarzan wunderte sich, daß er überhaupt noch am Leben war. Er suchte ihn zu unterrichten und fand einen Hoffnungsschimmer darin, daß Go-bu-balu ein paar Worte der Affensprache gelernt hatte und schon an einem hohen Ast hängen konnte, ohne vor Angst zu schreien; aber irgend etwas an dem Kind beunruhigte Tarzan. Er hatte oft die Schwarzen in ihrem Dorfe belauscht, hatte ihre Kinder spielen sehen und immer hatten sie viel gelacht. Aber Klein-Go-bu-balu lachte niemals. Ab und zu lächelte er verstört, aber richtiges Lachen war ihm fremd. Tarzan sagte sich, daß der Schwarze eigentlich lachen müsse. Das war doch die Art der Gomangani.

Er sah auch, daß der kleine Bursche oft nicht essen wollte und von Tag zu Tag dünner wurde. Manchmal überraschte er den Knaben dabei, wie er leise in sich hineinweinte. Tarzan suchte ihn dann zu trösten, wie es Kala mit dem Affenmenschen gemacht hatte, als er noch ein Balu war, aber es nützte nichts. Go-bu-balu fürchtete sich nur nicht mehr vor Tarzan — aber das war auch alles. Jedes andere Lebewesen in der Dschungel fürchtete er. Er fürchtete die Dschungeltage mit ihren weiten Wegen durch die schwindeligen Baumwipfel und die Dschungelnächte mit ihren gefährlichen, schwanken Nachtquartieren hoch über dem Boden, während die großen Raubtiere unter ihm auf ihren Raubzügen knurrten und fauchten.

Tarzan wußte nicht mehr, was er anfangen sollte. Sein englisches Blut machte es für ihn schwer, einen angefangenen Plan wieder zu verlassen, obgleich er selbst zugeben mußte, daß sein Balu keineswegs seine Hoffnungen erfüllte. Obwohl er seiner selbsterwählten Aufgabe treu blieb und Go-bu-balu auch lieb zu haben begann, konnte er sich doch nicht darüber täuschen, daß er für ihn nicht die feurige Wärme und leidenschaftliche Zuneigung fühlte, welche Teeka für Gazan zeigte und die die schwarze Mutter Go-bu-balu erwiesen hatte.

Die würgende Angst des kleinen schwarzen Knaben ging allmählich in Vertrauen zu Tarzan und in Bewunderung über. Er hatte bisher von dem großen weißen Teufelsgott nur Gutes erwiesen bekommen, aber er hatte gesehen, mit welcher Wildheit sein gütiger Entführer mit anderen umgehen konnte. Er hatte gesehen, wie er auf einen männlichen Affen gesprungen war, der hartnäckig Go-bu-balu packen und töten wollte. Er hatte gesehen, wie sich der Affenmensch in den Nacken seines Gegners verbiß und seine mächtigen Muskeln im Kampfe spannte. Er hatte das wilde tierische Knurren und Kampfgebrüll vernommen und mit Schauer gefunden, daß er seinen Beschützer und den behaarten Affen dabei nicht unterscheiden konnte.

Er hatte zugesehen, wie Tarzan gerade so wie Numa, der Löwe, einen Bock niederwarf, indem er ihm auf den Rücken sprang und sein Gebiß in des Tieres Nacken schlug. Tibo hatte es bei dem Anblick geschaudert, aber trotzdem hatte er sich nicht erregt gefühlt, und zum ersten Male entstand in seinem schwerfälligen Negerhirn der unklare Wunsch, es seinem grimmen Pflegevater gleichzutun. Aber der göttliche Funke, welcher Tarzan zu seiner Beherrschung des wilden Dschungellebens gebracht hatte, fehlte bei dem kleinen schwarzen Knaben Tibo. Es fehlte ihm die Einbildungskraft, und Einbildungskraft ist nur ein anderer Ausdruck für höhere Intelligenz.

Die Einbildungskraft ist es, welche Brücken und Städte baut und Reiche gründet. Den Tieren unbekannt, bei den Schwarzen nur wenig zu finden, ist sie einem unter Hunderttausenden aus der herrschenden Rasse der Erde als Himmelsgabe verliehen, damit der Mensch nicht von der Erde verschwinde.

Während sich Tarzan über die Zukunft seines Balus Gedanken machte, nahm ihm das Geschick die Angelegenheit aus den Händen. Momaya, die durch des Knaben Verlust tiefbetrübte Mutter Tibos, hatte erfolglos den Zauberer ihres Stammes zu Rate gezogen. Die von ihm gemachte Medizin war keine gute Medizin, denn obgleich ihm Momaya zwei Ziegen dafür bezahlt hatte, brachte sie Tibo nicht wieder und gab noch nicht einmal an, wo man mit einiger Aussicht, ihn zu finden, nach dem Knaben suchen solle. Momaya hatte wenig Geduld, und da sie aus einem anderen Stamme war, hatte sie wenig Achtung vor dem Zauberer des Stammes, zu dem ihr Ehemann gehörte. Als er ihr daher bedeutete, daß er für zwei weitere fette Ziegen zweifellos eine noch stärkere Medizin liefern könne, ließ sie ihre scharfe Zunge gegen ihn mit so gutem Erfolge los, daß er froh war, sich mit seinem Zebraschweif und dem Zaubertopf in Sicherheit zu bringen.

Nach seinem Verschwinden unterdrückte Momaya ihren Ärger und überlegte, wie so oft seit Tibos Entführung, ob sie nicht doch seinen Aufenthaltsort ausfindig machen könne oder ob sie nicht wenigstens feststellen könne, ob er noch lebe oder ob er tot sei.

Die Schwarzen wußten, daß Tarzan kein Menschenfleisch aß, denn obgleich er mehr als einen von ihnen getötet hatte, hatte er doch dessen Fleisch nicht angerührt. Außerdem waren die Leichen stets wie aus dem Himmel herab mitten in das Dorf gefallen. Da Tibos Leiche nicht gefunden wurde, nahm Momaya dies als Grund, daß er noch lebte. Aber wo?

Da erinnerte sie sich plötzlich an Bukawai, den Unreinen, der in einer Höhle an den Hügeln im Norden lebte und, wie allen bekannt war, in seiner üblen Behausung Teufel beherbergte. Nur wenige, wenn sich überhaupt solche fanden, hatten die Tollkühnheit, den alten Bukawai zu besuchen: erstens aus Furcht vor seiner schwarzen Magie und den zwei bei ihm lebenden Hyänen, die nach allgemeinem Glauben verkleidete Teufel waren, und zweitens aus Furcht vor der bösen Krankheit, die ihn zum Ausgestoßenen gemacht hatte und ihm langsam das ganze Gesicht zerfraß. Nun schloß Momaya mit ziemlicher Schlauheit, daß, wenn irgend jemand, Bukawai, der zu Göttern und Teufeln in freundlicher Beziehung stand, wissen mußte, wo ihr Tibo weilte, denn ein Gott oder ein Teufel hatte ihren Tibo entführt. Aber selbst ihre große Mutterliebe wurde hart durch die Notwendigkeit, durch die dunkle Dschungel zu den fernen Hügeln und dem unheimlichen Sitze Bukawais, des Unreinen, und seiner Teufel zu wandern, auf die Probe gestellt.

Indessen ist Mutterliebe eine jener menschlichen Leidenschaften, die nahe an den Begriff unüberwindlich kommen. Sie bringt die selbst gebrechlichen Kräfte eines schwachen Weibes zu heldenhaften Taten. Momaya war zwar weder gebrechlich noch körperlich schwach, aber sie war ein Weib, eine unwissende, abergläubische, afrikanische Wilde. Für Momaya war die Dschungel von noch viel schrecklicheren Dingen als Löwen und Leoparden bewohnt – es gab da schauervolle, namenlose Wesen, die die Macht besaßen, unter verschiedenen, harmlosen Verkleidungen entsetzliches Unheil anzurichten.

Einer der Krieger des Dorfes, welcher einst zufällig auf Bukawais Wohnort gestoßen war, gab Tibos Mutter an, wo sie ihn finden könne. An einer Quelle in einer kleinen Felsenschlucht zwischen zwei Hügeln befand sich der Ort. Der östliche der zwei Hügel war an einem riesigen Granitfelsen auf seiner Kuppe leicht kenntlich. Der westliche Hügel war etwas niedriger als sein Gefährte und trug außer einem einzigen Mimosenbaum etwas unterhalb des Gipfels keinerlei Vegetation.

Der Mann versicherte ihr, man könne schon aus ziemlicher Entfernung die beiden Berge sehen, welche einen vorzüglichen Wegweiser bildeten. Er riet ihr aber, ein so närrisches und gefährliches Abenteuer zu unterlassen und betonte nachdrücklich, was sie ohnehin schon gut genug wußte, daß, falls sie Bukawai und seinen Dämonen ohne Unglück entkäme, sie bei den großen Raubtieren der Dschungel, durch welche sie auf dem Hin- und Rückweg mußte, wohl nicht so glatt durchkommen werde.

Der Krieger ging sogar soweit, Momayas Ehemann zu warnen, der sich seinerseits wieder an den Häuptling Mbonga wendete, weil er bei der zänkischen Frau seiner Wahl nicht viel zu sagen hatte. Dieser lud Momaya vor sich und drohte ihr mit den unangenehmsten Strafen, wenn sie wagen sollte, eine so gottlose Fahrt anzutreten. Das besondere Interesse des alten Häuptlings lag einzig und allein in dem seit Urzeiten bestehenden Zusammengehen von Kirche und Staat. Der ortsansässige Zauberer kannte natürlich seine eigene Medizin besser als andere sie kannten und eiferte gegen alle, die mit Verbesserungen in der schwarzen Kunst zu kommen behaupteten. Er hatte längst von Bukawais Kräften gehört und fürchtete für den Fall einer Wiedergewinnung von Momayas verlorenem Kinde viel für seine Stammespfründe und deren Einkünfte, die dann natürlich dem »Unreinen« zufließen würden. Da Mbonga als Häuptling von des Zauberers Einkünften einen bestimmten Teil bekam, von Bukawai aber nichts zu erwarten hatte, so hing er natürlich mit Herz und Seele an der »orthodoxen Kirche«.

Doch wenn Momaya unerschrockenen Herzens einen Weg durch die Dschungel und einen Besuch in dem furchtbehexten Heim Bukawais erwog, ließ sie sich jedenfalls nicht durch

Mbongas Drohungen mit künftigen Strafen abhalten, zumal sie diesen insgeheim verachtete. Aber sie schien sich seinem Verbot zu fügen und ging schweigend zu ihrer Hütte zurück.

Am liebsten wäre sie bei Tageslicht aufgebrochen, aber das ging jetzt nicht, weil sie sich Nahrung und irgend eine Waffe mitnehmen mußte; und bei Tage hätte sie diese Dinge nie ohne neugierige Fragen aus dem Dorfe bekommen und Mbonga wäre sofort davon unterrichtet worden.

So wartete Momaya eben bis zum Abend und schlüpfte, gerade als die Tore geschlossen wurden, aus dem Dorfe in das Dunkel der Dschungel. Sie war voller Furcht, aber gleichwohl nahm sie entschlossen ihren Weg nach Norden, und obgleich sie oft genug anhielt, um atemlos auf die großen Katzen zu lauschen, die ihr größter Schrecken waren, setzte sie doch mehrere Stunden lang unentwegt ihren Weg fort, bis sie rechts von sich ein leises Stöhnen hörte, das sie zu einem plötzlichen Halt brachte.

Mit klopfendem Herzen stand das Weib und wagte kaum zu atmen, und dann kam leise, aber untrüglich das verstohlene Knacken von Zweigen und das Grasrascheln unter weichen Tatzen an ihr scharfes Ohr.

Rings um Momaya wuchsen die riesigen Bäume der Tropendschungel mit ihren Girlanden aus Weinranken und Moosen. Sie packte den nächsten und kletterte mit affenartiger Geschwindigkeit zu den Zweigen hinauf. Während sie noch dabei war, stürzte ein großer Körper hinter ihr her, ein drohendes Brüllen ließ die Erde erzittern und etwas flog krachend gegen die nämlichen Schlinggewächse, an denen sie hing – aber tiefer unten.

Momaya zog sich vollends in die sicheren Zweige hinauf und dankte ihrer Vorsicht, daß sie das an einem Faden um den Hals gehängte, getrocknete Menschenohr mitgenommen hatte. Sie hatte immer gewußt, daß dieses Ohr eine gute Medizin war. Als sie noch ein Mädchen war, hatte sie es von dem Zauberer ihres eigenen Stammes bekommen, und es war etwas ganz anderes als die armselige, schwache Medizin von Mbongas Zauberer.

Momaya blieb die ganze Nacht auf ihrem Sitz, denn obgleich der Löwe nach kurzer Zeit nach anderer Beute suchte, wagte sie sich aus Furcht vor einer neuen Begegnung nicht in die Dunkelheit hinab. Aber bei Tagesanbruch kletterte sie herunter und machte sich wieder auf den Weg.

Affentarzan hatte festgestellt, daß sein Balu in Gegenwart der Affen seiner Horde nie die Angst verlor, und fand auch, daß die Mehrzahl der erwachsenen Affen dauernd Go-bu-balus Leben bedrohte. Tarzan konnte den kleinen schwarzen Knaben aus diesem Grunde nicht bei ihnen allein lassen und nahm ihn auf die Jagd mit, die ihn weiter und weiter von dem Lieblingsaufenthalt der Menschenaffen fortbrachte.

Ganz allmählich wuchsen solche Ausflüge in der Länge, und er wanderte in weiten Entfernungen, bis er sich schließlich weiter als je zuvor im Norden befand und inmitten eines Überflusses an Wasser, Wild und Früchten nicht die geringste Lust verspürte, wieder zu seiner Horde zurückzukehren.

Der kleine Go-bu-balu gab bald Zeichen größerer Lebenslust, die im direkten Verhältnis mit der Entfernung von Kerschaks Affen zunahm. Wenn Tarzan auf dem Boden ging, trabte er hinter dem Affenmenschen her, und selbst in den Bäumen oben tat er sein Möglichstes, seinem gewaltigen Pflegevater zu folgen. Der Knabe war traurig und einsilbig. Sein schlanker, kleiner Körper war immer magerer geworden, seit er unter die Affen kam, denn obgleich er als junger Kannibale nicht übermäßig wählerisch beim Essen war, fand doch sein Magen nicht immer an den unheimlichen Dingen Gefallen, welche den Gaumen eines Affenepikureers kitzelten.

Seine großen Augen waren jetzt noch größer, seine Wangen hohl, und wer wollte, konnte jede Rippe an seinem abgezehrten Körper zählen. Vielleicht hatte die dauernde Angst mit seinem körperlichen Zustand ebensoviel zu tun als die oft ungewohnte Ernährung. Tarzan bemerkte diese Veränderung wohl und war besorgt. Er hatte gehofft, sein Balu werde dick und stark werden, und nun war er sehr enttäuscht. Nur in einer Beziehung schien Go-bu-balu Fortschritte zu machen — er beherrschte die Affensprache bereits ganz gut. Ab und zu konnte sich Tarzan mit ihm in ganz zufriedenstellender Weise unterhalten, wobei sie die wortarme Affensprache durch Zeichen ergänzten. Aber meistenteils schwieg Go-bu-balu, wenn ihm keine Fragen vorgelegt wurden. Sein großer Kummer war noch zu neu und zu heftig, als daß er ihn auch nur für Augenblicke hätte vergessen können. Er verging vor dauernder Sehnsucht nach Momaya – für andere mochte sie vielleicht zänkisch, häßlich und abstoßend sein, aber für Tibo war sie »Mama«, die Verkörperung der einzigen großen Liebe, welche keine Selbstsucht kennt und sich nicht im eigenen Feuer verzehrt.

Während die beiden jagten, oder richtiger, während Tarzan jagte und Go-bu-balu ihm sozusagen am Rockschoß hing, sah der Affenmensch vieles und machte sich seine Gedanken. So trafen sie einst Sabor, die im hohen Grase jammerte. Um sie herum tollten spielend zwei kleine pelzbekleidete Bälle, aber sie hatte ihre großen Augen nur auf dem einen, das zwischen ihren großen Vordertatzen lag und sich nicht rührte, das sich nie wieder rühren würde.

Tarzan konnte den Jammer und das Leid der großen Katzenmutter richtig sehen. Er hatte sie erst quälen wollen. Deshalb hatte er sich wie eine Schlange durch die Bäume bis über sie geschlichen, aber als er sah, wie sich die Löwin um ihr totes Junges grämte, hielt ihn etwas davon ab. Mit dem Erwerb von Go-bu-balu war sich Tarzan über die Verantwortlichkeiten und Sorgen des Vaterseins klar geworden, ohne deren Glück zu empfinden. Er konnte mit Sabor fühlen, was er vor wenigen Wochen nicht getan hätte. Und während er so auf Sabor herabsah, erstand plötzlich ungerufen vor seinem geistigen Auge Momaya mit dem Stab durch die Nasenscheidewand und der von dem niederziehenden Gesicht wackelnden Unterlippe. Tarzan sah nicht ihr abstoßendes Aussehen, er sah nur denselben Kummer wie bei Sabor und zuckte zusammen. Jenes merkwürdige Arbeiten des Gehirns, das man gelegentlich Gedankenverbindung nennt, führte ihm plötzlich Teeka und Gazan vor Augen. Wie nun, wenn einer käme und nähme Gazan von Teeka? Tarzan stieß ein leises, unheilverkündendes Knurren aus, als ob Gazan sein eigen wäre. Go-bu-balu sah gespannt und ängstlich dahin und dorthin, weil er dachte, Tarzan habe einen Feind erblickt. Sabor sprang plötzlich auf ihre Füße, ihre gelbgrünen Augen funkelten, der Schweif schlug, während sie die Ohren spitzte und mit erhobener Schnauze nach womöglicher Gefahr in der Luft witterte. Die zwei kleinen Jungen flüchteten rasch zu ihr, stellten sich zwischen ihre Vorderbeine und sahen mit hochgestellten Ohren unter ihr heraus, während sie die kleinen Köpfe bald nach der einen, bald nach der anderen Seite neigten.

Mit einem Schütteln seines schwarzen Schopfes wandte sich Tarzan ab und nahm seine Jagd in anderer Richtung wieder auf, aber den ganzen Tag über sah er vor sich abwechselnd die Bilder von Sabor, von Momaya und von Teeka, eine Löwin, ein Kannibalenweib und eine Äffin, doch für den Affenmenschen bedeuteten sie in ihrer Mutterschaft ein und dasselbe.

Am Nachmittag des dritten Tages kam Momaya in Sicht von Bukawais, des Unreinen, Höhle. Der alte Zauberer hatte aus verflochtenen Zweigen ein Gitterwerk gebaut, um den Eingang seiner Höhle vor Raubtieren zu schützen. Dies Gitter war nun zur Seite geschoben, so daß man die geheimnisvolle, abstoßende, schwarze Höhlung dahinter gähnen sah. Momaya schauderte wie unter dem kalten Wind der Regenzeit. Kein Anzeichen eines Lebewesens verriet sich in der Höhle, aber Momaya hatte das unheimliche Gefühl, daß unsichtbare Augen übelwollend auf ihr ruhten. Sie schauderte wieder. Sie suchte mit ihren unwilligen Füßen das Innere der Höhle zu betreten, als aus deren Tiefen ein grausiger Klang scholl, der weder menschlich noch tierisch war – ein Klang wie ein freudeloses Lachen.

Mit halbersticktem Schrei kehrte Momaya um und floh in die Dschungel zurück. Hundert Schritte rannte sie, ehe sie ihren Schrecken meistern konnte, dann hielt sie lauschend an. Sollten all ihre Bemühungen, all die Schrecken und Gefahren, denen sie getrotzt hatte, umsonst sein? Sie suchte sich von neuem für die Rückkehr zur Höhle zu stählen, aber die Furcht überwältigte sie abermals.

Betrübt und niedergeschlagen machte sie sich auf den Rückweg nach Mbongas Dorf. Ihre jungen Schultern ließ sie nun hängen wie ein altes Weib, das die schwere Bürde des Alters mit seinen mannigfachen Leiden und Kümmernissen trägt, und sie ging mit müden Füßen und in schleppendem Schritt. Die Federkraft der Jugend war von Momaya gewichen.

Weitere hundert Schritte schleppte sie sich auf ihrem traurigen Wege und ihr Hirn war von dumpfem Schrecken und Leiden halb gelähmt, da erinnerte sie sich wieder des kleinen Kindes, das ihre Brust gesäugt hatte, und des schlanken Knaben, der sie lachend umtollt hatte, und beides war Tibo gewesen – ihr Tibo!

Ihre Schultern streckten sich wieder, sie schüttelte den wilden Kopf, wandte sich um und ging kühn zum Eingang von Bukawais, des Unreinen, Höhle zurück – zur Höhle des Zauberers.

Wieder scholl aus der Höhle das schauerliche Lachen, das doch kein Lachen war. Diesmal hatte Momaya erkannt, was es war, es war der fremdartige Schrei einer Hyäne. Sie schauderte nicht mehr, sondern hielt ihren Speer vor sich und rief laut, Bukawai solle herauskommen.

Statt Bukawais kam der häßliche Kopf einer Hyäne. Momaya stach mit dem Speer nach ihm und das ekle, mürrische Tier zog sich mit zornigem Knurren zurück. Wieder rief Momaya Bukawai beim Namen, und diesmal bekam sie in gemurmelten Tönen, die kaum menschenähnlicher waren als die seines Tieres, Antwort.

Wer kommt zu Bukawai? fragte die Stimme.

Ich bin Momaya, erwiderte das Weib. Momaya vom Dorfe des Häuptlings Mbonga.

Was willst du?

Ich brauche gute Medizin, bessere als Mbongas Zauberer vollbringen kann, erwiderte Momaya. Der große, weiße Dschungelgott hat mir meinen Tibo gestohlen und ich brauche Medizin, die ihn wiederbringt, oder mir sagt, wo er verborgen ist, damit ich hingehen und ihn holen kann.

Wer ist Tibo, fragte Bukawai.

Momaya sagte es ihm.

Bukawais Medizin ist sehr stark, sprach die Stimme. Fünf Ziegen und eine neue Schlafmatte sind für Bukawais Medizin kaum genug.

Zwei Ziegen sind genug, sagte Momaya, denn der Geist zum Handeln ist in der Brust der Schwarzen sehr rege.

Das Vergnügen, um den Preis zu schachern, war eine genügende Verlockung, um Bukawai an den Ausgang der Höhle zu bringen. Als sie ihn sah, bedauerte Momaya, daß er nicht drin geblieben war. Es gibt Dinge, die für eine Beschreibung zu fürchterlich, zu häßlich, zu abstoßend sind. Bukawais Gesicht war von dieser Art. Als Momaya ihn sah, verstand sie, warum seine Sprache fast unverständlich war.

Neben ihm standen seine zwei Hyänen, dem Gerücht nach seine einzigen und ständigen Genossen. Sie waren ein herrliches Kleeblatt – die widerlichsten der Tiere mit dem widerlichsten der Menschen.

Fünf Ziegen und eine neue Schlafmatte, murmelte Bukawai.

Zwei fette Ziegen und eine Schlafmatte, erhöhte Momaya ihr Angebot, aber Bukawai war hartnäckig. Er blieb eine halbe Stunde lang, während der die zwei Hyänen schnüffelten und knurrten und schauerlich lachten, bei fünf Ziegen und einer Schlafmatte. Momaya war schon entschlossen, schlimmstenfalls alles zu geben, was Bukawai verlangte, aber das Feilschen ist den Schwarzen zweite Natur und zum Schlusse fand sie sich teilweise belohnt dafür, denn die endliche Vereinbarung lautete auf drei fette Ziegen, eine neue Schlafmatte und ein Stück Kupferdraht.

Komme nachts zurück, wenn der Mond zwei Stunden am Himmel steht. Dann werde ich die starke Medizin machen, welche dir Tibo zurückbringen soll. Bringe die drei fetten Ziegen, die neue Schlafmatte und das Ende Kupferdraht von Unterarmlänge mit.

Ich kann sie nicht bringen, sagte Momaya, du mußt sie holen. Wenn du mir Tibo zurückgegeben hast, sollst du im Dorfe Mbongas alles haben.

Bukawai schüttelte den Kopf.

Ehe ich nicht die Ziegen und die Matte und den Kupferdraht habe, mache ich keine Medizin.

Momaya flehte und drohte, aber es nützte ihr alles nichts. Schließlich ging sie fort und machte sich auf den Heimweg durch die Dschungel nach Mbongas Dorf. Wie sie die drei fetten Ziegen und die Schlafmatte bis zu Bukawais Höhle bringen sollte, war ihr unklar, aber daß sie es vollbringen würde, dessen war sie vollkommen sicher – sie würde es tun oder beim Versuch umkommen. Ihren Tibo mußte sie wiederhaben.

Tarzan kam gelassen mit Klein-Go-bu-balu durch die Dschungel, als er die Witterung des Hirsches Bara fand. Es hungerte Tarzan nach Baras Fleisch, denn keines mundete seinem Gaumen so sehr. Aber es war ausgeschlossen, Bara mit Go-bu-balu bei sich zu beschleichen, deshalb barg er das Kind in der Gabel eines Baumes, wo ihn das dichte Laub gegen Sicht deckte und machte sich schnell und geräuschlos auf Baras Spuren.

Der alleingelassene Tibo fürchtete sich noch mehr als selbst Tibo unter den Affen. Wirkliche, sichtbare Gefahren sind nicht so schlimm wie eingebildete, und nur die Götter seiner Rasse wissen, wieviel sich Tibo einbildete.

Er war noch nicht lange an seinem Versteckplatz, als er etwas durch die Dschungel kommen hörte. Er schmiegte sich enger an den Ast, auf dem er lag und betete ein Stoßgebet für Tarzans baldige Rückkehr. Seine großen Augen durchspähten die Dschungel in der Richtung der sich bewegenden Gestalt. Wenn nun ein Leopard von ihm Witterung bekommen hatte? In einer Minute würde der ihn haben. Heiße Tränen entströmten den großen Augen des kleinen Tibo. Der Vorhang aus Dschungellaub raschelte in nächster Nähe. Jetzt war das Ding nur noch einige Schritte von seinem Baume entfernt. Fast fielen ihm die Augen aus dem Kopfe, während er das Erscheinen der gefürchteten Kreatur erwartete, die gleich ihr knurrendes Haupt zwischen dem Weinlaub und den Schlingpflanzen durchstecken mußte.

Die Zweige teilten sich und ein Weib kam voll in Sicht. Mit einem keuchenden Schrei purzelte Tibo von seinem Sitz und rannte auf sie zu. Momaya fuhr zurück und hob ihren Speer, aber eine Sekunde später ließ sie ihn fallen und umfing den mageren Körper mit ihren starken Armen.

Sie preßte ihn an sich, bald lachend, bald weinend und heiße Freudentränen mischten sich mit denen Tibos und tropften ihr auf die Brust.

Von dem Geräusch aus nächster Nähe gestört, erhob sich Numa, der Löwe, in einem Dickicht nebenan. Er blickte durch das verwachsene Unterholz und sah ein schwarzes Weib mit einem Jungen. Er leckte seine Lefzen und maß die Entfernung bis zu ihnen. Ein kurzes Vorbrechen und ein langer Sprung würde ihn bis zu ihnen bringen. Er zuckte mit dem Schwanzende und seufzte.

Ein leichtes Lüftchen, das plötzlich in der falschen Richtung wehte, trug die Witterung Tarzans an die empfindlichen Nüstern von Bara, dem Hirsch. Ein jähes Spannen der Muskeln, ein Ohrenspitzen, ein kurzer Husch, und Tarzans Beute war davon. Der Affenmensch schüttelte ärgerlich den Kopf und ging nach dem Fleck zurück, an dem er Go-bu-balu gelassen hatte. Nach seiner Art ging er leise. Noch ehe er den Fleck erreichte, hörte er merkwürdige Töne – ein Weib lachte, ein Weib weinte, beides schien aus einem Hals zu kommen, und jetzt mischte es sich mit dem krampfhaften Schluchzen eines Kindes. Tarzan eilte sich, und wenn er das tat, waren nur die Vögel und der Wind rascher.

Beim Näherkommen hörte Tarzan noch einen anderen Ton, ein tiefes Seufzen. Momaya und Tibo hörten ihn nicht, aber Tarzan hatte Ohren so scharf wie Bara, der Hirsch. Er hörte den Seufzer und wußte Bescheid, darum nahm er den schweren Speer vom Rücken. Mit derselben Leichtigkeit, mit welcher wir beim lässigen Spaziergang auf einem Landweg das Taschenmesser ziehen, nahm Tarzan beim Schwingen durch die Bäume den Speer aus seiner Schlinge, um ihn für alle Fälle bereit zu haben.

Numa, der Löwe, sprang nicht wie toll zum Angriff vor. Er überlegte erst, und Überlegung sagte ihm, daß ihm diese Beute sicher war. Daher schob er seinen mächtigen Rumpf durch das Laubwerk und besah sein Mahl mit haßerfüllten, leuchtenden Augen.

Momaya sah ihn und riß mit einem Schrei Tibo enger an ihre Brust. Sollte sie ihr Kind in einem Atemzug wiederfinden und verlieren? Sie hob den Speer und schwang ihn mit der Hand weit über die Schulter zurück. Numa brüllte und schritt langsam vorwärts, während Momaya ihren Speer warf. Er streifte die braune Schulter, nur eine Fleischwunde zufügend, die aber die ganze schreckliche Wildheit des Raubtiers entfesselte, und der Löwe griff nun an.

Momaya suchte die Augen zu schließen, aber sie konnte es nicht. Sie sah den fürchterlichen Tod blitzschnell kommen und dann sah sie noch etwas anderes: Ein mächtiger, nackter, weißer Mann fiel wie vom Himmel auf den Pfad des anspringenden Löwen. In dem durch das Laubdach dringenden Licht der Äquatorsonne sah sie die Muskeln eines großen Armes leuchten und einen schweren Jagdspeer durch die Luft sausen, um dem Löwen auf halbem Sprunge zu begegnen.

Numa stellte sich auf die Hinterbeine und schlug mit schrecklichem Brüllen nach dem aus seiner Brust herausstehenden Speerschaft. Seine mächtigen Schläge verbogen und zersplitterten die Waffe. Tarzan schlich gebückt mit dem Messer in der Hand vorsichtig im Kreise um die tobende Katze. Momaya stand wie angewurzelt und sah mit großen Augen wie verzaubert zu.

In plötzlicher Wut warf sich Numa auf den Affenmenschen, aber das flinke Geschöpf wich dem tölpelhaften Angriff aus, und trat rasch zur Seite, um sich dann selbst auf den Feind zu stürzen. Zweimal blitzte die Klinge in der Luft, zweimal stieß sie in den Rücken Numas, der von der nahe dem Herzen sitzenden Speerwunde bereits schwächer wurde. Der zweite Stoß der Klinge fuhr in des Tieres Rückgrat, Numa machte mit einem letzten, krampfhaften Schlag der Vorderpranken einen vergeblichen Versuch, seinen Bezwinger zu erreichen, dann streckte er sich gelähmt auf dem Boden aus und starb.

Bukawai war in der Sorge, er könnte seine Belohnung verlieren, Momaya nachgegangen in der Absicht, sie zur Verpfändung ihrer Schmucksachen aus Kupfer und Eisen zu überreden, bis sie mit der Zahlung für die Medizin zurückkäme – sozusagen als Vorschuß, wie man ihn einem Anwalt auf Rückverrechnung zahlt, denn Bukawai wußte so gut wie ein Anwalt, wieviel seine Medizin wert war und daß es besser war, sich soviel Vorschuß als möglich geben zu lassen.

Eben als Tarzan dem Löwen entgegensprang, kam der Zauberer an, sah alles mit Verwunderung und vermutete sofort, daß dies der merkwürdige, weiße Dämon sein müsse, über den er schon vor Momayas Kommen unbestimmte Gerüchte gehört hatte.

Als der Löwe Momaya nichts mehr tun konnte, starrte sie mit neuem Schrecken auf Tarzan. Er war es, der ihren Tibo gestohlen hatte. Zweifellos würde er ihn ihr von neuem zu nehmen suchen. Momaya schlang ihre Arme enger um den Knaben. Sie war entschlossen, diesmal lieber zu sterben, als sich Tibo noch einmal nehmen zu lassen.

Tarzan besah schweigend das Paar. Der Anblick des schluchzend sich an seine Mutter klammernden Knaben schuf in seiner wilden Brust ein melancholisches Gefühl der Einsamkeit. Keiner war da, um sich so an Tarzan zu klammern, der sich doch so sehr nach der Liebe von einem oder von etwas sehnte.

Schließlich blickte Tibo auf, weil es in der Dschungel so still geworden war und sah Tarzan an. Er fühlte keine Angst.

Tarzan, sprach er in der Sprache der großen Affen von Kerschaks Horde, reiße mich nicht wieder von Momaya, meiner Mutter, nimm mich nicht wieder mit zu dem Orte der behaarten Baummenschen, denn ich fürchte mich vor Taug und Gunto und den anderen. Lasse mich bei Momaya bleiben, o Tarzan, du Dschungelgott. Lasse mich bei Momaya, meiner Mutter, und bis ans Ende unserer Tage wollen wir dich segnen und dir Nahrung als Opfer vor die Tore von Mbongas Dorf setzen, daß dich nie hungere.

Tarzan seufzte.

Geht zu Mbongas Dorf zurück, sagte er dann, Tarzan wird euch folgen und zusehen, daß euch kein Leid geschieht.

Tibo übersetzte seiner Mutter die Worte und die zwei gingen vor dem Affenmenschen her ihren Weg nach Hause. In Momayas Herz saß große Scheu und große Freude, denn nie zuvor war sie mit Gott gegangen, aber auch noch nie war sie so glücklich gewesen. Sie zog ihren kleinen Tibo an sich und streichelte seine dünngewordenen Backen. Tarzan sah es und seufzte wieder.

Für Teeka ist Teekas Balu, war sein Selbstgespräch, Sabor hat ihre Balus, wie das Gomanganiweibchen, wie Bara und Manu und selbst Pamba, die Ratte. Aber für Tarzan gibt es nichts, weder ein Weibchen noch ein Balu. Affentarzan ist ein Mensch, und die Menschen müssen wohl allein ihren Weg gehen.

Bukawai sah sie bei sich murmelnd davonziehen und schwor sich mit einem Fluche einen fürchterlichen Eid, daß er die drei fetten Ziegen, die neue Schlafmatte und das Ende Kupferdraht trotzdem schon noch kriegen wolle.

Der Zauberer sucht sich zu rächen

Lord Greystoke jagte, oder genauer gesagt, er schoß in Chamston Hedding Fasanen. Er war durchaus einwandfrei und sportmäßig angezogen – bis auf die letzte Kleinigkeit nach der neuesten Mode. Er war sicher einer der Hauptschützen, zwar nicht gerade beim Schießen, aber was ihm etwa an Geschicklichkeit fehlte, ersetzte er weitaus an Erscheinung. Am Ende des Tages würde er zweifelsohne eine Menge Vögel auf der Strecke haben, denn er hatte zwei Vogelflinten und einen geschickten Büchsenspanner – bedeutend mehr Vögel als er in einem Jahre hätte essen können, selbst wenn er sehr hungrig gewesen wäre, was aber nicht der Fall war, denn er war eben erst vom Frühstückstisch aufgestanden.

Die Treiber – es waren ihrer dreiundzwanzig in weißen Leinenkitteln – hatten die Vögel gerade in eine ginsterbewachsene Stelle getrieben und schlossen nun von der anderen Seite einen Halbkreis, um sie vor die Schützen zu bringen. Lord Greystoke war so aufgeräumt, als er sich je zu werden gestattete. Als sich die Treiber den Vögeln mehr und mehr näherten, fühlte er das Blut in den Adern pulsieren. Wie immer bei solchen Gelegenheiten hatte Lord Greystoke das etwas unklare, ihm töricht erscheinende Gefühl, daß er eine nach Rückfall in eine vorzeitliche Rasse anmutende Empfindung verspüre – daß das Blut eines alten Ahnen heiß in seinen Adern koche, eines behaarten, halbnackten Ahnen, der von der Jagd gelebt hatte.

Und weit, weit entfernt in einer verwachsenen Dschungel unter dem Äquator jagte ein anderer Lord Greystoke, der wirkliche Lord Greystoke. Auch er war seinem Dafürhalten nach nach der letzten Mode gekleidet – nach der Mode seiner Urahnen vor der Vertreibung aus dem Paradies. Da der Tag schwül war, hatte er das Leopardenfell zurückgelassen. Der echte Lord Greystoke hatte keine zwei Flinten, er hatte sicher nicht einmal eine, und er hatte auch keinen flinken Büchsenspanner bei sich, aber er hatte etwas unendlich Wirksameres als Gewehre und Büchsenspanner und sogar dreiundzwanzig Treiber in weißen Kitteln – er hatte Hunger, eine unheimliche Weidmannskunst, und Muskeln wie Federstahl.

Im weiteren Verlauf dieser Tage aß der eine Lord Greystoke in England reichlich von Dingen, die er nicht getötet hatte
und trank andere Sachen aus Flaschen, deren Kork mit viel Geräusch herausging. Er betupfte seine Lippen mit schneeigem
Linnen, um die schwachen Reste des Mahles davon zu entfernen, und hatte selbst keine Ahnung davon, daß er nur ein Stell-
vertreter war und der rechtmäßige Eigentümer seines vorneh-
men Titels ebenfalls im fernen Afrika gerade sein Diner been-
dete. Der benützte allerdings kein schneeiges Linnen. Er zog
den Rücken seines braunen Unterarms und den Handrücken
über den Mund und wischte die blutigen Finger an den Ober-
schenkeln ab. Dann ging er langsam durch die Dschungel nach
der Wasserstelle, aus welcher er wie seine Gefährten, die
Dschungeltiere, auf allen Vieren trank.

Während er seinen Durst löschte, erschien hinter ihm auf
dem Pfade zum Flusse ein anderer Bewohner des düsteren
Waldes. Numa, der Löwe, mit braunem Körper und schwarzer
Mähne, finster und drohend, knurrte leise, heiser und rollend.
Affentarzan hörte ihn, lange ehe er in Sicht kam, aber der Affenmensch trank weiter, bis er genug hatte. Dann erhob er sich
langsam mit der leichten Anmut eines Tieres der Wildnis und
zugleich mit der ruhigen Würde, welche ihm von den Vorfahren her im Blut lag.

Numa blieb stehen, weil er den Menschen an dem gleichen
Fleck erblickte, an dem er stets zu trinken pflegte. Er öffnete
den Rachen und funkelte mit den grausamen Augen. Dann
knurrte er und schritt langsam vorwärts. Auch der Mensch
knurrte und wich langsam auf die Seite, wobei er nicht auf das
Gesicht, sondern auf den Schweif des Löwen achtete. Sobald
dieser in kurzem, nervösem Zucken hin und her schlug, hieß
es auf der Hut sein, und sollte er gar plötzlich steil und steif in
die Höhe fahren, dann hieß es kämpfen oder flüchten. Aber
der Löwe tat keines von beiden, deshalb zog sich Tarzan nur
zurück und der Löwe kam herab und trank kaum fünfzig
Schritt von dem Menschen entfernt.

Morgen würden sie sich vielleicht an die Kehle fahren, aber
heute war Waffenstillstand in jener merkwürdigen, unerklärlichen Art, die so oft bei den wilden Dschungelgeschöpfen zu

sehen ist. Ehe Numa sattgetrunken war, hatte Tarzan wieder den Wald erreicht und schwang sich in Richtung nach dem Dorfe Mbongas, des schwarzen Häuptlings, davon.

Es war wenigstens einen Monat her, daß der Affenmensch sich nach den Gomangani umgesehen hatte. Seit er Tibo seiner Mutter zurückgegeben hatte, hatte er noch keine Lust wieder dazu gehabt. Der Zwischenfall mit dem angenommenen Balu war für Tarzan abgeschlossen. Er hatte etwas gesucht, um ihm die gleiche Zuneigung zu erweisen, mit welcher Teeka ihr Balu überschüttete, aber die kurze Erfahrung mit dem kleinen, schwarzen Knaben bewies ihm mit völliger Klarheit, daß kein solches Gefühl zwischen ihm und einem Fremden bestehen konnte.

Daß er eine Zeitlang den kleinen Schwarzen wie sein richtiges kleines Balu behandelt hatte, beeinflußte in keiner Weise seine rachsüchtigen Empfindungen gegen die Mörder Kalas. Die Gomangani waren seine Todfeinde und konnten ihm nichts anderes sein. Heute suchte er die Eintönigkeit seines Daseins durch Neckereien der Schwarzen zu unterbrechen.

Es war noch nicht ganz dunkel, als er das Dorf erreichte und seinen Platz in dem großen, die Palisade überschattenden Baume einnahm. Aus einer der nächsten Hütten unten drang großes Wehklagen. Das Geräusch fiel ihm unangenehm auf die Ohren – es stach und kratzte darin. Da es ihn störte, ging er davon, in der Hoffnung, es werde aufhören; aber obgleich er mehrere Stunden fort war, hielt das Jammern bei seiner Rückkehr immer noch an.

Tarzan beschloß, dem ärgerlichen Lärm ein gewaltsames Ende zu bereiten und schlüpfte leise vom Baume in die Schatten hinunter. Verstohlen kriechend und sich gut in der Deckung der anderen Hütten haltend, näherte er sich der, aus welcher die Klagetöne kamen. Ein helles Feuer brannte vor der Tür dieser Hütte wie vor anderen im Dorfe. Ein paar Weiber hockten darum und fügten gelegentlich ihr eigenes Klagegeheul zu dem, das aus dem Innern drang.

Der Affenmensch lächelte leise, als er an die Bestürzung dachte, die seinem raschen Sprung mitten unter die Weibchen in dem hellen Schein des Feuers folgen mußte. Während des

Durcheinanders wollte er in die Hütte schnellen, den Haupt-schreier zum Schweigen bringen und wieder davon in der Dschungel sein, ehe sich die erschütterten Nerven der Schwarzen zu einem Angriff erholen konnten.

Schon oft hatte es Tarzan in Mbongas Dorf so gemacht. Sein geheimnisvolles, unerwartetes Erscheinen erfüllte die Herzen der armen, abergläubischen Schwarzen mit panischem Schrecken; es schien, als ob sie sich nie an seinen Anblick gewöhnen könnten. Gerade dieser Schrecken gab solchen Abenteuern die Würze von Interesse und Unterhaltung, nach welcher sich das wache Hirn des Affenmenschen sehnte. Das bloße Töten an sich genügte ihm nicht. Tarzan war an den Anblick des Todes gewöhnt und konnte kein besonderes Vergnügen daran haben. Wohl hatte er seit langer Zeit Kalas Tod gerächt, aber er hatte dabei die Anregung und Unterhaltung kennen gelernt, die sich beim Necken der Schwarzen finden ließ. Und dieser Anregung wurde er nie überdrüssig.

Er wollte eben mit einem wilden Schrei vorwärtsspringen, als eine Gestalt in der Tür der Hütte erschien. Es war die Gestalt der jammernden Person, die er zur Ruhe bringen wollte, ein junges Weib mit einem Stab durch die durchbohrte Nasenscheidewand und einem schweren Metallschmuckstück in der Unterlippe, das diese zu häßlicher und abstoßender Entstellung herunterzog. Auf Stirne, Wangen und Brust trug sie merkwürdige Tätowierungen und ihre Frisur war aus Lehm und Draht wundervoll aufgebaut.

Ein plötzliches Aufflammen des Feuers setzte die groteske Gestalt in helles Licht und Tarzan erkannte in ihr Momaya, Tibos Mutter. Gleichzeitig warf das Feuer auch ein Streiflicht in die Tarzan deckenden Schatten und hob dessen hellen, braunen Körper aus der umgebenden Finsternis hervor. Momaya sah ihn und erkannte ihn. Sie lief mit einem Schrei auf den ihr entgegentretenden Tarzan zu. Die anderen Weiber drehten sich herum und sahen ihn gleichfalls, aber sie liefen nicht auf ihn zu. Sie sprangen alle auf einmal auf, schrien wie aus einem Hals und flüchteten in einem Nu.

Momaya warf sich Tarzan zu Füßen, hob flehend die Hände und sprudelte einen richtigen Wasserfall von Worten über ihre verstümmelten Lippen, während der Affenmensch nicht ein Wort verstand. Einen Augenblick sah er hinab auf das angstvoll zu ihm emporstarrende Gesicht des Weibes. Er hatte töten wollen, aber dieser überwältigende Redefluß erfüllte ihn mit Bestürzung und Scheu. Er sah sich argwöhnisch um, dann heftete er seine Blicke wieder auf das Weib. Sein Gefühl war verwirrt. Er konnte Tibos Mutter nicht töten, aber er konnte auch nicht diesem Springquell von Worten standhalten. Mit einer ärgerlichen Bewegung, daß ihm seine Abendunterhaltung verdorben war, drehte er sich herum und eilte in die Dunkelheit zurück. Gleich darauf schwang er sich durch die dunkle Dschungelnacht davon, während das Schreien und Wehklagen Momayas in der Ferne verhallte.

Mit einem Seufzer der Erleichterung fand er sich endlich an einer Stelle, wo es sie nicht länger hören mußte, suchte sich einen bequemen Sitz oben in den Bäumen und legte sich behaglich für eine Nacht traumlosen Schlummers zurecht, während ein beutegieriger Löwe unter ihm knurrte und keuchte.

Am nächsten Morgen fand Tarzan beim Verfolgen der frischen Fährte Hortas, des Ebers, die Fußspuren zweier Gomangani, eines großen und eines kleinen. Der Affenmensch war gewohnt, jede seiner Wahrnehmungen genau zu untersuchen, deshalb hielt er an und las die Geschichte, die im weichen Boden der Wildspur geschrieben stand. Für unsereinen wäre wenig Interessantes zu sehen gewesen, wenn wir überhaupt etwas hätten sehen können. Vielleicht, wenn es uns jemand gedeutet hätte, hätten wir Spuren im weichen Erdboden gesehen, denn da waren zahllose Eindrücke, die in einer für uns ganz bedeutungslos erscheinenden Form übereinander weggingen. Aber sie alle erzählten Tarzan ihre Geschichte. Tantor, der Elefant, war diesen Weg schon vor drei Tagen gegangen. Numa hatte vergangene Nacht hier gejagt und Horta, der Eber, war vor einer Stunde langsam die Fährte entlang gewandelt. Aber Tarzans Aufmerksamkeit wendete sich besonders der Spur der zwei Gomangani zu. Sie sagte ihm, daß tags zuvor ein alter Mann mit einem kleinen Knaben nordwärts gegangen war und daß zwei Hyänen sie begleitet hatten.

Tarzan kratzte sich verwirrt und ungläubig am Kopf. Am Überschneiden der Fußspuren sah er, daß die Tiere den beiden nicht nachgeschlichen waren, denn manchmal war eines voraus und eines zurück oder beide voraus und dann wieder beide zurück gewesen. Die Sache kam ihm ganz merkwürdig und unerklärlich vor, zumal, wenn die Spur an breiteren Stellen des Weges zeigte, wie die Tiere ganz nahe rechts und links der zwei Menschen gegangen waren. Dann las Tarzan aus der Spur des kleineren Gomangani einen schaudernden Schrecken, wenn die Bestie seine Seite gestreift hatte, während des alten Mannes Spur in solchem Falle kein Erschrecken zeigte.

Erst hatte sich Tarzan nur mit dem seltsamen Nebeneinanderbestehen der Spuren von Dango und den Gomangani befaßt, aber nun fanden seine Augen etwas an der Spur des kleinen Gomangani, das ihn auffahren ließ. Es war, wie wenn wir plötzlich auf einem Wege einen Brief in der vertrauten Handschrift eines Freundes finden.

Go-bu-balu! rief der Affenmensch und wie der Blitz erinnerte er sich an die flehende Haltung Momayas, als sie sich in letzter Nacht im Dorfe Mbongas vor ihm niedergeworfen hatte. Mit einem Male war alles klar. Das Winseln und Wehklagen, das Flehen der schwarzen Mutter, das mitfühlende Geheul der Weibchen um das Feuer. Klein Go-bu-balu war abermals gestohlen worden, aber diesmal von einem anderen als Tarzan. Zweifellos hatte die Mutter gedacht, er sei wieder in der Gewalt Affentarzans, darum hatte sie ihn angefleht, ihr das Balu zurückzugeben.

Freilich; jetzt war alles ganz klar. Aber wer konnte Go-bu-balu diesmal gestohlen haben? Tarzan wunderte sich und war auch über die Anwesenheit Dangos erstaunt. Das mußte untersucht werden. Die Spur war erst einen Tag alt und führte nach Norden. Tarzan machte sich an ihre Verfolgung. An vielen Stellen war sie durch das Wechseln zahlreicher Tiere völlig verwischt, und auf felsigen Stellen ward selbst Affentarzan beinahe irregeführt, aber immer blieb noch der schwache Hauch von Witterung einer Menschenfährte, den nur so hochentwickelte und geübte Fähigkeiten wie die Tarzans noch spüren konnten.

*

Im kurzen Zeitraum zweier Tage geschah dem kleinen Tibo all das Plötzliche und Unerwartete. Erst kam der Zauberer, Bukawai, der Unreine. Er kam allein am hellen Tage an die Uferstelle, an der Momaya täglich sich und ihren kleinen Knaben Tibo badete. Nahe bei Momaya trat er aus einem großen Busch und erschreckte klein Tibo, der schreiend in die schützenden Arme seiner Mutter lief.

Momaya, obgleich erschreckt, bot dem furchtbaren Wesen mit der grimmigen Wildheit einer gestellten Tigerin die Stirne. Als sie Bukawai erkannte, atmete sie teilweise erleichtert auf, obgleich sie immer noch Tibo eng an sich drückte.

Bukawai sagte ohne weitere Einleitung:

Ich komme wegen der drei fetten Ziegen, der neuen Schlafmatte und des Stückes Kupferdraht von der Länge eines großen Mannesarmes.

Ich habe keine Ziegen für dich, fuhr ihn Momaya an, und weder eine Schlafmatte noch ein Stück Draht. Du hast gar keine Medizin gemacht. Der weiße Dschungelgott gab mir meinen Tibo wieder. Aber du hattest nichts damit zu schaffen.

Ich bin es dennoch gewesen, murmelte Bukawai zwischen seinen fleischlosen Kiefern. Ich befahl dem weißen Dschungelgott, dir deinen Tibo zurückzugeben.

Momaya lachte ihm ins Gesicht: Lügenmaul! schrie sie. Geh zu deiner faulen Höhle und zu deinen Hyänen zurück. Geh zurück und verbirg dein stinkendes Antlitz im Bauche des Berges, damit nicht die Sonne, wenn sie es erblickt, ihr Gesicht mit einer schwarzen Wolke bedeckt.

Ich bin, sagte Bukawai wieder, wegen der drei fetten Ziegen, der neuen Schlafmatte und des Stückes Kupferdraht von der Länge eines großen Mannesarmes gekommen, die du mir für das Zurückkommen deines Tibo zu zahlen hast.

Es war überhaupt nur die Länge eines Unterarmes, verbesserte ihm Momaya, aber du bekommst gar nichts, du alter Dieb! Du wolltest deine Medizin nicht machen, ehe ich sie nicht im voraus bezahlt hatte und auf dem Rückweg nach meinem Dorfe gab mir der große, weiße Dschungelgott meinen Tibo wieder – aus den Zähnen Numas riß er ihn für mich. Seine

Medizin ist die echte Medizin. Deine ist nur die schwache Medizin eines alten Mannes mit einem Loch im Gesicht.

Ich komme, wiederholte Bukawai geduldig, wegen der drei fetten – – – Aber Momaya wartete nicht mehr, um zu hören, was sie schon auswendig wußte. Sie riß Tibo an sich und eilte mit ihm in das palisadenumschlossene Dorf des Häuptlings Mbonga.

Am nächsten Tage arbeitete Momaya mit den übrigen Weibern des Stammes im Bananenfeld und klein Tibo spielte am Rande der Dschungel und warf im Vorgefühl jenes Tages, an dem er ein erwachsener Krieger sein würde, seinen kleinen Speer. Da kam Bukawai wieder.

Tibo hatte ein Eichhörnchen am Stamm eines großen Baumes emporklettern sehen. Seine kindliche Einbildungskraft machte die drohende Figur eines feindlichen Kriegers daraus. Klein Tibo hob seinen winzigen Speer und fühlte sein Herz mit der Blutlust seiner Rasse schwellen, als er sich ausmalte, wie er dann nachts um den Körper seiner menschlichen Beute tanzen wollte, während die Weiber das Fleisch für das folgende Festessen zurechtmachten.

Aber als er seinen Speer warf, fehlte er sowohl Eichhörnchen wie Baumstamm, und sein Geschoß flog weit hinein in das verwachsene Unterholz der Dschungel. Indessen waren es wohl nur einige wenige Schritte in das verbotene Labyrinth hinein, die Frauen waren alle auf dem Feld herum und dann waren die Krieger von der Wache in Rufweite. Klein Tibo wagte sich also kühn in den dunklen Platz.

Gerade hinter dem Vorhang aus Schlingpflanzen und dichten Zweigen lauerten drei schauerliche Gestalten – ein alter Mann, schwarz wie die Nacht, und neben ihm, gleich abstoßend, zwei große Hyänen.

Tibo sah sie erst, als er sich auf der Suche nach seinem kleinen Speer mit dem Kopfe voran durch die dicken Ranken gezwängt hatte. Und da war es bereits zu spät, denn als er in Bukawais Gesicht sah, packte ihn dieser und erstickte mit der Hand auf dem Mund sein Schreien, während sich Tibo erfolglos wehrte.

Einen Augenblick später wurde er durch die finstere, schreckliche Dschungel davongeschleppt, während der fürchterliche alte Mann immer noch sein Geschrei erstickte und die zwei Hyänen mitgingen, jetzt auf beiden Seiten, dann voran, dann hinterher, immer stöbernd, immer knurrend, schnappend, zähnefletschend oder, was am entsetzlichsten war, greulich lachend.

Der kleine Tibo hatte in kurzer Zeit soviel durchgemacht wie wenig Menschen im ganzen Leben, aber dieser Weg nach Norden war ein Nachtmahr von Schrecken. Er dachte an die Zeit, als er bei dem großen weißen Dschungelgott gewesen war und betete inbrünstig in seiner kleinen Seele, doch wieder bei dem weißhäutigen Riesen zu sein, der unter dem behaarten Baumvolk lebte. Verängstigt war er gewesen, aber jene Umgebung war nichts gewesen im Vergleich zu dem, was er nun auszuhalten hatte.

Der alte Mann sprach Tibo selten an, obgleich er fast den ganzen Tag hindurch murmelte. Tibo hörte verschiedentlich etwas, das sich auf fette Ziegen, Schlafmatten und Stücke Kupferdraht bezog. Zehn fette Ziegen, zehn fette Ziegen, murmelte der alte Neger wieder und wieder. Tibo entnahm aus diesen paar Worten, daß der Betrag seines Lösegelds gestiegen war. Zehn fette Ziegen? Woher sollte seine Mutter zehn fette, oder auch nur zehn magere Ziegen nehmen, nur um einen armen, kleinen Jungen zurückzukaufen? Mbonga würde sie ihr nicht geben und Tibo wußte, daß sein Vater in seinem ganzen Leben nie mehr als drei Ziegen auf einmal sein Eigen genannt hatte. Zehn fette Ziegen? Tibo schluchzte. Der böse, alte Mann würde ihn töten und auffressen, denn die Ziegen würden nie zu beschaffen sein. Der kleine, schwarze Junge schauderte und wurde so schwach, daß er fast auf dem Wege hinfiel. Bukawai schlug ihn hinter die Ohren und riß ihn weiter. Nach einer Tibo wie die Ewigkeit vorkommenden Zeit gelangten sie an den Eingang der Höhle zwischen den zwei Felsenhügeln. Die Öffnung war niedrig und eng. Ein paar mit Riemen aus ungegerbtem Leder zusammengebundene Stäbe verschlossen sie gegen herumwandernde Raubtiere. Bukawai schob das armselige Tor beiseite und stieß Tibo hinein. Die Hyänen sprangen knurrend vorbei und verschwanden im Dunkel des Inneren. Bukawai setzte die Latten wieder an ihre Stelle, packte Tibo rauh am Arme und schleppte ihn durch einen engen Felsengang. Der Boden war verhältnismäßig glatt, denn von vielen Füßen war der dick liegende Schmutz allmählich festgetreten worden, bis nur noch wenige Unebenheiten übrig waren.

Der Gang verlief gewunden und da er dunkel und die Wände rauh und felsig waren, war Tibo von den vielen Stößen, die er erlitt, mit Schrammen und Beulen bedeckt. Bukawai ging durch die sich windenden Gänge so schnell wie ein anderer bei Tage durch einen ihm bekannten Promenadenweg. Er kannte jeden Winkel und jeden Bogen wie eine Mutter das Gesicht ihres Kindes und schien Eile zu haben. So stieß er den armen, kleinen Tibo wohl etwas heftiger vorwärts als selbst bei Bukawais Schritt nötig gewesen wäre. Aber der alte Zauberer, aus der menschlichen Gesellschaft ausgestoßen, krank, entstellt, gehaßt und gefürchtet, besaß gerade kein Engelsgemüt mehr. Die Natur hatte ihm schon ohnehin wenig bessere Eigenschaften verliehen und ein grausames Geschick hatte diese dann mit der Wurzel ausgerissen. Boshaft, listig, grausam und rachsüchtig war der Zauberer Bukawai.

Man erzählte schreckliche Geschichten über die grausamen Martern, die er seinen Opfern bereitete. Kinder wurden durch die Drohung mit seinem Namen zum Gehorsam gebracht. Tibo war oft genug so zur Ruhe gebracht worden und nun mußte er die schreckliche Angst ernten, die seine Mutter, ohne es zu wissen und zu wollen, gesät hatte. Die Finsternis, die Anwesenheit des gefürchteten Zauberers, der Schmerz seiner Quetschungen, die heillose Angst vor dem bevorstehenden Schicksal, die Furcht vor den zwei Hyänen, alles zusammen diente dazu, das Kind fast zu lähmen. Er stolperte und wankte, bis ihn Bukawai mehr schleppte als führte.

Nun sah Tibo ein schwaches Licht über sich auftauchen und gleich darauf kamen sie in eine ungefähr kreisrunde Kammer, zu der durch einen Riß in der Felsendecke Tageslicht eindrang. Die Hyänen waren schon da und warteten. Als Bukawai mit Tibo eintrat, schlichen die Tiere zähnebleckend auf sie zu. Sie waren hungrig, machten sich an Tibo und eines schnappte nach seinen nackten Beinen. Bukawai packte einen Stock und schlug tückisch nach der Bestie, gleichzeitig eine Salve von Flüchen murmelnd. Die Hyäne bückte sich und sprang auf die andere Seite der Kammer, wo sie knurrend stehen blieb. Bukawai machte einen Schritt auf sie zu, während sich ihr vor Wut die Haare sträubten. Furcht und Haß kündeten die bösartigen Augen, aber zu Bukawais Glück überwog die Furcht.

Derweil sah sich die andere Bestie unbeobachtet und machte einen kurzen, schnellen Sprung auf Tibo zu. Das Kind schrie und rannte hinter den Zauberer, welcher seine Aufmerksamkeit nun der zweiten Hyäne zuwendete. Diese traf er mit seinem schweren Stock, schlug sie wiederholt und trieb sie in die Ecke. Nun kreisten die zwei bösen Tiere an der Wand der Kammer entlang, während das menschliche Scheusal, ihr Herr und Meister, jetzt in wahrhaft teuflischer Wut hinter ihnen hersprang, sie bald mit dem Knittel schlug, bald sie mit seiner Zunge strafte, indem er den Fluch aller Götter und Teufel, die ihm ins Gedächtnis kamen, auf sie herabrief und zwischendurch wieder in schmutzigen Farben die Schändlichkeit ihrer Ahnen beschrieb.

Mehreremale machte das eine oder das andere Tier Kehrt, um dem Zauberer Stand zu halten, und dann hielt Tibo in angstvollem Schrecken den Atem an, denn nie in seinem kurzen Leben hatte er solch fürchterlichen Haß auf dem Gesicht von Mensch oder Tier gesehen; aber stets gewann die Furcht bei den wilden Bestien wieder die Oberhand, so daß sie ihre Flucht mit Knurren und Zähnefletschen gerade dann wieder aufnahmen, wenn Tibo sicher glaubte, sie würden Bukawai an die Kehle springen.

Schließlich wurde der Zauberer der nutzlosen Jagd müde und wandte sich mit einem ebenso tierischen Knurren wie dem der Bestien zu Tibo: Ich gehe und hole die zehn fetten Ziegen, die neue Schlafmatte und die zwei Stücke Kupferdraht, die deine Mutter für die Medizin bezahlen muß, die dich ihr zurückbringt. Dort – er deutete auf den Gang, durch den sie in den Raum gelangt waren – lasse ich die Hyänen. Wenn du zu entkommen versuchst, werden sie dich fressen.

Er warf den Stock auf die Seite und rief die Tiere. Knurrend, den Schwanz zwischen die Beine geklemmt, kamen sie geschlichen. Bukawai führte sie in den Gang und zog, nachdem er selbst aus der Kammer war, ein rohes Lattengitter vor den Eingang.

Das wird sie von dir abhalten, sagte er. Falls ich die zehn fetten Ziegen und die anderen Dinge nicht bekomme, sollen sie wenigstens ein paar Knöchelchen bekommen, wenn ich genug habe. Damit verließ er den Knaben, um über diese nur allzu deutlichen Worte nachzudenken.

Sobald er gegangen war, warf sich Tibo auf den Boden und brach vor Angst und Einsamkeit in kindliches Schluchzen aus. Er wußte, daß seine Mutter keine zehn fetten Ziegen geben konnte und wenn Bukawai dann wieder kam, würde er klein Tibo töten und auffressen. Er wußte nicht, wie lange er gelegen hatte, als ihn das Knurren der Hyänen aufschreckte. Sie waren durch den Gang zurückgekommen und starrten durch das Gitter nach ihm, sie stellten sich auf die Hinterpfoten und kratzten an dem Hindernis. Er konnte ihre gelben Augen im Dunkel leuchten sehen. Tibo schauderte und zog sich an das andere Ende des Raumes zurück. Er sah, wie das Gitter unter den Angriffen der Tiere zitterte und schwankte, und erwartete jeden Augenblick, es werde nach innen fallen und die Bestien zu ihm lassen.

Langsam schleppten sich die schreckenbeladenen Stunden dahin. Die Nacht brach herein und Tibo schlief einige Zeit, aber die hungrigen Tiere schienen nicht zu schlafen. Sie standen dauernd mit greulichem Knurren oder scheußlichem Lachen gerade hinter dem Gitter. Durch den schwachen Riß in der Felsendecke über sich konnte Tibo einige Sterne und den Vorbeigang des Mondes sehen. Endlich kam dann der Tag. Tibo war sehr hungrig und durstig, denn er hatte seit dem vorhergehenden Morgen nichts gegessen und hatte nur einmal auf dem langen Weg trinken dürfen, aber selbst Hunger und Durst vergaß er unter den Schrecken seiner Lage.

Nach Tagesanbruch bemerkte das Kind eine zweite Öffnung in der Wand der unterirdischen Kammer, dem Gange, aus welchem die Hyänen immer noch hungrig nach ihm starrten, gerade gegenüber. Es war nur ein schmaler Schlitz in der Felswand. Er führte vielleicht nur einige Fuß hinein, vielleicht führte er aber auch hinaus zur Freiheit! Tibo ging hin und sah hinein. Er konnte nichts erblicken. Er streckte seinen Arm in die Dunkelheit, aber weiter wagte er sich nicht. Tibo sagte sich, daß ihm Bukawai doch sicher keinen Weg zum Entkommen frei gelassen hatte, also führte dieser Weg entweder nicht weiter oder in noch größere Gefahren.

Zu den wirklichen Gefahren, die ihn bedrohten – Bukawai und die zwei Hyänen – fügte des Knaben Aberglaube noch unzählige andere, deren bloße Erwähnung zu schrecklich ist, denn durch das Leben der Schwarzen, im Schatten des Dschungeltages und in den schwarzen Schrecken der Dschungelnacht, huschen merkwürdige phantastische Gestalten und bevölkern die schon entsetzlich genug belebten Wälder mit drohenden Figuren, als ob der Löwe, der Leopard, die Schlange und die Hyäne zusammen mit den zahllosen, giftigen Insekten nicht gerade genug wären, um Furcht in die Herzen der armen, einfältigen Geschöpfe zu jagen, deren Los sie auf diesem furchtbarsten Fleck der Erde geboren werden ließ.

Deshalb krümmte sich der kleine Tibo nicht nur unter wirklichen, sondern auch unter eingebildeten Drohungen. Er fürchtete sich sogar vor dem Wege, der vielleicht hätte zur Flucht verhelfen können, weil Bukawai sicher irgendeinen furchtbaren Dschungelteufel zu seiner Bewachung hingesetzt haben mußte.

Aber bald trieben die wirklichen Gefahren die eingebildeten aus seinem Sinne, denn mit dem Kommen des Tageslichtes erneuerten die halbverhungerten Hyänen ihre Anstrengungen, die schwache Scheidewand niederzubrechen, die sie von ihrer Beute trennte. Sie stellten sich auf die Hinterpfoten und kratzten und schlugen nach dem Gitter. Tibo sah es mit weitaufgerissenen Augen zittern und schwanken. Er wußte, daß es nicht mehr lange den Angriffen der zwei mächtigen und entschlossenen Bestien standhalten konnte. Eine Ecke davon war bereits über den kleinen Felsvorsprung, der es festhielt, hinübergezwängt worden. Eine zottige Vorderpfote streckte sich in die

Kammer hinein und Tibo zitterte wie im Fieber, denn er wußte, daß das Ende nahe war.

Er drückte sich flach so weit als möglich von den Tieren entfernt gegen die Wand. Er sah, wie sich ein knurrender Kopf unter dem Gitter durchzwängte und mit schnappendem, entblößtem Gebiß nach ihm herübergrinste. Noch einen Augenblick und das armselige Gitter würde einwärts fallen, und die zwei würden sich auf ihn stürzen, ihm das Fleisch von den Gebeinen reißen, die Knochen zermalmen und sich um die Eingeweide streiten.

*

Bukawai traf Momaya außen vor der Palisade von Mbongas Dorf. Bei seinem Anblick zog sich diese voll Ekel zurück, aber dann ging sie mit Zähnen und Nägeln auf ihn los. Doch Bukawai hielt sie mit seinem Speer in sicherer Entfernung.

Wo ist mein Kind? schrie sie. Wo ist mein kleiner Tibo?

Bukawai riß in gutgespieltem Erstaunen die Augen auf. Dein Kind? rief er. Was weiß ich mehr von ihm, als daß ich ihn von dem weißen Dschungelgott errettete und meinen Lohn dafür noch nicht erhalten habe. Ich komme wegen der Ziegen und der Schlafmatte und des Stückes Kupferdraht, so lang wie ein Mannesarm von der Schulter bis zur Fingerspitze.

Abfall einer Hyäne! schrie Momaya. Mein Kind ist gestohlen und du, du verfaulender Rest eines Menschen, hast ihn entführt. Gib ihn zurück oder ich reiße dir die Augen aus dem Kopfe und füttere dein Herz den wilden Schweinen.

Bukawai zuckte die Schultern. Was weiß ich von deinem Kind? fragte er. Ich habe ihn nicht weggenommen. Wenn er abermals gestohlen ist, was soll Bukawai davon wissen? Hat ihn Bukawai etwa schon das erstemal gestohlen? Nein! Der weiße Dschungelgott stahl ihn, und wenn er das einmal getan hat, hat er es wohl wieder getan. Mich geht das nichts an. Ich habe ihn dir einmal zurückgeholt und komme jetzt, um meinen Lohn zu holen. Wenn er fort ist und du willst ihn wieder haben, wird ihn dir Bukawai wieder verschaffen – zehn fette Ziegen, eine neue Schlafmatte und zwei Stücke Kupferdraht von der Länge eines großen Mannesarmes von der Schulter bis zu den Fingerspitzen sind dazu nötig und Bukawai will sogar von den Ziegen und der Schlafmatte und dem Kupferdraht, die du für die erste Medizin noch zu zahlen hast, gar nicht mehr reden.

Zehn fette Ziegen! kreischte Momaya. Ich könnte dir nicht in ebensoviel Jahren zehn fette Ziegen bezahlen. Zehn fette Ziegen! Weiter willst du nichts?

Zehn fette Ziegen, wiederholte Bukawai. Zehn fette Ziegen, die neue Schlafmatte und zwei Stücke Kupferdraht von der Länge eines – – –

Momaya unterbrach ihn mit einer ungeduldigen Bewegung. Warte! schrie sie. Ich habe keine Ziegen. Spare deine Worte. Warte hier, bis ich meinen Mann hole. Er hat zwar nur drei Ziegen, aber es wird sich etwas tun lassen. Warte!

Bukawai hockte sich unter einen Baum. Er fühlte sich ganz zufriedengestellt, denn er wußte, daß er entweder Zahlung oder Rache finden würde. Er fürchtete von den Händen dieser Leute eines fremden Stammes keinerlei Unheil, obgleich er wußte, daß sie ihn fürchteten und haßten. Seine Lepra allein hielt sie davon ab, Hand an ihn zu legen, während sein Ruf als Zauberer ihn doppelt vor Angriffen schützte. Er machte sich eben einen Plan zurecht, wie er sie zwingen wollte, die zehn Ziegen bis zu seiner Höhle zu treiben, als Momaya zurückkam. Mit ihr kamen drei Krieger – Mbonga, der Häuptling, der Zauberer des Dorfes, Rabba Kega und Ibeto, Tibos Vater. Selbst unter gewöhnlichen Umständen waren sie keine besonders freundlich aussehenden Männer und jetzt mit ihren wutverzerrten Gesichtern konnten sie wohl jedem Angst machen. Aber wenn Bukawai auch Angst fühlte, ließ er sie sich doch nicht merken. Als sie kamen und sich im Halbkreis um ihn hockten, grüßte er sie mit einem anmaßenden Blick, der ihnen Scheu einflößen sollte.

Wo ist Ibetos Sohn? fragte Mbonga.

Wie soll ich das wissen, antwortete Bukawai. Ohne Zweifel hat ihn wieder der weiße Teufelsgott. Wenn ich dafür bezahlt werde, werde ich starke Medizin machen und wir werden erfahren, wo Ibetos Sohn ist, um ihn zurückzuschaffen. Meine Medizin war es, die ihn das letztemal zurückbrachte, obgleich ich meinen Lohn dafür nicht erhalten habe.

Ich habe meinen eigenen Zauberer, um Medizin zu machen, erwiderte Mbonga würdevoll.

Bukawai erhob sich höhnisch: Nun schön, sagte er, dann lasse ihn seine Medizin machen und sieh zu, ob er Ibetos Sohn wiederbringen kann. Er ging einige Schritte davon und drehte sich dann ärgerlich wieder um. Seine Medizin kann das Kind nicht zurückbringen – das weiß ich und ich weiß auch, daß ihr ihn zu spät finden werdet, als daß ihn eine Medizin noch zurückholen könnte, denn er wird dann tot sein. Eben jetzt habe ich das herausgefunden, denn der Geist von meines Vaters Schwester kam eben und sagte es mir.

Nun mochten wohl Mbonga und Rabba Kega auf ihre eigene Zauberei nicht viel geben und möglicherweise hatten sie auch ihre Zweifel an der Zauberkunst des anderen; aber es war immer die Möglichkeit, daß *etwas* daran war, besonders weil es nicht ihre eigene Methode war. War es nicht wohlbekannt, daß der alte Bukawai mit den Dämonen selbst redete, und daß sogar zwei in Gestalt von Hyänen bei ihm hausten? Doch durften sie nicht zu hastig vorgehen. Der Preis war wohl zu überlegen, und Mbonga hatte keine Lust, zehn Ziegen so leicht herzugeben, nur um einen einzigen kleinen Jungen wiederzubekommen, der womöglich lange, ehe er zum Krieger herangewachsen war, an den Blattern starb.

Warte, sagte Mbonga. Laß uns etwas von deiner Zauberei sehen, damit wir wissen, ob es gute Zauberei ist. Nachher können wir über die Zahlung reden. Rabba Kega wird auch etwas zaubern und wir können sehen, wer den besten Zauber macht. Sehe dich wieder, Bukawai.

Die Zahlung ist zehn Ziegen – fette Ziegen – eine neue Schlafmatte und zwei Stücke Kupferdraht von der Länge eines großen Mannesarmes von der Schulter bis zu den Fingerspitzen, und sie muß im voraus geschehen; die Ziegen müssen mir nach meiner Hütte getrieben werden. Dann werde ich die Medizin machen und am zweiten Tage darauf wird der Knabe wieder bei seiner Mutter sein. Schneller kann ich es nicht vollbringen, denn es braucht viele Zeit, um solch starke Medizin zu machen.

Mache uns jetzt etwas Medizin, sagte Mbonga. Laß uns sehen, was für Medizin du machen kannst.

Bringt mir Feuer, sagte Bukawai, und ich will euch etwas Zauberei zeigen.

Momaya wurde nach Feuer weggeschickt und Mbonga feilschte in ihrer Abwesenheit mit Bukawai um den Preis. Er sagte, zehn Ziegen seien der Preis für einen rüstigen Krieger. Er lenkte auch Bukawais Augenmerk auf den Umstand, daß er, Mbonga, sehr arm sei, daß sein Stamm sehr arm sei, und daß von den zehn Ziegen wenigstens acht zuviel seien, von der neuen Schlafmatte und dem Kupferdraht gar nicht zu reden. Aber Bukawai war hart wie Diamant. Seine Medizin sei sehr kostspielig und er müsse den Göttern wenigstens fünf Ziegen für ihre Hilfe bei der Bereitung geben. Als Momaya mit dem Feuer zurückkam, waren sie noch am Schachern.

Bukawai schüttete etwas Glut vor sich auf den Boden, nahm eine Prise Schießpulver aus der Tasche an seiner Seite und streute es über die Glut. Mit einem Puff stieg eine Rauchwolke auf. Bukawai schloß die Augen und schwankte vor und zurück. Dann fuhr er ein paarmal mit den Händen in der Luft herum und tat, als ob er ohnmächtig würde. Auf Mbonga und die anderen machte das starken Eindruck. Rabba Kega wurde nervös. Er sah seinen guten Ruf schwinden. In dem von Momaya gebrachten Gefäß befand sich noch etwas Glut. Er nahm den Kessel, ließ, als keiner zusah, eine Handvoll trockener Blätter hineinfallen und stieß dann einen fürchterlichen Schrei aus, der die Aufmerksamkeit der Zuschauer von Bukawai auf ihn lenken sollte. Er brachte sogar Bukawai wie durch ein Wunder wieder zu sich, aber als der alte Zauberer den Grund der Störung erkannte, fiel er schleunigst wieder in seine Ohnmacht zurück, ehe jemand seine Übereilung bemerkte.

Sobald Rabba Kega sah, daß Mbonga, Ibeto und Momaya auf ihn achteten, blies er plötzlich in den Kessel mit dem Erfolge, daß die Blätter zu glimmen begannen und Rauch aus dem Behälter aufstieg. Rabba Kega paßte gut auf, daß keiner die trockenen Blätter sah. Bei dieser bemerkenswerten Vorführung seiner Kräfte seitens des Dorfzauberers machten die anderen große Augen. Der letztere, innerlich triumphierend, legte nun los. Er jauchzte, hüpfte auf und nieder und schnitt fürchterliche Grimassen. Dann hielt er sein Gesicht über die Öffnung des Gefässes und schien mit den Geistern darin Zwiesprache zu halten.

Während er sich noch damit befaßte, kam Bukawai wieder aus seinem Traumzustand zu sich, weil seine Neugierde zu stark wurde. Keiner achtete auch nur im geringsten auf ihn. Er blinzelte erst ärgerlich mit einem Auge, dann stieß er gleichfalls ein lautes Brüllen aus. Als er sicher war, daß Mbonga auf ihn achtete, stellte er sich steif und schlug krampfhaft mit Armen und Beinen um sich.

Ich sehe ihn, schrie er. Er ist weit fort. Der weiße Teufelsgott hat ihn nicht. Er ist allein und in großer Gefahr. Aber, fügte er hinzu, wenn die zehn fetten Ziegen und die anderen Sachen rasch an mich gezahlt werden, ist noch Zeit, ihn zu retten.

Rabba Kega hatte innegehalten und hörte zu. Mbonga sah ihn an. Der Häuptling befand sich in tödlicher Verlegenheit. Er wußte nicht, wessen Medizin besser war. Was sagt dir dein Zauber? fragte er Rabba Kega.

Ich sehe ihn auch, schrie Rabba Kega. Aber er ist nicht da, wo ihn Bukawai angibt. Er liegt tot auf dem Grunde des Flusses.

Bei diesen Worten begann Momaya laut zu weinen.

*

Tarzan war der Spur des Alten, der zwei Hyänen und des kleinen Negerknaben bis zum Eingang der Höhle in der Felsschlucht zwischen den zwei Hügeln gefolgt. Hier stand er einen Augenblick vor dem kleinen Verschluß aus Stäben, den Bukawai dort ausgestellt hatte und lauschte auf das Fauchen und Knurren, das gedämpft aus dem hintersten Grund der Höhle kam.

Plötzlich entdeckten die scharfen Ohren des Affenmenschen mit den tierischen Schreien vermischt das jammervolle Stöhnen eines Kindes. Tarzan zögerte nicht länger. Er schleuderte das Tor beiseite und lief in die schmale Öffnung. Der Gang war eng und finster, aber langer Gebrauch seiner Augen im tiefen Dunkel der Dschungelnächte hatte dem

Affenmenschen das scharfe Auge der wilden Tiere gegeben, mit denen er seit seiner Kindheit umging.

Rasch aber doch mit Vorsicht eilte er vorwärts, denn der Platz war dunkel, ihm unbekannt und gewunden. Beim Näherkommen hörte er lauter und lauter das wilde Schnarren der zwei Hyänen und das Kratzen und Scharren ihrer Pfoten auf dem Holz. Das Jammern eines Kindes wurde lauter und Tarzan erkannte die Stimme des kleinen, schwarzen Knaben, den er als sein Balu hatte annehmen wollen.

In des Affenmenschen Vordringen zeigte sich keinerlei leidenschaftliche Gefühlserregung. Er war an den gewaltsamen Ausgang des Lebens in der Dschungel zu sehr gewöhnt, um selbst durch den Tod eines ihm gut Bekannten viel gerührt zu werden. Aber die Lust zum Kampfe spornte ihn an. Er war im Herzen nur ein wildes Tier, und sein wildes Tierherz klopfte in freudiger Erwartung eines Kampfes.

In der Felsenkammer mitten im Berge kauerte sich der kleine Tibo so weit ab wie möglich von den hungertollen Bestien an die Wand. Er sah, wie das Gitter den wütenden Schlägen der Hyänen nachgab und wußte, daß sein kleines Leben in wenigen Minuten unter den reißenden gelben Fängen der scheußlichen Geschöpfe ein schreckliches Ende finden würde.

Unter den Stößen der schweren Körper schwankte das Gitter einwärts, bis es mit einem Krach nachgab und die Raubtiere auf den Knaben losließ. Tibo warf noch einen entsetzten Blick auf sie, dann schloß er die Augen und barg sein Gesicht mit jammervollem Schluchzen in den Händen.

Einen Augenblick zögerten die Hyänen, Vorsicht und Feigheit hielt sie noch von ihrer Beute zurück. Nun schlichen sie, auf den Knaben schielend, leise, verstohlen, kriechend näher. Gerade da kam Tarzan über sie und huschte rasch und lautlos in die Kammer; doch konnte er nicht so leise eintreten, daß es die scharfhörigen Tiere nicht bemerkt hätten. Mit bösem Knurren wendeten sie sich von dem Knaben gegen den Affenmenschen, der mit lächelndem Munde auf sie losging. Eines der Tiere behauptete für einen Augenblick seinen Platz, aber der Affenmensch ließ sich nicht einmal herab, gegen den verächtlichen Dango das Jagdmesser zu ziehen. Er stürzte sich auf

Dango, packte ihn am Nackenfell, gerade als er unter ihm durchwischen wollte und warf ihn durch die Höhle hinter seinem Gefährten her, der, auf Flucht bedacht, schon durch den Gang davonschlich.

Dann hob Tarzan Tibo vom Boden auf und als das Kind menschliche Hände anstelle der Pfoten und Zähne der Hyänen an sich fühlte, rollte er überrascht und ungläubig seine Augen. Doch als er Tarzan erkannte, brach ein Schluchzen der Erleichterung über seine Kinderlippen und er klammerte seine Ärmchen um seinen Befreier, als ob der weiße Teufelsgott alles andere als das Gefürchtetste der Dschungelgeschöpfe gewesen wäre.

Als Tarzan mit ihm an die Mündung der Höhle kam, war von den Hyänen nichts mehr zu sehen. Er ließ Tibo in einer nahegelegenen Quelle seinen Durst stillen, hob den Knaben auf seine Schultern und setzte sich nach der Dschungel zu in schnellen Trab. Er wollte das störende Geheul Momayas so rasch wie möglich zur Ruhe bringen, denn er urteilte ganz richtig, daß das Verschwinden ihres Balus die Ursache ihrer Wehklagen war.

*

Er liegt nicht tot auf dem Grunde des Flusses, rief Bukawai. Was versteht dieser Bursche vom Zaubern? Wo ist er, der sagen darf, daß Bukawais Zauber kein guter Zauber ist? Bukawai sieht Momayas Sohn. Er ist weit fort und allein und in großer Gefahr. Beeilt euch also mit den zehn fetten Ziegen, der – – –

Weiter kam er nicht, denn von oben kam eine plötzliche Unterbrechung gerade aus den Zweigen, unter denen sie hockten. Als die fünf Schwarzen nach oben blickten, fielen sie beinahe vor Schrecken um, weil der große, weiße Teufelsgott auf sie herniedersah. Aber ehe sie flüchten konnten, zeigte sich ihnen noch ein anderes Gesicht, das des verlorenen kleinen Tibo und dies Gesicht lachte und war sehr glücklich.

Und dann sprang Tarzan mit dem Knaben auf dem Rücken furchtlos zu ihnen herab und stellte diesen vor seine Mutter. Momaya, Ibeto, Rabba Kega und Mbonga, alle vier umstanden den Kleinen und suchten ihn zu gleicher Zeit auszufragen. Plötzlich fuhr Momaya wild herum, denn der Knabe erzählte, was ihm alles von der Hand Bukawais geschehen war, und wollte über den grausamen Alten herfallen, aber Bukawai war nicht mehr zu sehen. Er hatte keine Zauberei gebraucht, um zu wissen, daß ihm Momayas Nachbarschaft gefährlich werden könne, sobald Tibo seine Geschichte erzählt hatte, und nun rannte er durch die Dschungel, so schnell ihn seine alten Beine trugen, nach seiner fernen Behausung, zu der ihn kein Schwarzer zu verfolgen wagen würde.

Tarzan nicht minder war in seiner Art zur Verblüffung der Schwarzen verschwunden. Da fielen Momayas Augen auf Rabba Kega. Der Dorfzauberer sah etwas in diesen Augen, das nichts Gutes bedeutete und wich zurück.

Also mein Tibo liegt tot auf dem Boden des Flusses, nicht wahr? schrie das Weib. Und er ist weit fort und allein und in großer Gefahr, nicht wahr? Zauber!! Die von Momaya in dieses Wort gelegte Verachtung hätte einer Bühnenkünstlerin von Weltruf Ehre gemacht. Fauler Zauber! schrie sie. Momaya wird dir etwas von ihrem eigenen Zauber beibringen, und damit ergriff sie einen abgebrochenen Ast und schlug Rebba Kega damit über den Schädel. Mit schmerzlichem Geheul wandte sich der Mann zur Flucht. Aber Momaya verfolgte ihn und schlug ihn auf der ganzen Strecke durch das Tor und die Dorfstraße entlang über die Schultern, und Krieger, Frauen und Kinder, welche das Glück hatten, es mitansehen zu können, freuten sich diebisch, denn allesamt fürchteten sie Rabba Kega, und fürchten heißt hassen.

So kam es, daß Affentarzan seiner Schar untätiger Feinde an diesem Tage zwei tatkräftige zufügte, die beide lange Nächte hindurch Rachepläne gegen den weißen Teufelsgott schmiedeten, der sie dem Fluch der Lächerlichkeit und Verachtung preisgegeben hatte, aber in ihre übelwollendsten Pläne mischte sich immer ein Schatten fühlbarer Furcht und Scheu, den sie nicht überwinden konnten.

Der junge Lord Greystoke ahnte nicht, daß sie gegen ihn Pläne schmiedeten, und er hätte sich auch nicht darum gekümmert, wenn er es gewußt hätte. Er schlief in dieser Nacht so ruhig wie in jeder anderen, und obgleich er kein Dach über dem Haupte hatte und keine verschlossenen Türen ihn vor

Eindringlingen bewahrten, schlief er viel besser als sein vornehmer Verwandter in England, der beim Diner am gleichen Abend zuviel Hummer gegessen und zuviel Wein getrunken hatte.

Bukawais Ende

Als Affentarzan noch ein Knabe war, hatte er unter anderem auch gelernt, biegsame Seile aus den langen Halmen der Dschungelgräser zu fertigen. Stark und fest waren Tarzans, des kleinen Tarmangani, Seile. Tublat, sein Pflegevater, hätte euch das und manches andere erzählen können. Wenn ihr ihn mit einer Handvoll fetter Raupen bestochen hättet, wäre er auch vielleicht genug aus sich herausgegangen, um ein paar Geschichten von den vielen Unwürdigkeiten zu erzählen, die ihm Tarzan gerade mit Hilfe dieses verhaßten Seiles zugefügt hatte. Aber jedesmal, wenn Tublat an das Seil oder an Tarzan dachte, kam er immer in solch fürchterliche Wut, daß es für euch unter Umständen hätte unangenehme Folgen haben können, wenn ihr nahe genug geblieben wäret, um zu hören, was er zu sagen hatte.

Das schlangenartige Seil hatte sich so oft unerwartet um Tublats Hals gelegt, so oft war er zum Gespött der anderen immer gerade dann, wenn er am wenigsten darauf gefaßt war, in schmerzhafter Weise aus dem Gleichgewicht gebracht worden, daß man sich nicht zu wundern braucht, wenn in seinem grimmen Herz wenig Platz für Liebe zu seinem weißhäutigen Pflegekind frei war.

Es hatte sogar Augenblicke gegeben, wo Tublat an der um seinen Hals festgewürgten Schlinge hilflos in der Luft hing und schon den sicheren Tod vor Augen sah, während Klein-Tarzan auf einem Aste nahebei herumhüpfte, ihn beschimpfte und unziemliche Grimassen schnitt.

Dann hatte das Seil noch bei einer anderen Gelegenheit eine wichtige Rolle gespielt, und das war die einzige, bei der sich Tublat mit Vergnügen daran erinnerte, daß das Seil etwas damit zu tun hatte. Tarzan, dessen Gehirn so rege war wie sein Körper, erfand immer neue Arten des Spiels. Gerade mit Hilfe seiner Spiele lernte er sehr viel während seiner Kindheit. An jenem Tage lernte er nun auch etwas, und daß er bei dieser Belehrung nicht sein Leben verlor, war für Tarzan selbst eine große Überraschung, in Tublats Freudenbecher aber der bittere Wermutstropfen.

Das Menschenkind hatte sein Seil nach einem Spielgefährten, der oben auf einem Baume hockte, geworfen und statt seiner einen vorstehenden Ast getroffen. Als er versuchte, die Schlinge herunterzuschütteln, zog sie sich nur noch fester. Tarzan begann nun, an dem Seil hinaufzuklettern, um es von dem Zweige zu entfernen. Als er ein Stück oben war, packte ein lustiger Spielgenosse das auf dem Boden liegende Seilende und lief so schnell als möglich damit fort. Als Tarzan dem jungen Affen zuschrie, er solle aufhören, ließ dieser das Seil nach und zog es dann wieder straff. Als Ergebnis wurde Tarzans Körper eine hin- und herschwingende Bewegung erteilt und der junge Affenmensch hatte plötzlich ein neues und unterhaltendes Spiel entdeckt. Zunächst spornte er den Affen an, fortzufahren, bis er so weit, als es die Kürze der Aufhängung erlaubte, vor- und zurückschwang, aber bald war ihm die Entfernung nicht groß genug und er fand sich nicht hoch genug über dem Boden, um den für den Zeitvertreib der Jugend erwünschten Nervenkitzel der Waghalsigkeit zu empfinden. Deshalb kletterte er bis zur Stelle hinauf, wo sich das Seil verfangen hatte, machte es los und viel weiter oben an einem frei herausstehenden, langen, starken Ast wieder fest. Mit dem losen Ende in der Hand kletterte er rasch, soweit das Seil reichte, hinunter und schwang sich am Ende seines Seiles aus den Zweigen hinaus, während sich sein geschmeidiger Körper wand und bog – das menschliche Beschwerungsgewicht eines Graspendels – zehn Meter hoch über dem Boden.

Ach, war das schön! Es war wirklich ein erstklassiges neues Spiel. Tarzan war begeistert. Er hatte bald heraus, daß er durch Zuckungen seines Körpers in der geeigneten Richtung und zur richtigen Zeit seine Schwingungen verkürzen oder verstärken konnte, und als Junge wählte er natürlich das letztere. Alsbald schwang er sich weit und hoch hinauf, während von unten die Affen von Kerschaks Horde mit gelindem Staunen zusahen.

Wenn sich unsereiner am Ende dieses langen Grasseils geschaukelt hätte, würde das, was nun folgte, nicht haben geschehen können, denn wir hätten nicht so lange hängend ausgehalten, daß es möglich geworden wäre. Aber für Tarzan war es dasselbe, als wenn er auf seinen Füßen gestanden hätte oder wenigstens beinahe dasselbe. Jedenfalls fühlte er nach einer Zeit, in der ein gewöhnlicher Sterblicher durch körperliche Anstrengung völlig matt gewesen wäre, noch keinerlei Müdigkeit. Und das gereichte ihm zum Verderben.

Tublat beobachtete ihn so aufmerksam wie die anderen der Horde. Keines von allen Geschöpfen der Wildnis haßte Tublat so aus vollem Herzen wie dieses häßliche, haarlose, weißhäutige Zerrbild eines Affen. Wäre Tarzan nicht so gewandt und der wilden Kala Mutterliebe nicht so eifersüchtig wachsam gewesen, Tublat hätte längst diesen Schandfleck auf seinem Familienwappen beseitigt. Es war schon so lange her, daß Tarzan ein Mitglied des Stammes geworden war, daß Tublat völlig vergessen hatte, welche Umstände mit dem Eintritt des Dschungelfindlings in seine Familie verknüpft waren. Er bildete sich nun ein, Tarzan sei sein eigener Sprößling und das vermehrte seinen Kummer nicht wenig.

Das Seil hatte sich inzwischen an der rauhen Rinde des Baumastes durchgescheuert und gerade als Tarzan wieder bis zum höchsten Punkt des Bogens hinaufschwang, riß es durch. Die aufmerksamen Affen sahen den glatten braunen Körper nach außen und wie ein Bleigewicht herabschießen. Tublat machte einen Luftsprung und stieß aus, was wir im Menschenleben einen Freudenschrei genannt haben würden. Jetzt war es mit Tarzan und Tublats Hauptsorgen zu Ende. Von nun an konnte er sich in Ruhe und Sicherheit seines Lebens freuen. Tarzan fiel volle zwölf Meter hinab und landete mit dem Rücken auf einem dichten Busch. Kala, die wilde, häßliche, liebevolle Kala war als erste an seiner Seite. Schon einmal vor vielen Jahren hatte sie gesehen, wie ihr eigenes Balu durch einen solchen Sturz sein Leben verlor. Sollte ihr dieses auf dieselbe Weise entrissen werden? Als sie Tarzan fand, lag er ganz still tief im Busch eingebettet. Kala brauchte einige Minuten, um ihn freizubekommen und herauszuziehen. Er war nicht tot. Er war nicht einmal ernstlich verletzt, denn der Busch hatte die Wucht des Falles aufgehoben. Er hatte nur eine Wunde am Hinterkopf, der an einem zähen Stamm des Busches angeschlagen war, so daß er die Besinnung verloren hatte.

In wenigen Minuten war er so munter wie je, aber Tublat war grimmig. In seiner Wut schnappte er nach einem anderen Affen, ohne sich sein Opfer erst anzusehen und fand sich für seine schlechte Laune böse zugerichtet, denn er war gerade auf einen recht rauhen und kampflustigen, jungen Bullen im kräftigsten Alter getroffen.

Aber Tarzan hatte etwas Neues gelernt. Er hatte festgestellt, daß langedauernde Reibung die Fasern seines Seiles durchscheuerte. Doch manches Jahr ging hin, bis ihm diese Kenntnis weiter nützte, als daß sie ihn von zu langem Schaukeln ohne Pause abhielt, oder ihn warnte, sich mit seinem Seilende zu weit vom Boden abzuwagen.

Indessen kam der Tag, an welchem der nämliche Umstand, welcher ihm einst beinahe das Leben gekostet hätte, jetzt das Leben rettete.

Er war längst kein Kind mehr, sondern ein tüchtiger Kerl. Keiner war mehr da, um ihn sorgfältig zu bewachen; er brauchte solchen Schutz nicht mehr. Kala war tot und tot dazu war Tublat. Wenn auch mit Kala das einzige Geschöpf dahin war, das ihn wirklich geliebt hatte, so blieben doch deren, die ihn haßten, noch genug übrig, nachdem Tublat in den Schoß seiner Väter aufgenommen war. Nicht als ob sie ihn haßten, weil er grausamer und wilder gewesen wäre als sie, denn obgleich er grimmig und wild war wie seine tierischen Gefährten, war er doch auch oft mitfühlend, was bei ihnen nicht vorkam. Aber das, was bei denen, die ihn nicht liebten, böses Blut gegen Tarzan machte, war der Besitz und die Ausübung einer Eigenschaft, die ihnen fehlte und für die sie kein Verständnis hatten: der menschliche Sinn für Humor. Er war vielleicht bei Tarzan ein bißchen zu stark und zeigte sich oft in rauhen und handgreiflich peinlichen Scherzen an seinen Freunden und in der hartnäckigen Peinigung seiner Feinde.

Aber keinem von diesen zweien verdankte er die Feindschaft des Zauberers Bukawai, der weit nördlich von des Häuptlings Mbonga Dorf in der Höhle zwischen den zwei Hügeln hauste. Bukawai war auf Tarzan eifersüchtig und Bukawai war es, der um ein Haar Tarzan zugrunde gerichtet hätte. Monatelang hatte Bukawai seinen Haß in sich hineingefressen, denn Rache schien unerreichbar, weil Affentarzan meilenweit von Bukawais Gegend durch die Dschungel streifte. Nur einmal hatte der schwarze Zauberer den weißen Teufelsgott, so nannten ihn die Schwarzen meist, richtig gesehen, damals als ihn Tarzan um einen reichlichen Verdienst brachte. Bei dieser Gelegenheit hatte ihn Tarzan als Lügner und Betrüger entlarvt und seine Medizin als armselige Medizin erwiesen. Alles das konnte Bukawai nie vergeben, obgleich es unwahrscheinlich war, daß sich ihm je eine Gelegenheit zur Rache bieten würde.

Aber ganz unerwartet bot sie sich doch. Tarzan war weit droben im Norden auf der Jagd. Wie er mehr und mehr mit eintretender Reife sich angewöhnte, hatte er sich auf einem einsamen Jagdzuge für mehrere Tage weit von seiner Horde entfernt. Als Kind hatte er im Balgen und Spielen mit den jungen Affen seine Unterhaltung gefunden. Aber mittlerweile waren diese Spielgefährten zu sauertöpfischen, finsteren Bullen oder zu reizbaren, argwöhnischen Müttern herangewachsen, die eifersüchtig ihre hilflosen Balus bewachten. Daher fand Tarzan bald in seinem eigenen Menschenverstand einen besseren und treueren Begleiter als alle Affen Kerschaks zusammen abgeben konnten.

An diesem Jagdtage Tarzans bezog sich langsam der Himmel. Vielgestaltige Wolken, zu zerfetzten Nebelstreifen ausgepeitscht, flogen dicht über den Baumwipfeln dahin. Sie erinnerten Tarzan an die Flucht erschreckter Antilopen vor dem Ansprung eines hungrigen Löwen. Obgleich die Wolken so rasch dahinjagten, war es in der Dschungel noch totenstill. Nicht ein Blatt bewegte sich – tiefes, totes, unheimliches Schweigen herrschte. Selbst die Insekten schienen von der Vorahnung eines furchtbaren Geschehnisses bedrückt und die größeren Wesen gaben keinen Laut von sich.

Solch ein Wald, solch eine Dschungel mochte hier schon zu Anbeginn gestanden haben in jener undenkbar fernen Zeit, bevor Gott die Welt mit Lebewesen erfüllte, damals als es noch keine Stimmen gab, weil noch keine Ohren, sie zu hören, vorhanden waren.

Und über alledem lag ein krankhaftes, bleiches, ockergelbes Licht, unter dem die zerfetzten Wolken dahinrasten. Tarzan hatte solche Naturstimmungen schon oft erlebt, aber er konnte sich bei keiner solchen Begebenheit einem eigenartigen Gefühl entziehen. Furcht kannte er nicht, doch im Angesicht der grausigen, unermeßlichen Kräfte, welche die Natur dann offenbarte, fühlte er sich klein – sehr klein und sehr einsam.

Jetzt hörte er in der Ferne ein schwaches Ächzen. Die Löwen suchen ihre Beute, murmelte er für sich, während er nochmals nach den schnell dahinfliegenden Wolken sah. Das Ächzen schwoll zu einem Ton von großer Stärke. Sie kommen, sagte Affentarzan und suchte die Deckung eines dichtbelaubten Baumes auf. Ganz plötzlich bogen sich alle Baumwipfel gleichzeitig, als ob Gott seine flache Hand auf die Erde legte. Sie kommen vorbei, flüsterte Tarzan. Die Löwen kommen vorbei. Dann kam ein leuchtender Blitzstrahl, dem betäubender Donner folgte. Die Löwen sprangen an, rief Tarzan, und jetzt brüllen sie über den Körpern ihrer Opfer.

Die Bäume schwankten jetzt wild nach allen Richtungen, ein ganz dämonischer Sturm peitschte schonungslos über die Dschungel. Mitten dazwischen kam der Regen – nicht wie in den nördlichen Breiten, sondern als plötzliche, erstickende, blindmachende Sintflut. Das Blut der Opfer, dachte Tarzan und kauerte sich näher an den Stamm des großen Baumes, unter welchem er stand.

Als der Sturm losbrach, hatte sich Tarzan nahe am Rande der Dschungel befunden und in geringer Entfernung zwei Hügel bemerkt, aber nun konnte er nichts mehr sehen. Er unterhielt sich damit, in den peitschenden Regen hinauszusehen nach den zwei Hügeln zu suchen und sich vorzustellen, sie wären von den Regenströmen hinweggewaschen worden. Doch wußte er, daß der Regen bald aufhören, die Sonne wieder scheinen und alles wie vorher sein würde, während nur Zweige heruntergeschlagen waren und hier und da ein alter, morscher Patriarch niedergestürzt war, um die Erde wieder zu düngen, auf der er selbst vielleicht Jahrhundertelang groß geworden war. Durch die Gewalt des Wirbelsturmes oder die Wucht des stürzenden Wassers losgerissene Zweige und Blätter wirbelten durch die Luft und fielen zu Boden. Ein abgestorbener Stamm schwankte und fiel in einigen Schritt Entfernung zu Boden.

Aber Tarzan war vor allen diesen Gefahren durch die weitreichenden Zweige des starken, jungen Dschungelriesen geschützt, unter den ihn seine Urwalderfahrung geführt hatte. Nur eine einzige Gefahr bestand und diese war nicht wahrscheinlich. Aber gerade dieser Fall trat ein. Ohne eine Andeutung schlug der Blitz über ihm in den Baum, und als der Regen nachließ und die Sonne durchkam, lag Tarzan langgestreckt, wie er gefallen war, zwischen den Trümmern des jungen Riesen, der ihn hatte beschützen sollen, auf dem Antlitz.

Bukawai kam nach dem Ende von Sturm und Regen an den Ausgang seiner Höhle und besah sich die Landschaft. Bukawai hatte nur noch ein Auge, aber hätte er auch ein Dutzend gehabt, er hätte dennoch an der frischen Pracht der wiederauflebenden Dschungel nichts Schönes gefunden.

Zu beiden Seiten des Alten standen seine ständigen und einzigen Begleiter, die zwei Hyänen und witterten. Plötzlich knurrte eine der beiden leise und schlich mit zurückgelegten Ohren schlangenartig und vorsichtig in die Dschungel. Die andere folgte. Bukawai fühlte seine Neugierde erwachen und ging mit einem schweren Knüttel in der Hand hinterher.

Ein paar Schritte vor dem hingestreckten Tarzan blieben die Hyänen schnüffelnd und knurrend stehen. Bukawai kam dazu und wollte erst seinen Augen nicht trauen. Aber als er sah, daß er wirklich den Teufelsgott vor sich hatte, kannte seine Wut keine Grenzen, denn er hielt ihn für tot und glaubte sich um seine lang erträumte Rache betrogen.

Die Hyänen näherten sich zähnefletschend dem Affenmenschen, als Bukawai mit einem Schrei dazwischenfuhr und grausam und wuchtig mit dem Knüttel auf sie losschlug, denn möglicherweise war doch noch Leben in dem regungslosen Körper. Schnappend und knurrend wollten die Bestien ihrem Herrn und Peiniger schon an die Kehle springen, aber die alte Furcht hielt sie immer noch zurück. Sie schlichen ein paar Schritte zurück und hockten sich auf die Schenkel nieder, während Haß und enttäuschter Hunger in ihren wilden Augen glühte.

Bukawai bückte sich und legte sein Ohr an das Herz des Affenmenschen. Es schlug noch. So weit seine abgestorbenen Gesichtszüge ein Lächeln verzeichnen konnten, taten sie es.

Aber ein besonders schöner Anblick war es nicht. Neben dem Affenmenschen lag dessen langes Grasseil. Rasch band Bukawai seinem Gefangenen die steifen Arme auf den Rücken und nahm ihn auf die Schulter, denn so alt und von der Seuche mitgenommen er war, war er doch noch ein starker Mann. Die Hyänen blieben etwas zurück als der Zauberer nach der Höhle zu schritt, und trotteten nach, als er sein Opfer durch die langen, dunklen Gänge in die Eingeweide des Berges hineintrug. Durch unterirdische Räume, die durch gewundene Gänge miteinander verbunden waren, schwankte Bukawai mit seiner schweren Last. Jetzt machte der Gang eine scharfe Wendung, helles Tageslicht erstrahlte und Bukawai trat heraus in einen kleinen, kreisrunden Kessel im Hügel. Offenbar war es der Krater eines alten Vulkanes von jener Art, die es niemals bis zur Rangordnung eines richtigen Berges bringt, und eigentlich weiter nichts ist, als ein lavaumrändertes Loch an der Erdoberfläche.

Steile Wände umschlossen die Höhlung. Der Gang, durch welchen Bukawai gekommen war, bildete die einzige Lücke. Einige wenige verkümmerte Bäume wuchsen auf dem felsigen Boden. Oben in dreißig Meter Höhe konnte man die zackigen Lippen dieses kalten, toten Höllenrachens sehen.

Bukawai lehnte Tarzan gegen einen Baum und band ihn dort mit seinem eigenen Grasseil fest. Die Hände ließ er ihm dabei frei, aber er sicherte die Knoten so, daß sie der Affenmensch nicht erreichen konnte. Die Hyänen schlichen knurrend hin und her. Bukawai haßte sie, wie sie ihn haßten. Er wußte, daß sie nur darauf warteten, bis er hilflos geworden sein würde oder bis ihr Haß zu solcher Höhe gesteigert war, daß er ihre beklemmende Furcht vor ihm betäubte.

Im Innersten seines Herzens fürchtete sich Bukawai nicht wenig vor diesen abstoßenden Geschöpfen. Deshalb hielt er die Bestien stets gut in Futter und jagte oft genug für sie, wenn ihre eigene Jagd auf Beute erfolglos geblieben war. Aber mit der Grausamkeit eines kleinen, krankhaften, tierisch primitiven Gehirns konnte er es nicht unterlassen, sie zu quälen.

Als ganz kleine Junge hatte er sie gefunden und aufgezogen. So hatten sie nie eine andere Lebensweise als die bei ihm kennen gelernt und obgleich sie zum Jagen herumstreiften, kamen sie doch immer wieder zu ihm zurück. Bukawai kam schließlich zur Überzeugung, daß sie nicht sowohl aus Gewohnheit immer wiederkamen, sondern unter dem Einfluß einer Höllengeduld, die lieber jede Schmach und jede Pein auf sich nimmt, als daß sie auf ihre endliche Rache verzichtet. Bukawai brauchte wenig Phantasie, um sich auszumalen, welcher Art diese Rache sein würde. Heute konnte er selbst mit ansehen, welches sein Ende sein würde, aber ein anderer würde Bukawai vorstellen.

Sobald er Tarzan sicher festgebunden hatte, ging Bukawai in den Gang zurück, trieb die Hyänen vor sich her, zog ein Gitter aus verflochtenen Zweigen vor die Öffnung, das den Krater während der Nacht von der Höhle abschloß, damit Bukawai nachts ruhig schlafen konnte, denn die Hyänen wurden dann immer in den Krater gesperrt, sonst konnten sie in der Dunkelheit den schlafenden Bukawai überfallen.

Bukawai begab sich mit einem Gefäß zum Ausgang der vorderen Höhle, füllte es an der Quelle in der kleinen Felsschlucht mit Wasser und kam damit zum Krater zurück. Die Hyänen standen vor dem Gitter und sahen hungrig nach Tarzan. Sie sollten nicht das erstemal so gefüttert werden.

Der Zauberer näherte sich Tarzan und schüttete ihm einen Teil vom Inhalt des Gefäßes in das Gesicht. Erst blinzelten dessen Augenlider nur, aber bei dem zweiten Guß öffnete Tarzan die Augen und sah sich um.

Teufelsgott! rief Bukawai. Ich bin der große Zauberer. Meine Medizin ist stark. Deine ist schwach. Ständest du hier angebunden wie eine Ziege als Köder für die Löwen, wenn es anders wäre?

Tarzan verstand den Zauberer nicht, deshalb gab er keine Antwort, sondern sah nur Bukawai kalt und starr an. Die Hyänen krochen von hinten sachte näher. Er hörte sie knurren, aber er wandte nicht einmal den Kopf. Er war ein Tier mit einem Menschenverstand. Das Tier in ihm weigerte sich angesichts eines Todes, den der Menschenverstand bereits als unvermeidlich erkannt hatte, Furcht zu zeigen.

Bukawai war noch nicht soweit, sein Opfer den Bestien schon zu geben und stürzte sich mit seinem Knüttel auf die Hyänen. Es gab ein kurzes Scharmützel, in dem die Tiere wie stets unterlagen. Tarzan sah dabei zu und bemerkte, welcher Haß zwischen dem Paar und diesem häßlichen Abbild eines Menschen bestand.

Als die Hyänen eingeschüchtert waren, machte sich Bukawai wieder daran, Tarzan zu verhöhnen, aber da der Zauberer herausfand, daß der Affenmensch nichts von seinen Reden verstand, ließ er schließlich davon ab. Er zog sich in den Gang zurück und schob das Gitterflechtwerk vor die Öffnung. Dann holte er sich eine Schlafmatte aus der Höhle und legte sie an die Öffnung, um sich hinlegen und in aller Ruhe das Schauspiel seiner Rache genießen zu können.

Die Hyänen strichen verstohlen um den Affenmenschen herum. Tarzan spannte einen Augenblick seine Muskeln, aber er sagte sich bald, daß ein Seil, das er gefertigt hatte, um Numa, den Löwen, damit zu zähmen, ihn ebenso sicher halten würde. Wohl hatte er keine Lust zu sterben, aber er konnte dem Tode diesmal so gut wie schon oft ohne Zittern ins Angesicht sehen.

Als er an dem Seil zog, fühlte er, wie es sich an dem dünnen Baum, um den es geschlungen war, rieb. Wie im Lichtspiel auf der Leinwand erstand vor seinem geistigen Auge ein Bild aus dem Lagerbestand seines Gedächtnisses. Er sah sich als kleine Knabengestalt hoch über dem Boden am Ende eines Seiles schwingen. Er sah viele Affen von unten zuschauen und dann sah er das Seil reißen und den Knaben auf den Boden hinabstürzen. Tarzan lächelte und begann alsbald das Seil rasch an dem Baumstamm hin und her zu ziehen.

Die Hyänen faßten Mut und kamen näher. Sie schnüffelten bereits an seinen Beinen, aber als er mit den freien Armen nach ihnen schlug, wichen sie zurück. Er wußte, daß sie ihn angreifen würden, wenn ihr Hunger stärker wurde. Kalt und methodisch, ohne jede Hast zog Tarzan das Seil über den rauhen Stamm des kleinen Baumes hin und her.

Bukawai schlief am Eingang seiner Höhle ein. Er dachte sich wohl, es werde noch einige Zeit dauern, ehe die Bestien genug Mut oder Hunger halten, den Gefangenen anzugreifen.

Ihr Geknurr und die Schreie des Opfers würden ihn dann schon aufwecken. Inzwischen konnte er ruhig schlafen; und das tat er denn auch. Der Tag ging herum, denn die Hyänen waren nicht sehr hungrig und das Seil, welches Tarzan band, war stärker als das in seiner Kindheit, welches so rasch der Schürfung auf der rauhen Baumrinde erlegen war. Die ganze Zeit über wuchs der Hunger der Bestien und die Stränge des Grasseils wurden dünner und dünner. Bukawai schlief ruhig weiter.

Es war schon Spätnachmittag, als das eine Tier vom Nagen des Hungers getrieben sich rasch und knurrend auf den Affenmenschen warf. Das Geräusch dabei weckte Bukawai auf. Er richtete sich schleunigst auf und beobachtete die Vorgänge im Krater. Er sah, wie sich die hungrige Hyäne auf den Mann stürzte und ihm an die ungeschützte Kehle sprang; dann sah er, wie Tarzan zugriff und die knurrende Bestie packte, während die andere Hyäne auf des Teufelsgottes Schulter sprang. Eine mächtige Welle ging durch den großen, glatthäutigen Körper. Runde Muskeln wölbten sich unter der braunen Haut zu großen, straffen Tauen – der Affenmensch warf sich mit seinem vollen Gewicht und seiner riesigen Kraft vorwärts – die Fesseln rissen und die drei rollten knurrend, schnappend und reißend über den Boden des Kraters.

Bukawai sprang auf die Füße. Sollte etwa der Teufelsgott über seine Diener die Oberhand behalten? Unmöglich! Das Geschöpf war ja unbewaffnet, lag am Boden und die zwei Hyänen waren auf ihm. Aber Bukawai kannte Tarzan noch nicht.

Der Affenmensch drückte der einen Hyäne mit den Fingern die Kehle zu und erhob sich auf ein Knie, obgleich die andere Bestie mit wahnsinnigem Zerren versuchte, ihn niederzuhalten. Mit einer einzigen Hand hielt Tarzan die eine fest, während er jetzt mit der anderen Hand zugriff und das zweite Tier zu sich heranzog.

Jetzt sah Bukawai, daß seine Streitkräfte ins Wanken gerieten und rannte, seinen Knüttel schwingend, aus der Höhle hervor. Tarzan sah ihn kommen, erhob sich, eine Hyäne in jeder Hand, und schleuderte dem Zauberer die eine der fauchenden Bestien gerade an den Kopf. Als schnarrender, beißender

Haufen stürzten die beiden übereinander zu Boden. Tarzan warf die zweite Hyäne über den Krater hin, während die erste ihren Herrn in das zerfressene Gesicht biß. Aber damit war der Affenmensch nicht einverstanden. Mit einem Fußtritt sandte er das Vieh heulend seinem Gefährten nach, sprang zu dem niedergestreckten Zauberer und hob ihn auf seine Füße.

Bukawai war noch bei Bewußtsein und fiel Tarzan mit Nägeln und Zähnen an, als er den unmittelbaren und schrecklichen Tod aus den kalten Augen seines Bewältigers las. Tarzan schauderte, als ihm das verwüstete Gesicht so nahe kam. Die Hyänen hatten genug und verschwanden durch die schmale Öffnung nach der Höhle zu. Tarzan hatte keine große Schwierigkeit, Bukawai zu überwältigen und zu binden. Dann führte er ihn an den nämlichen Baum, an den er gebunden gewesen war. Aber als er Bukawai festband, achtete er wohl darauf, daß ein Entkommen, so wie es ihm gelungen war, nicht mehr im Bereiche der Möglichkeit lag. Dann verließ er ihn.

Auf seinem Wege durch die gewundenen Gänge und unterirdischen Räume sah Tarzan nichts von den Hyänen.

Die werden schon wiederkommen, sagte er zu sich.

Drin im Krater zwischen den turmhohen Wänden zitterte Bukawai im kalten Todesschauer.

Sie werden wiederkommen! rief er und seine Stimme erhob sich zu einem angsterfüllten Schrei.

Und sie kamen.

Der Löwe

Der Löwe Numa kauerte hinter einem Dornbusch nahe der Wasserstelle, gerade da, wo der Fluß an einer Biegung einen Wirbel bildete. Eine Furt befand sich an dieser Stelle, und an beiden Ufern zeigte eine wohlausgetretene, am Flusse breiter werdende Fährte, wo seit zahllosen Jahrhunderten die wilden Geschöpfe der Dschungel und der Ebene zur Tränke gekommen waren – die Fleischfresser voll kühner, furchtbarer Majestät, die Pflanzenfresser schüchtern, zögernd und ängstlich. Numa war hungrig, er war sogar sehr hungrig, und darum verhielt er sich jetzt mäuschenstill. Wohl hatte er auf dem Wege zur Wasserstelle oft genug gestöhnt und nicht wenig gebrüllt, aber als er dem Fleck näher kam, wo er auf Vara, den Hirsch, Horta, den Eber, oder einen anderen der vielen saftig schmeckenden Tiere, die hier zur Tränke gingen, lauern wollte, verfiel er in Schweigen. Ein grimmes, schreckliches Schweigen war es, das aus dem gelbgrünen Licht der Augen schimmerte und von den zitternden Schlägen des geschmeidigen Schweifes unterstrichen wurde.

Der Erste, welcher kam, war Pacco, das Zebra, Numa, der Löwe, konnte kaum ein ärgerliches Murren unterdrücken, denn von allen Bewohnern der Ebene ist keiner vorsichtiger als Pacco, das Zebra. Hinter dem schwarzgestreiften Hengst kam eine Herde von dreißig oder vierzig der plumpen und boshaften, kleinen pferdeähnlichen Tiere. Je näher er dem Flusse kam, desto öfter hielt der Führer an, spitzte die Ohren und hob die Nüstern, um den schwachen Windhauch aus die gefahrmeldende Witterung der gefürchteten Fleischfresser zu untersuchen.

Numa schob sich unbehaglich hin und her, zog die Hinterhand unter seinem braunen Körper weit nach vorn und sammelte sich zum plötzlichen Ansprung und wilden Angriff. Seine Augen schleuderten vor Hunger Blitze. Die starken Muskeln zitterten in der Erregung des Augenblicks.

Pacco kam etwas näher, hielt, schnaubte und warf sich herum. Ein wildes Klappern eiliger Hufe, und die Herde war fort. Aber Numa, der Löwe, rührte sich nicht. Er kannte die

Art Paccos, des Zebras, genau. Er wußte bestimmt, daß jener zurückkam, wenn er auch noch so oft Kehrt machte und floh, ehe er soviel Mut zusammenbekam, um seinen Harem und seine Sprößlinge an das Wasser zu führen. Immerhin war es auch möglich, daß Pacco gänzlich davongeschreckt wurde. Da das Numa schon passiert war, hielt er sich stocksteif, damit er nicht der war, welcher sie ungetränkt über die Ebene zurückgaloppieren ließ.

Wieder und wieder kam Pacco mit seiner Familie, wieder und wieder flohen sie zurück, aber jedesmal kamen sie näher an den Fluß, bis endlich der plumpe Hengst sein sammetweiches Maul vorsichtig ins Wasser tauchte. Die anderen näherten sich mit argwöhnischen Schritten ihrem Führer. Numa wählte sich ein glattes, feistes Füllen und verspeiste es bereits gierig mit seinen flammenden Augen, denn kein Fleisch ist Numa lieber als das von Pacco, vielleicht weil Pacco von allen Pflanzenfressern am schwersten zu fangen ist.

Langsam richtete sich der Löwe auf, als beim Aufstehen ein Zweig unter einer seiner schweren Pranken knackte. Wie eine Gewehrkugel sauste er auf das Füllen los, aber das Knacken des Zweiges hatte genügt, die scheue Beute aufzuschrecken, so daß im Nu alle fast gleichzeitig mit Numas Ansprung auf der Flucht waren.

Der Hengst war der Letzte. Mit einem wundervollen Sprung warf sich der Löwe wie aus einer Schleuder durch die Luft, um ihn zu packen, aber der zur Unzeit knackende Zweig hatte Numa um sein Mahl gebracht, obgleich seine mächtigen Krallen noch das glatte Fell des Zebras zerrissen und vier purpurne Streifen auf dem schönen Fell hervorriefen.

In recht böser Laune verließ Numa das Ufer und durchstreifte wild, hungrig, gefahrdrohend die Dschungel. Jetzt war sein Appetit keineswegs mehr wählerisch. Selbst Dango, die Hyäne, wäre jetzt für seinen gefräßigen, knurrenden Magen ein Leckerbissen gewesen. Und in solch gefährlicher Stimmung traf der Löwe auf Kerschaks, des Riesenaffen, Horde.

So spät am Morgen hält man nicht mehr nach dem Löwen Numa Ausschau. Der liegt um diese Zeit längst neben den Resten seiner Beute von vergangener Nacht im Schlafe. Aber

Numa hatte vergangene Nacht keine Beute gemacht, sondern war immer noch am Jagen und hungriger als je.

Die Menschenaffen hatten die ersten Anforderungen des Hungers am Morgen bereits befriedigt und trieben sich müßig auf der Lichtung herum. Numa hatte sie lange gewittert, ehe er sie sah. Unter gewöhnlichen Umständen hätte er sich auf der Suche nach anderem Wild davongemacht, denn selbst Numa achtete die mächtigen Muskeln und die scharfen Gebisse der großen Männchen von Kerschaks Stamm, aber heute hielt er gerade auf sie zu und verzog seine gesträubte Schnauze mit wildem Schnarren.

Ohne auch nur eine Gedankenlänge zu zögern, sprang Numa vor, sobald er die Stelle erreichte, von der aus er die Affen sehen konnte. Ein Dutzend oder mehr der behaarten, menschenähnlichen Geschöpfe hockte in einer Senke auf dem Boden. Auf einem Baume daneben saß ein brauner Jüngling. Er sah Numas raschen Anlauf, sah die Affen sich zur Flucht wenden, und sah, wie große erwachsene Bullen arme kleine Balus zu Boden rannten; ein einziger Affe, ein junges Weibchen, hielt dem Angriff stand. Die neuerwachte Mutterliebe trieb sie zu der großen Selbstaufopferung, damit ihr Kleines entkommen konnte.

Tarzan sprang von seinem Sitz, und schrie die Affen unten und die anderen oben auf den sicheren Bäumen an. Hätten die Bullen ihren Platz gehalten, dann hätte Numa seinen Angriff nicht durchgeführt, außer wenn er in höchster Wut gewesen wäre oder schon die zerreißenden Schmerzen des Hungertodes gefühlt hätte. Und selbst dann wäre er nicht ungerupft davongekommen.

Die Bullen hörten zwar, aber sie leisteten zu langsam Folge, daher packte Numa die Affenmutter und schleppte sie in die Dschungel, ehe die Männchen ihren Witz und ihren Mut wieder soweit gesammelt hatten, um ihrer Stammesgenossin vereint zu Hilfe zu kommen. Tarzans zornige Stimme erweckte endlich in der Brust der Affen ähnlichen Grimm. Knurrend und bellend verfolgten sie Numa in das dichte Blättergewirr, in dem er sich vor ihnen zu verbergen suchte. Der Affenmensch war allen voran, sich rasch und doch mit Vorsicht bewegend, verließ er sich mehr auf seine Ohren und seine Nase als auf die Augen, während er nach dem Löwen herumspürte.

Es war eine Kleinigkeit, der Spur zu folgen, denn der davongeschleifte Körper des Opfers hinterließ eine breite, blutbespritzte und starkriechende Fährte. Selbst Geschöpfe mit so schwach entwickelten Sinneswerkzeugen wie wir hätten sie leicht verfolgen können. Für Tarzan und Kerschaks Affen war sie natürlich so klar wie uns eine Asphaltstraße.

Tarzan wußte schon, ehe er ein zorniges Warnungsknurren vor sich hörte, daß er der großen Katze nahe war. Er rief den übrigen Affen zu, sie sollten seinem Beispiel folgen, schwang sich auf einen Baum und einen Augenblick später war Numa von einem Kreis knurrender Bestien umgeben, die zwar in voller Sicht aber außer Reichweite seiner Pranken und Zähne blieben. Das Raubtier legte sich nun mit den Vorderpranken über die Äffin. Tarzan konnte erkennen, daß diese bereits tot war, aber ein inneres Gefühl ließ es ihm unumgänglich erscheinen, den Körper aus den Klauen des Feindes zu retten und diesen zu bestrafen.

Er schrie Schimpfnamen und Schmähungen auf Numa hinab, riß dürre Zweige von dem Baume, auf dem er herumtanzte, und schleuderte sie nach dem Löwen. Die Affen folgten seinem Beispiel. Numa brüllte vor Wut und Mißbehagen. Er war wirklich hungrig, aber unter solchen Umständen konnte er nicht fressen.

Wären die Affen sich selbst überlassen gewesen, dann hätten sie den Löwen jetzt zweifellos beim friedlichen Genuß seines Festmahles gelassen, denn war die Äffin nicht schon tot? Dadurch, daß sie Stöcke nach Numa schleuderten, konnten sie ihr das Leben nicht wiedergeben und mittlerweile konnten sie schon längst selbst wieder nach Futter suchen. Aber Tarzan dachte anders darüber. Numa mußte bestraft und fortgejagt werden. Es mußte ihm beigebracht werden, daß, selbst wenn er einen Mangani getötet hatte, er ihn doch nicht fressen durfte. Sein Menschenverstand dachte an die Zukunft, während die Affen nur die unmittelbare Gegenwart übersahen. Sie wären zufrieden gewesen, heute Numas Bedrohung entkommen zu sein, während Tarzan die Notwendigkeit so gut wie das Mittel erkannte, die Tage der Zukunft sicherzustellen.

Darum stachelte er die großen Menschenaffen weiter an, bis, Numa von einem solchen Geschoßhagel überschüttet wurde, daß er den Kopf einzog und mit seiner Stimme dröhnenden Einspruch erhob; aber er hielt sein Opfer mit verzweifeltem Grimm fest.

Tarzan merkte bald, daß die nach Numa geschleuderten Äste und Zweige diesen, selbst wenn sie ihn trafen, wenig schmerzten und keinesfalls verletzten, deshalb sah sich der Affenmensch nach wirksameren Wurfgeschossen um. Er brauchte nicht lange zu suchen. Unweit von Numa bot ein verwitterter Granitfelsen Munition von viel schmerzhafterer Art. Tarzan schrie den Affen zu, sie sollten sehen, was er mache. Dann schlüpfte er auf den Boden und sammelte eine Handvoll kleiner Felsbrocken. Er wußte, wenn die Affen erst einmal gesehen hatten, wie er seinen Gedanken ausführte, dann würden sie seinem führenden Beispiel viel rascher folgen als seinem Befehl, wenn er verlangte, sie sollten Felsbrocken sammeln und damit nach Numa werfen. Denn Tarzan war damals noch nicht König der Affen vom Stamme Kerschaks; das kam erst in späteren Jahren. Vorläufig war er noch ein Jüngling, obgleich einer, der sich schon seinen Platz im Rate der wilden Tiere, unter die ihn ein merkwürdiges Geschick geworfen hatte, erkämpft hatte. Die mürrischen Affenbullen der älteren Generation haßten ihn zwar noch, wie Tiere alle hassen, gegen die sie Argwohn hegen, weil deren eigenartige Witterung die Witterung einer fremden und daher einer feindlichen Art ist. Den jüngeren Affen dagegen, welche von Kind auf als seine Spielgefährten mit ihm aufgewachsen waren, war Tarzans Witterung so vertraut, wie die jedes anderen Mitgliedes der Horde. Sie hegten gegen ihn nicht mehr Argwohn als gegen jeden anderen Bullen ihrer Bekanntschaft. Doch liebten sie ihn nicht. Denn außer der Begattungszeit kannten sie überhaupt keine Liebe und die während dieser Zeit zwischen den übrigen Bullen entstehenden Fehden zogen sich stets bis in die nächste Begattungszeit hinüber. Sie waren, selbst gelinde gesagt, eine mürrische und reizbare Bande, obgleich hier und da welche unter ihnen waren, in denen die ersten Anzeichen des Menschentums keimten – zweifellos Wiederumkehrungen ihrer Entwickelung; Rückentwickelung nach jenem alten Ahnen, der vom Affentum den ersten Schritt zum Menschentum machte, als er begann, vorzugsweise auf den Hinterfüßen zu gehen, und herausfand, daß man mit den nun untätigen Händen auch noch andere Dinge tun konnte.

So weit nun Tarzan vorläufig nicht befehlen konnte, führte er durch sein Beispiel. Er hatte längst die Neigung der Affen zur Nachahmung erkannt und auszunützen gelernt. Er füllte also seine Arme mit Bruchstücken des verwitterten Granits, kletterte wieder auf einen Baum und sah mit Befriedigung, daß die Affen seinem Beispiel folgten.

In der kurzen Pause, während der sie ihre Munition sammelten, hatte sich Numa an sein Mahl gemacht. Aber er hatte sich kaum mit seiner Beute zurechtgelegt, als ihn aus des Affenmenschen geübter Hand ein scharfes Felsstück auf die Wange traf. Als er vor Schmerz und Wut aufbrüllte, wurde seine Stimme durch die Salve der Affen erstickt, die Tarzans Tat aufmerksam beobachtet und nachgeahmt hatten. Numa schüttelte den dicken Kopf und starrte auf seine Quälgeister. Eine halbe Stunde lang verfolgten sie ihn mit Felsstücken und gebrochenen Zweigen, und obgleich er seine Beute in das undurchdringlichste Dickicht schleppte, fanden sie doch immer wieder einen Weg, ihn mit ihren Geschossen zu erreichen, ließen ihm keine Zeit zum Fressen und trieben ihn weiter und weiter.

Das haarlose Affengeschöpf mit der Menschenwitterung war dabei am schlimmsten. Er hatte sogar die Tollkühnheit, bis auf wenige Schritte auf dem Boden an den Herrn der Dschungel heranzugehen, um mit um so größerer Treffsicherheit und Wucht die scharfen Felsbrocken und schweren Stöcke nach ihm schleudern zu können. Jedesmal fuhr Numa darauf los – unerwartet und heimtückisch – aber der geschmeidige, behende Quälgeist entwischte ihm stets und noch dazu mit solch unverschämter Leichtigkeit, daß der Löwe im Banne seiner leidenschaftlichen Wut sogar seinen Hunger vergaß und seine Beute im vergeblichen Versuch, seinen Gegner zu fassen, auf beträchtliche Zeit liegen ließ.

Die Affen und Tarzan verfolgten die große Bestie bis zu einer Lichtung, auf der sich Numa offensichtlich zu halten suchen wollte, denn er nahm in der Mitte des freien Platzes Stellung, wo er von allen Bäumen soweit entfernt blieb, daß er vor den ziemlich auf gut Glück geschleuderten Steinen der Affen so gut wie sicher war, obgleich ihn Tarzan immer noch mit höchst ausdauernder und belästigender Häufigkeit traf.

Indessen sagte sich der Affenmensch, daß das nicht so weitergehen konnte, denn Numa antwortete nunmehr auf einen gelegentlichen Treffer nur noch mit einem Knurren und machte sich entschieden über sein verzögertes Mahl her. Tarzan kratzte sich am Kopf und grübelte über eine wirksamere Angriffsweise nach, denn er wollte unbedingt vereiteln, daß Numa von seinem Angriff auf die Horde auch nur den geringsten Vorteil hatte. Sein Menschenverstand zog für die Zukunft Schlüsse, während die zottigen Affen nur an den gegenwärtigen Streit mit ihrem Erbfeind dachten. Tarzan vermutete, für den Fall, daß es Numa leicht finden würde, sich aus Kerschaks Stamm ein Mahl zu holen, daß in kurzer Zeit ihr ganzes Leben ein fortgesetztes Schreckgespenst schauervoller Wachsamkeit und Angst sein werde. Es mußte Numa beigebracht werden, daß die Tötung eines Affen sofortige Strafe und keinen Gewinn brachte. Nur wenige solcher Lektionen mußten erteilt werden, um die frühere Sicherheit des Stammes wieder herzustellen. Wahrscheinlich war dieser hier ein alter Löwe, dessen schwindende Kraft und Gewandtheit ihn zwang, jede Beute zu packen, deren er habhaft werden konnte. Aber selbst ein einzelner Löwe konnte, wenn ihm kein Widerstand geleistet wurde, den ganzen Stamm ausrotten oder ihm wenigstens das Dasein so fragwürdig und schreckensvoll gestalten, daß das Leben unter solchen Bedingungen keine Annehmlichkeit mehr war.

Er soll doch die Gomangani jagen, dachte Tarzan. An ihnen wird er eine leichtere Beute finden. Ich werde den wilden Numa darüber belehren, daß er keine Mangani zu jagen hat.

Aber wie den Körper des Opfers dem fressenden Löwen entreißen, das war die erste Frage, die gelöst werden mußte. Endlich fand Tarzan einen Weg. Jedem anderen als Affentarzan würde der Plan höchst bedenklich vorgekommen sein, vielleicht erschien er ihm sogar selbst so. Aber Tarzan schätzte Unternehmungen, bei denen er beträchtliche Gefahr lief, um so höher. Ich bezweifle dagegen, ob einem von uns ein ähnlicher Plan, einem hungrigen und rasenden Löwen eine Schlappe zuzufügen, gefallen hätte.

Tarzan brauchte zu seinem Vorhaben einen Helfer und dieser mußte ebenso mutig und fast ebenso flink sein wie er selbst. Die Augen des Affenmenschen fielen auf Taug, den Spielgefährten seiner ersten Kindheit, seinen Rivalen in der ersten Liebe, und nun von allen Männchen des Stammes den einzigen, der in seinem wilden Gehirn ein solches Gefühl gegen Tarzan hegen konnte, das wir als Freundschaft bezeichnen. Wenigstens wußte Tarzan, daß Taug mutig, jugendlich, gewandt und von wunderbarer Muskelkraft war.

Taug! schrie der Affenmensch. Der große Affe sah von dem abgestorbenen Aste auf, den er von einem vom Blitz gespaltenen Baum reißen wollte. Gehe nahe an Numa heran und ärgere ihn. Ärgere ihn, bis er dich angreift. Dann locke ihn von Mamkas Körper weg und halte ihn fern, so lange du kannst.

Taug nickte. Er war von Tarzan aus auf der anderen Seite der Lichtung. Er bekam endlich seinen Ast von dem Baume los, sprang auf den Boden und ging auf Numa zu, dem er knurrend und bellend Beschimpfungen zuschleuderte. Der gestörte Löwe sah auf und erhob sich, sein Schweif fuhr pfeilgerade in die Höhe und Taug wandte sich zur Flucht, denn er kannte dieses dem Angriff vorausgehende Warnungssignal.

Hinter dem Rücken des Löwen rannte Tarzan nach der Mitte der Lichtung zu Mamkas Körper. Numa hatte nur Augen für Taug und sah nichts von dem Affenmenschen. Er schoß hinter dem flüchtenden Affen her, der sich nicht einen Augenblick zu früh zur Flucht gewendet hatte und den nächsten Baum höchstens zwei oder drei Schritt vor dem ihn verfolgenden Dämon erreichte. Wie eine Katze erkletterte der schwere

Menschenaffe den Stamm seiner sicheren Schutzstätte; Numas Pranken verfehlten ihn um kaum mehr als Zollbreite.

Einen Augenblick blieb der Löwe unter dem Baume stehen, starrte nach dem Affen und brüllte, daß die Erde zitterte, dann wollte er wieder zu seiner Beute, aber im Umdrehen fuhr sein Schwanz wieder pfeilgerade in die Höhe und in wilderen Sätzen als er gekommen war, sprang er zurück, denn nun sah er, wie die nackte Menschengestalt mit dem blutigen Körper seiner Beute auf einer Riesenschulter nach den Bäumen drüben rannte.

Die Affen beobachteten von ihrem sicheren Sitz auf den Bäumen die grimmige Hetzjagd unten, schrien Numa Schimpfworte und Tarzan Warnungen zu. Die hochstehende, heiße, leuchtende Sonne lag wie ein Streiflicht auf den Darstellern auf der kleinen Lichtung, und zeigte sie klar erkennbar den Zuschauern droben in den belaubten Schatten der umgebenden Bäume. Man sah den hellbraunen Körper des nackten Jünglings, halbverhüllt von dem zottigen Leichnam der getöteten Äffin, das über seine glatte Haut strömende rote Blut, seine straffen Muskeln, den grünen Sammetrasen unten, hinter ihm den schwarzmähnigen Löwen mit hochgestellten Ohren, Schwanz hochgestreckt, in großen Sätzen – ein Dschungelvollblut – über die sonnenbeleuchtete Lichtung springen.

Ha, das war doch noch Leben! Mit dem Tode auf den Fersen freute sich Tarzan über die Aufregungen eines solchen Daseins. Aber würde er vor dem schon so nahe hinter ihm springenden Tode die Bäume noch erreichen?

Gunto hing sich vor ihm am Aste eines Baumes herab und schrie ihm Warnung und Anweisung zu.

Fange mich! schrie Tarzan und sprang mit seiner schweren Last nach dem großen Bullen in die Höhe, der sich mit den Hinterhänden und einer Vorderpfote aufgehängt hatte. Gunto packte sie – den riesigen Affenmenschen samt dem schweren Gewicht der getöteten Äffin – fing sie mit seiner großen, behaarten Pfote und wirbelte sie nach oben, bis Tarzans Finger den nächsten Zweig faßten. Numa von unten sprang nach, aber Gunto, so schwerfällig und linkisch er sonst scheinen mochte, war flink wie Manu, das Äffchen, so daß ihn die Klauen des

Löwen nur gerade streiften und einen blutigen Strich unter dem haarigen Arm zogen.

Tarzan brachte Mamkas Körper zu einer hohen Baumgabel, zu der selbst Sheeta, der Leopard nicht gelangen konnte. Numa schritt zornig unter dem Baume auf und ab und brüllte fürchterlich. Er war seiner Beute beraubt und um seine Rache betrogen, kein Wunder, daß er wild war. Aber seine Schädiger waren für ihn unerreichbar; sie schleuderten ihm noch einige Schimpfworts und Wurfgeschosse zu, dann schwangen sie sich mit wilden Schmähungen auf ihn durch die Bäume davon.

Tarzan dachte häufig über das Vorkommnis dieses Tages nach. Er malte sich aus, was geschehen würde, wenn die großen Fleischfresser der Dschungel ernstlich ihre Aufmerksamkeit der Horde Kerschaks, des Riesenaffen, zuwenden würden. Gleichzeitig erinnerte er sich auch an das wilde Geraufe der Affen, als sie sich bei Numas erstem Angriff in Sicherheit bringen wollten. In der Dschungel gibt es wenig Humor, der nicht grimmig und fürchterlich ist. Die Tiere haben für Humor wenig oder kein Verständnis, aber der junge Engländer fand in vielen Dingen Humor, die für seine Genossen gerade keinen humoristischen Anstrich hatten.

Seit frühester Kindheit war er zum großen Kummer seiner Affengenossen auf der Suche nach Unfug gewesen und nun sah er den Humor in der erschreckten Panik der Affen und in der enttäuschten Wut Numas sogar bei diesem grausigen Dschungelabenteuer, das Mamka das Leben gekostet und das vieler anderer Mitglieder des Stammes gefährdet hatte.

Nur wenige Wochen später huschte Sheeta, der Leopard, plötzlich mitten unter die Horde und riß ein kleines Balu von einem Baume, auf dem es seine Mutter während ihrer Suche nach Nahrung verborgen hatte. Sheeta hatte sich unbelästigt mit seiner kleinen Beute davonmachen können. Tarzan geriet in mächtigen Zorn und hielt den Bullen einen Vortrag über die Leichtigkeit, mit der Numa und Sheeta in einem einzigen Monat zwei Mitglieder des Stammes getötet hatten:

Sie werden aus uns allen Futter machen, schrie er. Jeder streift durch die Dschungel wie er will und keiner gibt auf das Nahen von Feinden acht. Selbst Manu, das Äffchen, ist klüger.

Er hat immer zwei oder drei auf dem Ausguck nach Feinden. Pacco, das Zebra, und Wappi, die Antilope, haben einige von der Herde ausgestellt, die wachen, während die anderen äsen, nur wir, die großen Mangani, lassen Numa und Sabor und Sheeta an uns herankommen, wann sie wollen, um uns als Futter für ihre Balus fortzuschleppen!

Gr-r-rmph, sagte Numgo.

Was sollen wir denn tun? fragte Taug.

Wir müssen auch stets zwei oder drei für den Fall einer Annäherung von Numa und Sabor und Sheeta auf Wache halten. Keinen weiter außer Histah, der Schlange, brauchen wir zu fürchten, und wenn wir auf die anderen achten, sehen wir auch Histah kommen und wenn sie noch so leise schleicht.

So kam es, daß seitdem die Riesenaffen vom Stamme Kerschaks auf drei Seiten Posten ausstellten, welche Wache hielten, während der Stamm, weniger verstreut als bisher seine Gewohnheit gewesen war, jagte.

Tarzan zog bald wieder allein aus, denn er war ein Menschenwesen und suchte Unterhaltung und Abenteuer und solchen Scherz, wie ihn die grimmige und schreckliche Dschungel denen bietet, die sie kennen und nicht fürchten – ein düsterer Scherz mit funkelnden Augen gesprenkelt und mit purpurnem Lebensblut gefleckt. Die anderen suchten nur Nahrung und Liebe. Tarzan suchte Nahrung und Unterhaltung.

Eines Tages lauerte er über dem palisadenumgebenen Dorfe des Häuptlings Mbonga, des schwarzen Kannibalen der Urwalddschungel. Wie schon so manchesmal, sah er wieder Rabba Kega, den Zauberer mit dem Kopf und der Haut von Gorgo, dem Büffel, ausstaffiert. Es machte Tarzan Spaß, einen Gomangani als Gorgo paradieren zu sehen, aber er fand weiter nichts Besonderes dabei, bis er zufällig neben Mbongas Zelt ein Löwenfell mit dem noch daranbefindlichen Kopf entdeckte. Nun zog ein breites Lachen über das hübsche Gesicht des wilden Jünglings.

Er zog sich in die Dschungel zurück, bis ihm der Zufall, seine Behendigkeit, Kraft und Schlauheit, im Verein mit seinen wunderbaren Spürfähigkeiten, ein bequemes Mahl bereiteten. Falls Tarzan das Gefühl dafür hatte, daß ihm die Welt seinen

Lebensunterhalt schuldete, dann war er sich auch darüber klar, daß es an ihm lag, ihn zu suchen, und einen besseren Sucher gab es nicht als diesen Sohn eines englischen Lords, der von den Lebensgewohnheiten seiner Vorfahren ebensowenig wußte, wie von diesen Vorfahren selbst, nämlich nichts.

Es war schon ganz dunkel, als Tarzan zu Mbongas Dorf zurückkehrte und seinen bereits ganz glatt gescheuerten Sitz auf dem Baume über einer Seite der Palisadenumfriedigung einnahm. Da im Dorfe gerade kein besonderes Fest zu feiern war, war wenig Leben auf der einzigen Straße, denn nur eine Orgie mit Fleisch und Eingeborenenbier brachte Mbongas Volk heraus. Heute abend hockten die älteren Mitglieder des Stammes schwätzend um ihre Kochfeuer, während die jüngeren zu zweien in den Schatten der mit Palmblättern gedeckten Hütten verschwanden.

Tarzan ließ sich leicht in das Dorf hinab und schlich verstohlen wie eine Schlange im Schutze der dichten Schatten nach Mbongas, des Häuptlings, Hütte. Dort fand er bald, was er suchte. Rund um ihn befanden sich Krieger, aber sie ahnten nicht, daß der gefürchtete Teufelsgott geräuschlos so nahe vorbeischlich, und sie sahen auch nicht, wie er sich nahm, wonach er so begierig war und geräuschlos, wie er gekommen war, damit aus dem Dorfe verschwand.

Später in der Nacht kauerte sich Tarzan zum Schlafe zusammen, aber noch lange Zeit lag er wach, sah hinauf zu den leuchtenden Planeten, den glitzernden Sternen und zu Goro, dem Mond, und lächelte. Wie lächerlich die großen Affenbullen an jenem Tage ausgesehen hatten, als sie sich damals, als Numa sie überfiel und Mamka packte, mit sinnlosem Geraufe in Sicherheit brachten! Dabei waren sie doch sonst so mutig und kampflustig; das wußte er. Es war nur der durch die Überraschung hervorgerufene plötzliche Schrecken, der bei ihnen immer eine Panik verursachte, aber das hatte Tarzan noch nicht ganz begriffen. Das war etwas, das er erst in der allernächsten Zeit lernen sollte.

Mit einem breiten Lachen auf dem Gesicht schlief er ein.

Manu, das Äffchen, erweckte ihn morgens, indem er ihm von einem nahen Ast ausgeleerte Bohnenschoten in das aufwärts gerichtete Gesicht warf. Tarzan machte die Augen auf und lächelte. Schon oft war er auf diese Art ermuntert worden. Er und Manu waren ziemlich gute Freunde, denn ihre Freundschaft beruhte auf Gegenseitigkeit. Manchmal kam Manu in aller Frühe angerannt, um Tarzan zu wecken und ihm zu sagen, daß Bara, der Hirsch, nahebei weidete, oder daß Horta, der Eber, ganz in der Nähe in einem Schlammloche schlief und Tarzan brach dagegen für Manu die Schalen der härteren Nüsse und Früchte auf und scheuchte Histah, die Schlange, und Sheeta, den Leoparden, fort.

Die Sonne war schon seit einiger Zeit aufgegangen, und die Horde hatte sich bereits auf die Suche nach Futter gemacht. Manu gab mit einem Deuten seiner Hand und einigen Pfeiftönen seiner quiekenden, schwachen Stimme die Richtung an, die sie genommen hatte.

Komm, Manu, sagte Tarzan, du sollst etwas zu sehen bekommen, daß du vor Freude tanzen und dir beinahe deinen runzeligen, kleinen Kopf abschütteln wirst. Komm und folge Affentarzan.

Damit setzte er sich in der von Manu angegebenen Richtung in Bewegung, und Manu, das Äffchen, hüpfte schnatternd, scheltend und pfeifend über ihm her. Um Tarzans Schultern hing das Ding, das er am Abend zuvor aus dem Dorfe des Häuptlings Mbonga gestohlen hatte.

Die Horde suchte ihr Futter in dem Walde neben der Lichtung, auf der Gunto, Taug und Tarzan Numa so gequält und ihm schließlich seine Jagdbeute wieder abgenommen hatten. Ein paar davon befanden sich auf der Lichtung selbst. Arglos und zufrieden fütterten sie, denn waren nicht drei Wachtposten auf verschiedenen Seiten der Horde ausgestellt? Tarzan hatte ihnen dies beigebracht, und obgleich er schon mehrere Tage auf seiner Jagd allein, wie er oft tat, abwesend gewesen war, hatten sie seine Ermahnungen doch noch nicht vergessen und wenn sie nur noch kurze Zeit länger Posten ausstellten, würde diese Handlung zu einer Gewohnheit in ihrem Stammesleben werden und damit für ewige Zeit bestehen bleiben.

Aber Tarzan, der seine Genossen besser kannte, als sie sich selbst, war überzeugt, daß sie von dem Augenblick an, als er wegging, keine Posten mehr ausgestellt hatten und beabsichtigte, nicht nur sich auf ihre Kosten einen Scherz zu erlauben, sondern ihnen auch eine Lehre über Bereitschaft zu geben, die, nebenbei bemerkt, in der Dschungel eine noch wichtigere Lebensfrage ist als in zivilisierten Gegenden. Daß ihr und ich heute auf der Welt vorhanden sind, ist nur der geistesgegenwärtigen Bereitschaft irgend eines zottigen Menschenaffen aus dem Oligozän zu danken. Natürlich waren Kerschaks Affen immer in Bereitschaft, das heißt in ihrer Not, und Tarzan hatte nur eine neue und erhöhte Form der Sicherung angeregt.

Heute war Gunto am Nordende der Lichtung auf Posten und hockte oben in der Gabel eines Baumes, von der aus er die ganze Dschungel auf ziemliche Entfernung übersehen konnte. Er war es, der den Feind zuerst entdeckte. Ein Rascheln im Unterholz zog seine Aufmerksamkeit auf sich und einen Augenblick später erspähte er Teile einer zottigen Mähne und eines lohfarbenen, gelben Rückens. Gerade einen Husch sah er davon durch das Laubdickicht unten, aber er brachte aus Guntos Lederlungen ein schrilles Kreeg-ah! – das Affenwort für Achtung, Gefahr! – hervor.

Im Nu nahm der Stamm den Schrei auf, bis in der ganzen Dschungel um die Lichtung herum Kreeg-ahs erklangen, während sich die Affen rasch auf den unteren Zweigen der Bäume in Sicherheit brachten und die großen Bullen auf Gunto zueilten.

Jetzt schritt Numa, der Löwe, auf die Lichtung – majestätisch und gewaltig – und entsandte aus seiner tiefen Brust das Stöhnen, das Husten und das donnernde Brüllen, das die steifen Haare vom zottigen Schädel bis über die ganze Länge der starken Wirbelsäule zum Sträuben brachte.

Inmitten der Lichtung machte Numa Halt, und im selben Augenblick ergoß sich über ihn aus den nächsten Bäumen ein Schauer von Felsbrocken und dürren Ästen. Wohl ein dutzendmal wurde er getroffen, dann sprangen die Affen herunter, packten neue Steine und bewarfen ihn ohne Gnade.

Numa wollte sich zur Flucht wenden, aber der Weg wurde ihm durch einen Hagel scharfkantiger Geschosse versperrt, bis ihn dann am Rande der Lichtung der riesige Taug mit einem ungeheuren mannskopfgroßen Felsstück traf. Da stürzte der Herr der Dschungel unter dem betäubenden Schlag zu Boden.

Mit Schreien, Brüllen und lautem Bellen stürzten sich die Riesenaffen von Kerschaks Stamm auf den gefallenen Löwen. Knüttel, Steine und gelbe Reißzähne bedrohten die regungslose Gestalt. Noch einen Augenblick und Numa würde, ehe er die Besinnung wiedererlangte, so zerschlagen und zerrissen sein, daß nur noch eine blutige Masse gebrochener Knochen und klebrigen Felles von dem übrig blieb, was einst das gefürchtetste der Dschungelgeschöpfe gewesen war.

Aber als sie schon die Knüttel und Steine über ihm schwangen und die großen Fänge fletschten, um ihn zu zerreißen, sauste wie ein Bleigewicht eine winzige Gestalt mit langem, weißem Backenbart und einem runzeligen Gesicht aus den Bäumen herab. Mitten auf den Körper Numas sprang sie, tanzte und kreischte und schrie den Affenbullen Kerschaks ihren Kampfruf entgegen.

Ganz verdutzt über die Wunderlichkeit des Vorfalls hielten sie einen Augenblick ein. Manu, das Äffchen, Manu, der kleine Feigling, war es, und hier wagte er es, sich der Wildheit der großen Mangani entgegenzustellen, hüpfte auf dem Körper Numas, des Löwen, herum und schrie ihnen zu, sie dürften nicht wieder darauf losschlagen.

Aber als die Bullen innehielten, faßte Manu herunter und packte ein gelbes Ohr. Mit seinem ganzen bißchen Kraft zerrte er an dem schweren Kopf, bis er ihn langsam wegbekam und den krausen, schwarzen Kopf und die klargeschnittenen Züge Affentarzans enthüllte.

Einige der älteren Affen waren dafür, die begonnene Sache zu Ende zu bringen, aber Taug, der mürrische, riesige Taug, sprang rasch an des Affenmenschen Seite, stellte sich breitbeinig über die besinnungslose Gestalt und stieß jeden zurück, der auf den Gespielen seiner Kindheit losschlagen wollte. Auch Teeka, seine Ehegenossin kam dazu und nahm mit entblößten Fängen ihren Platz an Tarzans Seite. Andere folgten ihrem Beispiel, bis Tarzan schließlich von einem Ring behaarter Kämpen umgeben war, die keinem Feinde Annäherung gestatteten.

Es war ein höchst überraschter und gezüchtigter Tarzan, der einige Minuten später augenaufschlagend zum Bewußtsein kam. Er schaute auf die Affen ringsum, und langsam wurde er sich wieder über den Vorfall klar.

Langsam überzog ein breites Lachen seine Züge. Er hatte viele Quetschungen erlitten und sie taten weh. Aber das aus diesem Abenteuer herrührende Gute war die Kosten wert. Erstlich hatte er gelernt, daß die Affen Kerschaks seine Lehren bewahrt hatten, und zweitens hatte er festgestellt, daß er unter den sauertöpfischen Tieren, die er für gefühllos gehalten hatte, treue Freunde besaß. Er hatte gefunden, daß selbst Manu, das Äffchen – der kleine Feigling Manu – in seiner Verteidigung das Leben gewagt hatte.

Es machte Tarzan froh, all das zu erfahren, aber über die andere Lektion, die ihm selbst erteilt worden war, mußte er erröten. Er war stets ein Scherzmacher gewesen, der einzige in dieser grimmen, schrecklichen Gesellschaft, aber als er jetzt halbtot mit Wunden bedeckt dalag, schwor er beinahe einen feierlichen Eid, für immer derartige handgreifliche Scherze aufzugeben – beinahe; aber doch nicht ganz.

Das Alpdrücken

Die Schwarzen vom Dorfe des Häuptlings Mbonga feierten ein Fest, während über ihnen auf dem großen Baume Affentarzan saß. Grimmig und böse, ausgehungert und neidisch war er. Die Jagd war heute ganz unergiebig gewesen, denn selbst für die gewaltigsten Dschungeljäger gibt es magere Tage so gut wie fette. Oft genug blieb Tarzan mehr als eine ganze Sonne lang hungrig, und es hatte Zeiten gegeben, in denen er sich einen ganzen Monat lang kaum vor dem Verhungern hatte bewahren können. Aber solche Zeiten waren eine Seltenheit.

Zu einer Periode war einmal eine Seuche unter den Grasfressern aufgetreten, die etliche Jahre lang die Ebenen fast völlig von ihnen entblößte, zu einer anderen hatten sich wieder die großen Katzen so rasch vermehrt und das Land überschwemmt, daß ihre Beute, die auch Tarzans Wild war, für beträchtliche Zeit aus der Gegend verscheucht blieb.

Aber meistens war Tarzan wohlgenährt. Heute war er allerdings ganz ausgehungert. Sobald er sich einer neuen Beute genähert hatte, war ein Pech dem andern gefolgt, so daß er nun hoch oben auf seinem Sitze über den schmausenden Schwarzen alle Qualen des Hungers litt, wobei der Haß gegen seine lebenslänglichen Feinde in seiner Brust nur noch stärker wurde. Es war in der Tat eine Tantalusqual, so hungrig dazusitzen und zuzusehen, wie sich diese Gomangani mit Speisen füllten, daß ihnen beinahe die Mägen platzten und noch dazu mit solchen Elefantensteaks!

Es ist wohl wahr, daß Tarzan und Tantor die besten Freunde waren, und Tarzan hatte das Fleisch eines Elefanten bisher noch nicht gekostet. Aber die Gomangani hatten offenbar einen getötet, und da sie das Fleisch ihrer Beute aßen, fühlte Tarzan keinerlei moralische Hemmung, desgleichen zu tun, wenn er die Gelegenheit dazu finden sollte. Hätte er allerdings gewußt, daß der Elefant einige Tage, ehe ihn die Schwarzen entdeckten, an Krankheit gestorben war, dann hätte er es nicht so eilig gehabt, an dem Festmahl teilzunehmen, denn Affentarzan aß kein verdorbenes Fleisch, schätzte den Haut-goût nicht. Indessen kann wohl Hunger auch die

Geschmacksnerven eines Epikureers abstumpfen, und Tarzan war durchaus keiner. Er war in diesem Augenblick vielmehr ein sehr hungriges wildes Tier, das von der Vorsicht zurückgehalten wurde, denn der große Kochtopf mitten im Dorfe war von schwarzen Kriegern umringt, durch die selbst Affentarzan nicht ohne Schaden durchdringen konnte. Notwendigerweise mußte also der Aufpasser oben hungrig bleiben, bis sich die Schwarzen bis zur Bewußtlosigkeit vollgestopft hatten; falls sie dann noch etwas übrig gelassen hatten, mußte er suchen, so gut wie möglich zu einem Mahle zu kommen. Aber dem ungeduldigen Tarzan schien es, als ob die gierigen Gomangani lieber bersten als von ihrem Schmaus lassen würden, ehe das letzte Krümchen verzehrt war. Zeitweise unterbrachen sie die Einförmigkeit des Essens, indem sie Teile eines Jagdtanzes aufführten, eine Tätigkeit, die ihre Verdauung soweit anregte, daß sie mit verdoppeltem Eifer wieder von vorne anfangen konnten. Aber nach dem Vertilgen schauderhafter Mengen von Elefantenfleisch und Negerbier wurden sie mit einem Schlage zu schwerfällig für körperliche Anstrengung jeder Art und einige waren schon soweit, daß sie sich nicht mehr vom Boden erheben konnten, sondern bequem neben dem Kochtopf liegen blieben und sich bis zur völligen Bewußtlosigkeit vollstopften.

Es währte bis lange nach Mitternacht, ehe Tarzan das Ende der Orgie absehen konnte. Die Schwarzen begannen nun rasch in Schlaf zu verfallen, aber einige wenige hielten noch durch. Nach ihrem Zustande zu urteilen, hätte Tarzan leicht das Dorf betreten und ihnen eine Handvoll Fleisch gerade vor der Nase wegholen können, aber eine Handvoll genügte ihm nicht. Nicht weniger als ein ordentlicher Magen voll konnte das kneifende Wüten seines großen Hungers befriedigen. Daher mußte er reichlich Zeit haben, um in Frieden fouragieren zu können.

Zuletzt blieb nur noch ein einziger Krieger seinem Ideal treu – ein alter Bursche, dessen sonst faltiger Bauch nun so glatt und straff war wie ein Trommelfell. Er konnte nur noch mit Anzeichen großer Unbehaglichkeit und selbst Schmerzen bis zum Topf kriechen und sich langsam auf die Knie erheben, um aus dieser Stellung ins Gefäß zu langen und sich ein Stück Fleisch zu holen. Dann rollte er sich wieder mit lautem Stöhnen auf den Rücken und blieb dort liegen, während er sich langsam das Fleisch durch die Zähne in seinen überfüllten Magen hineinzwang.

Augenscheinlich würde der alte Bursche weiteressen bis er starb oder bis kein Fleisch mehr da war. Der Affenmensch schüttelte voller Ekel den Kopf. Was für abscheuliche Geschöpfe diese Gomangani waren! Und doch ähnelten sie allein von allem Dschungelvolk Tarzan. Tarzan war ein Mensch, und sie mußten also wohl auch eine Art von Menschen sein; gerade wie die kleinen Äffchen und die großen Affen und Bolgani, der Gorilla, ganz offenbar eine große Familie bildeten, obgleich sie in Größe, Aussehen und Lebensweise verschieden waren. Tarzan schämte sich, denn von allen Tieren der Dschungel erschien ihm der Mensch am abstoßendsten – der Mensch und die Hyäne Dango. Nur der Mensch und Dango fraßen, bis sie aufschwollen wie eine tote Ratte. Tarzan hatte gesehen, wie sich Dango in den Körper eines toten Elefanten einen Weg hineingefressen und dort solange weitergefressen hatte, daß er zuletzt durch das Loch, durch welches er hineingekommen war, nicht wieder herauskonnte. Jetzt konnte er wohl annehmen, daß der Mensch gegebenenfalls das gleiche tun würde. Außerdem war der Mensch ein höchst unschönes Geschöpf mit seinen mageren Beinen, dem dicken Bauch, den gefeilten Zähnen und den wulstigen, roten Lippen. Der Mensch war ekelhaft. Tarzans Blick blieb auf den alten Krieger geheftet, der sich unter ihm im Schmutz wälzte.

Da! Jetzt krabbelte der Kerl wieder auf die Knie, um nach einem anderen Stück Fleisch zu greifen. Er stöhnte vor Schmerz laut auf und dennoch beharrte er beim Essen, immer noch beim Essen. Tarzan konnte es nicht länger ertragen — weder seinen Hunger, noch seinen Abscheu. Leise, den Stamm des großen Baumes zwischen sich und dem Schlingenden lassend, schlüpfte er auf den Boden hinab.

Der Mann kniete immer noch vor dem Kochtopf, obgleich er sich beinahe im Todeskampfe krümmte und hielt dem Affenmenschen den Rücken zugekehrt. Rasch und lautlos näherte sich ihm Tarzan. Ohne ein Geräusch legten sich Finger aus Stahl um den schwarzen Hals. Das Ringen war nur kurz, denn der Mann war alt und von der Wirkung des Bieres und des Sichanfüllens schon halb betäubt.

Tarzan ließ die leblose Masse fallen und fischte mehrere große Stücke Fleisch aus dem Kochtopf – genug, um selbst seinen großen Hunger zu befriedigen – dann hob er den Körper des alten Kriegers auf und schob ihn in das Gefäß. Wenn die anderen Schwarzen erwachten, hatten sie etwas, um darüber nachzudenken! Tarzan lachte breit. Als er mit seinem Fleisch nach dem Baume ging, hob er ein Gefäß mit Bier auf und setzte es an die Lippen, aber schon bei der ersten Kostprobe spuckte er das Zeug wieder aus und warf den primitiven Krug beiseite. Er war sicher, daß selbst Dango bei einem so faulig schmeckenden Getränk wie diesem danken würde und seine Verachtung für den Menschen wuchs mit dieser Überzeugung.

Tarzan schwang sich etwa eine halbe Meile in die Dschungel fort, ehe er Halt machte, um sein gestohlenes Mahl zu verspeisen. Er merkte, daß es einen eigenartigen, unangenehmen Geruch verbreitete, dachte aber, es komme daher, daß es in einem Gefäß mit Wasser über dem Feuer gestanden hatte. Tarzan war natürlich an gekochtes Essen nicht gewöhnt und mochte es nicht, aber er war sehr hungrig und hatte schon einen ziemlich beträchtlichen Teil seiner Portion aufgezehrt, ehe er herausfand, daß ihn das Zeug zum Erbrechen reizte. Viel weniger, als er gedacht hatte, war nötig gewesen, um seinen Hunger zu stillen.

Er schleuderte den Rest auf den Boden, kauerte sich in eine bequeme Gabel und suchte einzuschlafen, aber der Schlummer ließ auf sich warten. Im allgemeinen schlief Tarzan so schnell ein wie ein Hund, wenn er sich vor dem knisternden Feuer auf dem Kaminteppich zusammenrollt; aber heute nacht wand und krümmte er sich, denn er hatte ein merkwürdiges Gefühl in der Magengrube, das gerade war, als wenn die Fleischteile des Elefanten, die er verspeist hatte, wieder herauswollten, um sich auf die Suche nach dem übrigen Elefanten zu machen. Aber Tarzan war zähe. Er biß die Zähne zusammen und hielt sie zurück. Nachdem er so lange auf sein Mahl hatte warten müssen, bis er es bekam, wollte er sich nicht wieder so einfach darum bringen lassen.

Er war endlich glücklich am Einschlafen, als ihn das Brüllen eines Löwen erweckte. Er richtete sich auf und entdeckte, daß bereits heller Tag war. Tarzan rieb sich die Augen, konnte er wirklich geschlafen haben? Er fühlte sich keineswegs sonderlich erfrischt, wie es nach einem ordentlichen Schlafe hätte der Fall sein müssen. Ein Geräusch zog seine Aufmerksamkeit auf sich, er sah hinab und sah am Fuße des Baumes einen Löwen stehen, der hungrig zu ihm hinaufblickte. Tarzan schnitt dem König der Tiere ein Gesicht, worauf Numa zu des Affenmenschen größter Überraschung sich anschickte, zu ihm auf die Zweige hinaufzuklimmen. Nun hatte zwar Tarzan noch nie zuvor einen Löwen auf die Bäume klettern sehen, aber aus einem unerklärlichen Grunde war er gar nicht so besonders über die besondere Eigentümlichkeit dieses Löwen überrascht. Während der Löwe langsam auf Tarzan zukletterte, suchte dieser höhergelegene Zweige auf, aber zu seinem Ärger fand er, daß er überhaupt nur mit äußerster Schwierigkeit klettern konnte. Wieder und wieder rutschte er ab, verlor alles, was er schon an Höhe gewonnen hatte, während der Löwe stetig höherkletterte und dem Affenmenschen näher und näher kam. Tarzan sah schon das hungrige Licht in den gelbgrünen Augen, er sah den Speichel auf den hängenden Lefzen und sah die Krallen sich spreizen, um ihn zu packen und zu zerreißen. Durch verzweifeltes Zugreifen gelang es dem Affenmenschen schließlich, seinem Verfolger etwas zuvorzukommen. Er erreichte die schlankeren Äste weit oben, in die ihm, wie er wohl wußte, kein Löwe folgen konnte. Und doch kam Numa mit einem Teufelsgesicht immer hinterher. Unglaublich, aber wahr! Doch was Tarzan am meisten in Erstaunen setzte, war, daß er sich über die Unglaublichkeit von alle dem klar war und sie trotzdem als selbstverständlich hinnahm, nämlich erstlich, daß ein Löwe überhaupt klettern konnte und zweitens, daß er sich bis in die obersten Zweige wagte, die selbst Sheeta, der Leopard, nicht betreten durfte.

Bis zur höchsten Spitze eines hohen Baumes zog sich der Affenmensch mühselig hinauf und hinter ihm kam Numa, der

Löwe, mit mißtönendem Ächzen. Zuletzt stand Tarzan balancierend auf der allerhöchsten Spitze auf einem schwankenden Zweig, hoch über dem Walde. Weiter konnte er nicht mehr. Von unten stieg ihm der Löwe stetig nach und Affentarzan sah ein, daß jetzt wohl sein Ende gekommen war. Auf einem dünneren Zweige konnte er nicht mit Numa, dem Löwen, kämpfen, besonders nicht mit einem Numa, für den zweihundert Fuß über dem Boden schwankenden Zweige einen ebenso sicheren Fußpunkt boten als die feste Erde. Näher, immer näher kam der Löwe. Noch einen Augenblick, dann würde er die Pranke ausstrecken und den Affenmenschen in seinen fürchterlichen Rachen hinabzerren. Ein schwirrendes Geräusch über dem Kopf veranlaßte Tarzan, vorsichtig nach oben zu sehen: ein riesiger Vogel kreiste über ihm. In seinem ganzen Leben hatte Tarzan noch keinen so großen Vogel gesehen, und doch erkannte er ihn sofort, hatte er ihn denn nicht hundertmal in einem seiner Bücher in der kleinen Hütte gesehen, dort in der moosbewachsenen Hütte, die mit ihrem Inhalt das einzige Erbe war, das sein unbekannter, toter Vater dem jungen Lord Greystoke hinterlassen hatte?

Das Bilderbuch zeigte den großen Vogel, wie er mit einem kleinen Kind in den Fängen hoch über dem Boden dahinflog, während eine verzweifelte Mutter händeringend unten stand. Da, jetzt streckte der Löwe die Pranke mit den Klauen aus, um ihn zu ergreifen, als der Vogel herabstieß und nicht minder furchtbare Klauen in Tarzans Rücken schlug. Der Schmerz war betäubend, aber mit einem Gefühl der Erleichterung sah sich der Affenmensch Numas Griff entrückt.

Mit mächtigem Flügelschlag stieg der Vogel schnell in die Höhe, bis der Wald tief unten lag. Das Herabblicken aus so großer Höhe verursachte Tarzan Übelkeit und Schwindel, so daß er die Augen schloß und den Atem anhielt. Höher und höher stieg der Riesenvogel. Tarzan öffnete die Augen wieder. Die Dschungel war so weit entfernt, daß er nur noch einen schwachen, grünen Fleck unten sehen konnte, aber gerade über ihm in nächster Nähe war die Sonne. Tarzan streckte seine Hände aus und wärmte sie, denn er fror daran. Dann packte ihn plötzlich die Wut. Wohin wollte ihn der Vogel bringen?

Sollte er sich widerstandslos einer gefiederten Kreatur unterwerfen, mochte sie so groß sein, wie sie wollte? Sollte er, Affentarzan, der mächtige Kämpfer, sterben ohne einen Streich zu seiner eigenen Verteidigung geführt zu haben? Niemals!

Er riß das Jagdmesser aus seiner Schlinge und stieß es ein-, zwei-, dreimal nach oben in die Brust über sich. Die mächtigen Schwingen flatterten noch einige Male krampfhaft, dann ließen die Fänge ihren Halt fahren, und Affentarzan fiel wirbelnd hinab nach der fernen Dschungel.

Es schien dem Affenmenschen, als ob er viele Minuten lang hinunterstürzte, bis er durch das grüne Laub der Baumwipfel hindurchkrachte. Die kleinen Zweige dämpften seinen Fall, bis er schließlich für einen Augenblick wieder auf den nämlichen Zweig zu liegen kam, auf dem er vergangene Nacht Schlummer gesucht hatte. Einen Augenblick schlug er bei dem Versuch, das Gleichgewicht wieder zu gewinnen, rasend um sich, dann rollte er herunter, griff wild herum, faßte schließlich den Zweig und blieb glücklich hängen.

Er öffnete die Augen wieder, die er während des Sturzes geschlossen hatte: es war wieder Nacht. Mit all seiner alten Gewandtheit kletterte er in die Gabel zurück, aus der er herausgefallen war. Unten brüllte ein Löwe, Tarzan blickte hinab und konnte die gelbgrünen Augen im Mondlicht schimmern sehen, wie sie hungrig zu ihm hinauf das Dunkel der Dschungelnacht zu durchbohren suchten.

Der Affenmensch rang nach Atem. Aus jeder Pore drang ihm kalter Schweiß, und im Magen machte sich eine große Übelkeit bemerkbar. Affentarzan hatte seinen ersten Traum geträumt. Lange Zeit paßte er auf Numa auf, ob er ihm auf den Baum nachkletterte, und lauschte auf den mächtigen Flügelschlag von oben, denn für Affentarzan war der Traum Wirklichkeit gewesen.

Er konnte nicht glauben, was er gesehen hatte, und doch konnte er auch wieder, nachdem er diese unglaublichen Dinge gesehen hatte, die Wahrheit seiner eigenen Wahrnehmungen nicht bezweifeln. Noch nie im Leben war Tarzan von seinen Sinnen so böse angeführt worden, und infolgedessen setzte er großes Vertrauen in sie. Jede bisher auf Tarzans Gehirn übertragene Wahrnehmung war – mit wechselnder Genauigkeit eine tatsächliche Wahrnehmung gewesen. Er konnte nicht begreifen, wie es möglich sein sollte, daß er ein so unheimliches Abenteuer erlebt hatte, an dem kein Körnchen Wahrheit war.

Daß ein durch verdorbenes Elefantenfleisch verstimmter Magen, ein in der Dschungel brüllender Löwe, ein Bilderbuch und der Schlaf zusammen so wahrheitsgetreu alle die Einzelheiten, die er erlebt zu haben schien, vortäuschen sollten, ging über seine Begriffe. Trotzdem wußte er, daß Numa nicht auf die Bäume klettern konnte, er wußte, daß es in der Dschungel keinen solchen Vogel wie den, welchen er gesehen hatte, gab, und er wußte auch, daß er nicht den kleinsten Bruchteil der Höhe, von der er heruntergestürzt war, hätte fallen und dabei am Leben bleiben können.

Um wenig zu sagen, Tarzan war äußerst verwirrt, als er versuchte, sich noch einmal dem Schlummer hinzugeben. Tarzan war äußerst verwirrt und ihm war recht übel.

Während er noch angestrengt über die merkwürdigen Vorfälle der Nacht nachdachte, zeigte sich ihm eine neue bemerkenswerte Erscheinung. Sie war wirklich völlig unnatürlich, und dennoch sah er sie deutlich mit eigenen Augen – es war nichts weniger als Histah, die Schlange, die sich geschmeidig und glatt am Baumstamm zu ihm hinaufwand – Histah mit dem Kopf des alten Mannes, den Tarzan in den Kochtopf geschoben hatte – mit dem Kopfe und dem runden, gespannten, schwarzen aufgeschwollenen Magen. Als das schreckliche Gesicht des alten Mannes mit den überstürzten, toten und verglasten Augen Tarzan nahe kam, öffneten sich die Kiefer, um nach ihm zu packen. Der Affenmensch schlug wütend auf das scheußliche Gesicht los, und als er zuschlug, verschwand die Erscheinung.

Keuchend, mit weitaufgerissenen Augen und an allen Gliedern zitternd saß Tarzan starr auf seinem Aste. Er sah sich mit seinen scharfen, dschungelgewohnten Augen nach allen Seiten um, aber er sah nichts von dem alten Mann mit dem Körper Histahs, der Schlange, wohl aber erblickte der Affenmensch eine Raupe auf seinem nackten Oberschenkel, die von einem

Zweige darauf herniedergefallen war. Mit einer Grimasse schnellte er sie mit dem Finger in die Dunkelheit hinaus.

Die Nacht ging herum, Traum folgte auf Traum, Alp folgte auf Alp, bis der verstörte Affenmensch zuletzt beim Rauschen des Windes oben im Baum auffuhr wie ein erschreckter Hirsch, oder auf seine Füße sprang, wenn das unheimliche Lachen einer Hyäne plötzlich das augenblickliche Schweigen der Dschungel unterbrach. Aber endlich kam träge der Morgen an, und ein kranker und fiebernder Tarzan war es, der sich müde auf der Suche nach Wasser durch die feuchten, düsteren Dickichte des Forstes wand. Sein ganzer Körper schien ihm wie im Feuer zu stehen, während ihm heftige Übelkeit in der Kehle nach oben würgte. Er erblickte ein Gewirr fast undurchdringlicher Dickichte, und wie ein wildes Tier, dessen Leben er ja auch in gewisser Beziehung führte, kroch er hinein, um allein und ungesehen, sicher vor den räuberischen Angriffen der Fleischfresser zu sterben.

Aber er starb nicht. Lange Zeit sehnte er sich danach, aber bald genug erleichterten sich die Natur und ein empörter Magen in der ihnen eigenen therapeutischen Weise, der Affenmensch geriet in heftigen Schweiß und fiel dann in normalen und ungestörten Schlaf, der bis zum Nachmittag anhielt. Als er erwachte, fühlte er sich wohl schwach, aber nicht mehr krank. Abermals suchte er die Wasserstelle auf, trank reichlich und machte sich langsam nach der Hütte am Gestade der See auf den Weg. Es war schon seit langem seine Gewohnheit, zu Zeiten, wenn er sich einsam oder verwirrt fühlte, dort die Ruhe und Erholung zu suchen, die er nirgends sonst finden konnte.

Als er sich der Hütte näherte und die einfache Klinke hob, die sein Vater vor so vielen Jahren angebracht hatte, bewachten ihn zwei kleine, blutunterlaufene Augen aus dem bergenden Laubwerk der nahen Dschungel. Unter zottigen, vorstehenden Brauen starrten sie boshaft nach ihm hin – boshaft aber mit gespannter Neugierde. Dann betrat Tarzan die Hütte und schloß die Tür hinter sich. Hier hatte er die ganze Welt ausgeschlossen und konnte ohne Furcht vor Unterbrechung träumen. Er konnte sich niederkauern und die Bilder in den merkwürdigen Gegenständen betrachten, die Bücher waren, er konnte Druckschrift enträtseln, die er, ohne eine Ahnung von der dadurch dargestellten gesprochenen Sprache zu haben, zu lesen gelernt hatte, er konnte in jener wundervollen Welt leben, von der er über die Deckel seiner geliebten Bücher hinaus nichts wußte. Ruma und Sabor konnten in seiner nächsten Nähe herumstreifen, die Elemente mochten in all ihrer entfesselten Wut rasen, hier wenigstens konnte sich Tarzan ohne jede sonstige Wachsamkeit einer erfreulichen Nachlässigkeit hingeben, die alle seine Fähigkeiten für eine ungestörte Verfolgung seines allergrößten Vergnügens freimachte.

Heute schlug er das Bild des ungeheuren Vogels auf, der den kleinen Tarmangani in den Klauen hielt. Tarzan runzelte die Stirne, als er den Farbendruck prüfte. Richtig! Das war derselbe Vogel, der ihn am Tage zuvor getragen hatte, denn der Traum war Tarzan so wirklich erschienen, daß er immer noch glaubte, ein weiterer Tag und eine weitere Nacht sei verflossen, seit er sich auf dem Baum zum Schlafen begeben hatte.

Aber je länger er über die Sache nachdachte, desto unsicherer wurde er betreffs der Wirklichkeit des Abenteuers, das er erlebt zu haben schien. Aber wo hatte die Wirklichkeit aufgehört und wo hatte die Nichtwirklichkeit begonnen? Er war außerstande, das abzugrenzen. War er denn überhaupt wirklich im Dorfe der Schwarzen gewesen, hatte er den alten Gomangani getötet, hatte er von dem Elefantenfleisch gegessen, war er krank gewesen? Tarzan kratzte seinen schwarzen Krauskopf und wunderte sich. Das war alles so außerordentlich merkwürdig und dennoch wußte er genau, daß er nie hatte Numa auf einen Baum klettern sehen, und daß es keine Histah mit dem Kopfe und Bauche des alten, von Tarzan getöteten Gomangani gab.

Schließlich gab er es mit einem Seufzer auf, das Unermeßliche ermessen zu wollen, aber im Innersten seines Herzens wußte er, daß etwas in sein Leben getreten war, das er bisher noch nie erfahren hatte, ein zweites Leben, das nur während des Schlafes bestand, dessen Erinnerung aber in die wachen Stunden mit hinübergenommen wurde.

Dann fragte er sich bedenklich, ob ihn diese fremdartigen Geschöpfe, die er im Schlafe traf, nicht töten könnten, denn zu solchen Zeiten schien Affentarzan ein ganz anderer Tarzan zu sein, langsam, hilflos und schüchtern – einer, der vor seinen Feinden fliehen wollte wie Bara, der Hirsch, das ängstlichste aller Geschöpfe.

So machte er durch einen Traum die erste schwache Bekanntschaft mit dem Begriffe Fürchten, eine Bekanntschaft, die Tarzan im Wachen nie gemacht haben würde, und vielleicht machte er etwas durch, das auch seine frühesten Vorfahren erlebt und der Nachwelt anfänglich in der Form des Aberglaubens und später als Religion übermittelt hatten. Denn sie, wie Tarzan, hatten in der Nacht Dinge gesehen, die sie im Tageslicht nicht mit ihren Regeln der sinnlichen Wahrnehmung oder der Überlegung vereinbaren konnten. Daher hatten sie sich eine unheimliche Erklärung zurechtgelegt, die groteske Gestalten mit merkwürdigen und schauerlichen Kräften in sich begriff, und kamen schließlich so weit, alle jene unerklärlichen Naturerscheinungen, die sie bei jedem neuen Vorfall mit Schauder, Bewunderung und Schrecken erfüllte, ihr zuzuschreiben.

Während so Tarzan seine Aufmerksamkeit den kleinen Käfern auf den bedruckten Seiten widmete, verschmolz die klare Erinnerung an seine merkwürdigen Abenteuer mit dem Wortlaut, den er eben las – einer Geschichte von Bolgani, dem Gorilla, in der Gefangenschaft. Da fand sich eine farbige, mehr oder weniger lebenswahre Abbildung Bolganis in einem Käfig, während viele bemerkenswert aussehende Tarmangani vor einem Gitter standen und neugierig die knurrende Bestie beschauten. Tarzan wunderte sich wie gewöhnlich nicht wenig über den eigentümlichen und anscheinend nutzlosen Aufwand von farbigem Gefieder, der die Körper der Tarmangani bedeckte. Er mußte stets ein bißchen lachen, wenn er diese merkwürdigen Geschöpfe besah. Er fragte sich verwundert, ob sie ihre Körper aus Scham über ihre Haarlosigkeit so bedeckten, oder ob sie glaubten, daß die seltsamen Sachen, welche sie trugen, der Schönheit ihrer Erscheinung etwas hinzufügten. Besonders freute sich Tarzan über die grotesken Haartrachten der abgemalten Leute. Er staunte darüber, wie es manche der Weibchen fertigbrachten, die ihrige aufrecht in der Wage zu halten, und er mußte so laut als nur je lachen, als er die tollen, kleinen, runden Dinger auf den Köpfen der Männchen betrachtete.

Langsam entzifferte der Affenmensch den Sinn der verschieden zusammengestellten Buchstaben auf der bedruckten Seite, da begannen beim Lesen die kleinen Käfer, denn dafür hielt er die Buchstaben immer, in völlig wirrer Weise durcheinanderzulaufen, sein Blick trübte sich und seine Gedanken wurden unklar. Zweimal wischte er sich mit dem Handrücken über die schmerzenden Augen, aber nur für einen Augenblick konnte er die Käfer wieder in zusammenhängende und lesbare Form bringen. Er hatte die Nacht zuvor schlecht geschlafen und war nun von Schlaflosigkeit, Unwohlsein und dem gehabten leichten Fieber so erschöpft, daß es ihm immer schwerer fiel, seine Aufmerksamkeit zu sammeln oder die Augen offen zu halten.

Tarzan merkte, daß er am Einschlafen war, und gerade als er sich darüber richtig klar war und sich entschloß, einer Neigung nachzugeben, die fast schon den Umfang körperlichen Schmerzes angenommen hatte, ermunterte ihn das Aufgehen der Tür seiner Hütte wieder. Tarzan wandte sich rasch der Störung zu und sah für einen Augenblick mit Erstaunen, daß massig und breit die ungeheure, behaarte Gestalt Bolganis, des Gorilla, in der Türe stand.

Nun wäre wohl Tarzan lieber mit jedem anderen Bewohner der großen Dschungel zusammen in der kleinen Hütte eingesperrt gewesen als mit Bolgani, dem Gorilla, aber er hatte doch keine Furcht, obgleich sein rasches Auge bemerkt hatte, daß Bolgani vom Dschungelkoller befallen war, der so viele der wilderen Männchen ergreift. Gewöhnlich vermeiden die ungeheuren Gorillas jeden Streit, verbergen sich vor dem übrigen Dschungelvolk und sind im allgemeinen die angenehmsten Nachbarn. Allerdings wenn sie angegriffen oder vom Koller befallen sind, gibt es keinen Dschungelbewohner, der so kühn und wild und zum Kampfe entschlossen wäre wie sie.

Aber für Tarzan gab es kein Entkommen. Bolgani stierte ihn mit rotumränderten, boshaften Augen an. Im nächsten Augenblick würde er vorstürzen und den Affenmenschen packen.

Tarzan griff nach seinem Jagdmesser, das er vor sich auf den Tisch gelegt hatte, aber als seine Finger die Waffe nicht sofort fanden, suchte er mit einem raschen Blick danach. Dabei fielen seine Blicke auf das immer noch offen daliegende Bild von Bolgani. Tarzan fand sein Messer wohl, aber er drehte es nur müßig in den Fingern und grinste dem vortretenden Gorilla entgegen.

Er wollte sich nicht noch einmal von leeren Dingen, die im Schlafe zu ihm kamen, zum Narren halten lassen. Ohne Zweifel würde im nächsten Augenblick aus Bolgani Pamba, die Ratte, mit dem Kopfe des Elefanten Tantor werden. Tarzan hatte neuerdings genug närrische Vorfälle erlebt, um schon ungefähr eine Ahnung zu haben, was kommen konnte. Aber diesmal wechselte Bolgani seine Gestalt nicht, sondern kam langsam auf den jungen Affenmenschen zu.

Tarzan war zwar etwas verblüfft, daß er diesmal keinen Wunsch fühlte, sich in sinnloser Hast irgendwo in Sicherheit zu bringen, wie es das auffälligste Gefühl bei den anderen seiner neuen und bemerkenswerten Abenteuer gewesen war. Er blieb völlig Herr über sich, bereit, im Notfall zu kämpfen. Aber immer noch war er überzeugt, daß kein Gorilla aus Fleisch und Blut vor ihm stand.

Tarzan dachte, das Ding müsse sich jetzt bald in dünne Luft auflösen oder sich in etwas anderes verwandeln; aber das tat es nicht. Statt dessen blieb es klar, deutlich und leibhaftig wie Bolgani selbst, das prächtige dunkle Fell glänzte in dem Streifen Sonnenlicht, der von dem Fenster oben hinter dem jungen Lord Greystoke durch das Zimmer fiel, voll Leben und Kraft. Das war ganz entschieden das realistischste seiner Abenteuer im Schlafe, dachte Tarzan und wartete untätig auf den nächsten, unterhaltenden Vorfall.

Aber der Gorilla griff jetzt an; zwei mächtige, schwielige Hände packten den Affenmenschen, große Fangzähne bleckten ihm vor dem Gesicht, ein scheußliches Knurren kam aus der mächtigen Kehle, heißer Atem wehte Tarzan ins Antlitz, und immer noch blieb er ruhig sitzen und lachte der Erscheinung ins Gesicht. Tarzan ließ sich wohl ein- oder zweimal zum Narren halten, aber nicht so oft hintereinander! Er wußte bestimmt, daß dieser Bolgani kein richtiger Bolgani war, denn ein solcher hätte nie und nimmer in die Hütte eindringen können, da doch nur Tarzan allein wußte, wie man die Klinke betätigte.

Der Gorilla war anscheinend durch die unerklärliche Untätigkeit des unbehaarten Affen in Verwirrung gebracht. Einen Augenblick hielt er seinen knurrenden Rachen nahe an des anderen Kehle, dann schien er plötzlich zu einem Entschluß zu kommen. So leicht wie wir ein kleines Kind auf den Arm nehmen würden, warf sich Bolgani den Affenmenschen über seine behaarte Schulter, drehte sich um und sprang hinaus in das Freie und auf die hohen Bäume zu.

Jetzt war Tarzan wirklich ganz sicher, daß alles nur ein Abenteuer im Schlafzustand war, und lachte nur breit, als er sich von dem riesigen Gorilla widerstandslos forttragen ließ. Er würde nun gleich erwachen, dachte sich Tarzan, und sich wieder in der Hütte finden, in der er eingeschlafen war. Bei diesen Gedanken sah er zurück und sah die Türe der Hütte weit offen stehen. Das ging aber nicht! Er hatte sie immer sorgfältig vor fremden Eindringlingen verschlossen und verriegelt. Manu, der Affe, würde eine böse Verwüstung unter Tarzans Schätzen anrichten, wenn er nur ein paar Minuten Zutritt hätte. Für Tarzan erhob sich nun eine höchst verwirrende Frage. Wo hörten die Schlafabenteuer auf und wo fing die Wirklichkeit an? Wie konnte er sicher wissen, ob die Türe der Hütte nicht wirklich offen stand? Alles um ihn herum schien so völlig normal – keine der grotesken Übertreibungen wie bei seinen früheren Schlafabenteuern war zu bemerken! Es war doch wohl besser, ganz sicher zu gehen und sich zu vergewissern, ob die Hüttentür geschlossen war – selbst wenn alles, was sich eben abzuspielen schien, gar nicht der Fall war, konnte es kein Schaden sein.

Tarzan suchte von Bolganis Schulter herabzuschlüpfen, aber das große Tier knurrte unheildrohend und packte ihn noch fester. Mit gewaltiger Anstrengung riß sich der Affenmensch los und glitt auf den Boden, während sich der Gorilla wild auf ihn stürzte, ihn erneut packte und seine großen Fangzähne in die glatte, braune Schulter schlug.

Das höhnische Lächeln schwand bei dem Schmerz von Tarzans Lippen, und das warme, fließende Blut weckte seine Kampflust. Schlafend oder wachend, die Sache war kein Scherz mehr! Beißend, reißend und knurrend rollten die beiden über den Boden. Der Gorilla war rasend vor toller Wut. Wieder und wieder ließ das Gebiß die Schulter des Affenmenschen los, um nach der Halsschlagader zu schnappen, aber Affentarzan hatte schon früher mit Gegnern gekämpft, die zuerst nach der lebenswichtigen Ader bissen, und hatte jedesmal ein Unheil vermieden, während er suchte, des Gegners Kehle in seine Finger zu bekommen. Jetzt war es ihm gelungen, seine starken Muskeln spannten und wölbten sich unter der glatten Haut, als er mit Zuhilfenahme seiner ganzen riesigen Kraft suchte, den behaarten Rumpf von sich wegzudrücken. Während er mit der einen Hand Bolgani würgte und von sich abdrückte, zwängte sich die andere Hand langsam von unten zwischen ihnen herauf, bis die Spitze des Jagdmessers über dem wilden Herz saß – ein kurzer Ruck des stählernen Handgelenkes und die Klinge fuhr an ihr Ziel.

Bolgani, der Gorilla, stieß einen einzigen, fürchterlichen Schrei aus, riß sich vom Griff des Affenmenschen los, sprang auf die Füße, taumelte ein paar Schritte weit und schlug dann zu Boden. Noch ein paar krampfhafte Zuckungen der Glieder und die Bestie lag still.

Da stand Tarzan, sah auf den erlegten Gegner und fuhr sich mit den Fingern durch seinen dichten, schwarzen Haarschopf. Dann bückte er sich und berührte den toten Körper. Das rote Blut des Gorilla färbte seine Finger. Er hob sie an die Nase und roch daran. Kopfschüttelnd ging er zur Hütte zurück, die er noch offen fand. Er schloß die Türe und befestigte den Verschluß. Dann ging er nochmals zum Körper seines Gegners und kratzte sich am Kopf.

Wenn das ein Abenteuer im Schlafe gewesen war, was war denn dann Wirklichkeit? Wie sollte er das eine und das andere auseinanderhalten? Wieviel von allen bisherigen Geschehnissen seines Lebens war wirklich und wieviel nichtwirklich gewesen?

Er setzte einen Fuß auf die hingestreckte Gestalt, hob sein Antlitz zum Himmel und ließ den Siegesschrei des Affenbullen erschallen. Aus weiter Entfernung antwortete ein Löwe. Es war alles vollkommen wirklich – und doch; er kannte sich nicht mehr aus. Ganz verstört zog er sich in die Dschungel zurück. Nein, er wußte entschieden nicht mehr, was wirklich und was nichtwirklich war, aber eines wußte er genau – niemals wieder würde er das Fleisch des Elefanten Tantor essen.

Der Kampf um Teeka

Der Tag war herrlich. Ein kühlender Wind mäßigte die Hitze der Äquatorsonne. Friede hatte seit Wochen im Stamme geherrscht und kein fremder Feind war von außen in seine Reviere eingedrungen. Für den Affenverstand war dies ein hinreichendes Anzeichen dafür, daß die Zukunft der jüngsten Vergangenheit gleichen werde – daß dieses Schlaraffenleben bestehen bleiben werde.

Die Wachtposten, die aus einem Versuch zu einem festen Stammesbrauch geworden waren, ließen in der Wachsamkeit nach oder verließen ihren Posten ganz, wie es ihnen die Laune gerade eingab. Die Horde hatte sich beim Suchen nach Futter weit auseinandergezogen. So können langer Frieden und gute Zeiten die Sicherheit des primitivsten Gemeinwesens so gut wie die des höchstkultivierten untergraben.

Selbst die Einzelindividuen waren weniger wachsam und munter, so daß man hätte denken können, Numa, Gabor und Sheeta seien gänzlich aus dem Dasein verbannt. Die Weibchen und die Balus trieben sich unbewacht in der düsteren Dschungel herum, während die gierigen Männchen weit fort nach Nahrung suchten. So streifte daher auch Teeka mit Gazan, ihrem Balu, an der äußersten Südecke des Stammes nach Futter, ohne daß ein größeres Männchen in der Nähe war.

Noch weiter unten im Süden bewegte sich eine finstere Gestalt durch den Forst – ein ungeheurer Affenbulle, der durch Einsamkeit und Niederlage bis zur Tollheit gereizt war. Vor einer Woche hatte er sich das Königtum einer entfernten Horde erstreiten wollen, und nun strich er, geschlagen und noch wundmüde als Ausgestoßener durch die Wildnis. Vielleicht konnte er später wieder zu seinem eigenen Stamm zurückkehren, wenn er sich dem Willen der haarigen Bestie unterwerfen wollte, die er zu entthronen versucht hatte, aber vorderhand durfte er das noch nicht wieder wagen, denn er hatte nicht nur die Krone, sondern auch die Weiber seines Herrn und Meisters gewinnen wollen. Es dauerte mindestens einen Monat, bis seine Untaten in Vergessenheit gerieten, und so wanderte Toog derweil durch ein fremdes Dschungelrevier, grimmig, schreckendrohend und von Haß erfüllt.

In diesem Geisteszustand traf Toog unerwartet auf ein junges Weibchen, das allein in der Dschungel Nahrung suchte – eine fremde Äffin war es, schlank, stark und unvergleichlich schön. Toog hielt den Atem an und huschte rasch auf die eine Seite der Fährte, auf der das dichte Laubwerk des tropischen Unterholzes ihn vollkommen vor Teeka verbarg und ihm gleichzeitig gestattete, seine Augen an ihrer Lieblichkeit zu ergötzen.

Aber nicht allein mit Teeka befaßte er sich, seine Augen suchten rundherum in der Dschungel nach den Bullen und Äffinnen und Balus von deren Stamm, aber besonders nach den Bullen hielten sie Ausschau. Wenn einer eine Äffin von einem anderen Stamme begehrt, muß er sich wohl vor den wilden, großen, behaarten Beschützern hüten, die selten weit von ihren Schutzbefohlenen weggehen und mit einem Fremden bis zum Tode bei der Beschützung der Ehegattin oder des Sprößlings eines Gefährten kämpfen würden, genau so wie sie es für ihre eigenen täten.

Toog fand weiter kein Anzeichen von irgend einem Affen außer dem fremden Weibchen und dem jungen bei ihr spielenden Balu. Seine boshaften, blutunterlaufenen Augen schlossen sich halb, als sie auf den Reizen des ersteren haften blieben – was das Balu anbetraf, so würde ein Biß seiner starken Zähne in das kleine Genick es schon abhalten, unnötigen Lärm zu schlagen.

Toog war ein schönes, großes Männchen und glich in vieler Beziehung Teekas Ehegatten Taug. Beide standen in der Blüte des Lebens, beide waren wundervoll muskulös, hatten fehlerlose Gebisse und waren so schreckenerregend wild, wie sich die anspruchsvollste und wählerischste Äffin es nur wünschen konnte. Wenn Toog zu ihrem eigenen Stamm gehört hätte, würde Teeka in der Paarungszeit ebenso gerne ihn wie Taug erwählt haben. Aber jetzt gehörte sie Taug und kein anderes Männchen konnte auf sie Anspruch machen, ehe es nicht erst im Zweikampf Taug besiegt hatte. Und selbst dann hatte Teeka in der Sache noch ein Wort mitzureden. Wenn sie einen

Ehebrecher nicht begünstigen wollte, konnte sie den Kampfplatz an der Seite ihres rechtmäßigen Gatten betreten und ihren Teil zur Entmutigung des Bewerbers beitragen, einen Teil, der bei ihr keine geringe Unterstützung ihres Herrn und Meisters bedeutet hätte, denn obgleich Teekas Fangzähne kleiner als die ihres Gatten waren, verstand sie doch diese vorzüglich zu gebrauchen.

Teeka war gerade mit einer sie ganz in Anspruch nehmenden Jagd nach Käfern beschäftigt, die sie für alles andere blind machte. Sie hatte keine Ahnung, daß sie sich mit Gazan so weit von der übrigen Horde entfernt hatte und ihre für die Abwehr wirksamen Sinne waren auch nicht so wach, als wie sie es hätten sein sollen. Die monatelange Sicherheit unter der schützenden Wachsamkeit der Wachtposten, deren Aufstellung Tarzan den Stamm gelehrt hatte, hatte sie alle in ein Gefühl jener friedlichen Sicherheit gewiegt, die schon vielen blühenden Gemeinwesen in der Vergangenheit den Untergang brachte und auch in Zukunft noch viele ins Verderben stürzen wird – nämlich das Gefühl, sie seien, weil sie bisher noch nicht angegriffen wurden, auch in Zukunft davor sicher.

Sobald sich Toog vergewissert hatte, daß nur die Äffin und das Balu in der Nähe waren, kroch er vorsichtig näher. Noch hielt Teeka ihm den Rücken zugekehrt, als er auf sie zusprang, aber ihre Sinne waren endlich doch für das Gefühl der Gefahr wach geworden, und so drehte sie sich gerade noch um, ehe sie der fremde Affe erreichte und sah ihm in das Gesicht. Toog machte einige Schritte vor ihr Halt. Vor den verführerischen weiblichen Reizen seines Gegenübers war seine böse Laune verflogen. Er gab einen einschmeichelnden Laut von sich – eine Art Schnalzlaut – mit seinen breiten, flachen Lippen, ein Ton, der dem Geräusch nicht sehr unähnlich war, das einer hervorbringt, wenn er für sich einen Kußlaut nachmacht.

Aber Teeka entblößte nur ihre Zähne und knurrte. Klein-Gazan wollte zu seiner Mutter rennen, aber mit einem raschen »Kreeg-ah!« befahl sie ihm, auf einen hohen Baum hinaufzuklettern; augenscheinlich hatte ihr neuer Anbeter keinen günstigen Eindruck auf sie gemacht. Toog merkte das und änderte dementsprechend seine Annäherungsversuche. Er warf sich nun in seine riesige Brust, schlug mit den schwieligen Fäusten darauf und schritt gravitätisch vor ihr hin und her.

Ich bin Toog, prahlte er. Sieh meine Reißzähne. Schau auf meine riesigen Arme und meine mächtigen Beine. Mit einem Biß kann ich den mächtigsten Bullen von euch töten. Ich habe ganz allein Sheeta getötet. Ich bin Toog. Toog will dich haben. Dann wartete er auf den Erfolg und brauchte nicht lange zu warten. Mit einer ihr großes Gewicht Lügen strafenden Gewandtheit drehte sich Teeka um und schoß in der entgegengesetzten Richtung davon. Toog sprang ärgerlich knurrend zur Verfolgung hinterher, aber das kleinere, leichtere Weibchen war für ihn zu schnellfüßig. Er jagte sie ein paar Schritte weit, dann blieb er fauchend und bellend stehen und trommelte mit den harten Fäusten auf dem Boden.

Von der Höhe des Baumes sah Klein-Gazan des fremden Bullen Verdruß mit an. Da er noch jung war und sich außerhalb des Bereiches des schweren Affen für sicher hielt, schrie er dem Verfolger einen unzeitigen Schimpf zu. Toog blickte auf. Teeka stand in einiger Entfernung – weit konnte sie von dem Balu nicht weggehen; Toog hatte das bald erfaßt und beschloß ebenso rasch, daraus Vorteil zu ziehen. Er sah, daß der Baum, auf welchem der junge Affe hockte, allein stand, so daß Gazan auf keinen anderen kommen konnte, ohne vorher zur Erde herabzumüssen. Er wollte sich die Mutter durch die Liebe zu ihrem Jungen gewinnen.

Er schwang sich nun auf die unteren Zweige des Baumes. Gazan ließ ab, ihn zu beschimpfen. Sein bisheriger spitzbübischer Ausdruck machte dem der Vorahnung und dieser rasch dem der Furcht Platz, als Toog begann, zu ihm hinaufzuklettern. Teeka schrie Gazan zu, er solle höher klettern, und der kleine Bursche klomm bis in die dünnen Zweige hinauf, die das Gewicht des großen Bullen nicht tragen konnten, aber trotzdem kletterte Toog weiter nach. Gleichwohl hatte Teeka keine Besorgnis. Sie wußte, daß er nicht hoch genug steigen konnte, um Gazan zu packen, darum setzte sie sich in einiger Entfernung von dem Baum nieder und gab dem Affen Dschungelschimpfnamen. Als Weibchen war sie natürlich eine besondere Meisterin in dieser Kunst.

Aber sie kannte die boshafte Schlauheit von Toogs kleinem Gehirn nicht. Sie nahm als selbstverständlich an, daß der Affe Gazan so weit als möglich nachklettern würde; wenn er dann herausfand, daß er ihn nicht erreichen konnte, würde er wieder die Verfolgung ihrer Person aufnehmen, die, wie sie wußte, ebenso fruchtlos verlaufen würde. Derartig überzeugt war sie von der Sicherheit ihres Balus und ihrer eigenen Fähigkeit, für sich Sorge zu tragen, daß sie den Hilfeschrei, der schnell die anderen Mitglieder der Horde in Menge an ihre Seite gebracht hätte, gar nicht erst ausstieß.

Toog kletterte langsam so weit hinauf, als er sein großes Gewicht nur irgend den schlanken Zweigen anvertrauen durfte. Gazan war immer noch volle fünf Meter über ihm. Der Bulle spreizte sich ab, dann packte er den Hauptast mit seinen starken Händen und begann ihn stark zu schütteln. Teeka war entsetzt. Sie sah sofort, was der Bulle vorhatte. Gazan hing weit draußen an einem schwingenden Ast. Gleich beim ersten Schütteln hatte er das Gleichgewicht verloren, war aber nicht gefallen, sondern hielt sich mit seinen vier Händen fest. Aber Toog verdoppelte seine Anstrengungen. Das Schütteln verursachte ein heftiges Hin- und Herschlagen des Zweiges, an den sich der junge Affe klammerte. Teeka sah nur zu klar, was der Ausgang sein mußte, vergaß unter der Gewalt der Mutterliebe ihre eigene Sicherheit und sprang vorwärts, um den Baum zu ersteigen und das furchtbare Geschöpf zu bekämpfen, das das Leben ihres Kleinen bedrohte.

Aber noch ehe sie den Stamm erreichte, hatte Toog durch heftiges Schütteln Gazans Halt erfolgreich gelöst. Mit einem Schrei sauste der kleine Bursche durch das Laub hinab, griff vergeblich nach einem neuen Halt und schlug mit einem erschreckenden, dumpfen Ton vor den Füßen seiner Mutter auf, wo er still und regungslos liegen blieb. Jammernd bückte sich Teeka, um die regungslose Gestalt in ihre Arme zu nehmen, aber im selben Augenblick war auch schon Toog auf ihr.

Ringend und beißend focht sie, um sich zu befreien, aber die Riesenmuskeln des großen Bullen waren zuviel für ihren schwächeren Bau. Toog schlug und würgte sie wiederholt, bis sie sich schließlich halb bewußtlos gewissermaßen in ihr

Schicksal ergab. Dann hob sie der Bulle auf die Schulter und marschierte auf der Fährte nach Süden zurück, auf der er gekommen war.

Auf dem Boden lag die stille Gestalt des kleinen Gazan. Er stöhnte nicht. Er regte sich nicht. Langsam stieg die Sonne zum Zenith. Ein naseweises Ding schnüffelte mit der Nase in der Dschungelbrise und kroch durch das Unterholz. Es war Dango, die Hyäne. Schon drängte sich die häßliche Schnauze durch das nahe Blätterwerk und die grausamen Augen hefteten sich auf Gazan.

*

Tarzan hatte sich an diesem Morgen schon früh nach der Hütte an der See begeben, in der er so manche Stunde verbrachte, wenn die Horde sich in der Nachbarschaft aufhielt. Auf dem Boden lag das Skelett eines Mannes – alles was von dem früheren Lord Greystoke übrig war – lag, wie es vor zwanzig Jahren gefallen war, als diesen Kerschak, der Riesenaffe, leblos hingeworfen hatte. Seitdem hatten die Termiten und kleinen Kriechtiere längst das feste Gebein des Engländers blank genagt. Jahrelang hatte es Tarzan schon liegen sehen, ohne ihm mehr Aufmerksamkeit zu schenken als den unzähligen Tausenden von Knochen, die über sein Dschungelrevier verstreut lagen. Auf dem Bett ruhte ein anderes, kleineres Skelett, und der Jüngling kümmerte sich so wenig darum wie um das erste. Was sollte er wissen, daß eines sein Vater und das andere seine Mutter gewesen war? Auch das Häufchen Knochen in der rohen, mit soviel liebevoller Sorgfalt vom toten Lord Greystoke gefertigten Wiege bedeutete ihm nichts. Daß eines Tages der kleine Schädel dazu helfen mußte, sein Anrecht auf einen stolzen Titel zu beweisen, ging ebensoweit über seine Begriffe wie die Satelliten der Orionsonnen. Für Tarzan waren es eben Knochen – Knochen, weiter nichts. Er konnte sie nicht brauchen, denn es war ja kein Fleisch daran, aber sie waren ihm auch nicht im Wege, denn ein Bett war für ihn nicht nötig und über das Skelett auf dem Boden konnte er ja leicht hinübersteigen.

Heute hatte er keine rechte Ruhe. Er blätterte erst von dem einen Buche, dann von dem anderen die Seiten um, er beschaute die Bilder, die er schon auswendig kannte und stieß schließlich die Bücher beiseite. Er kramte zum tausendsten Male im Spind und nahm einen Beutel heraus, der verschiedene kleine, runde Stücke Metall enthielt. Viele Male hatte er in den vergangenen Jahren damit gespielt, aber immer hatte er sie wieder sorgfältig in den Beutel gesteckt und den Beutel in dasselbe Fach des Spindes gelegt, in dem er ihn beim ersten Male gefunden hatte. Auf merkwürdige Weise tat sich die Vererbung bei dem Affenmenschen kund. Von einem ordnungsliebenden Geschlecht abstammend, war er selbst ordnungsliebend, ohne zu wissen warum. Die Affen warfen Dinge, an denen ihr Interesse erlahmte, einfach ins hohe Gras oder von den Ästen der Bäume herunter. Was sie so weggeworfen hatten, fanden sie durch Zufall manchmal wieder, manchmal auch nicht, aber Tarzan war ganz anders. Er hatte für seine wenigen Besitzstücke einen Aufbewahrungsplatz und legte jedes Stück, sobald er es nicht mehr brauchte, peinlich genau an seinen Platz zurück. Die runden Metallstücke in dem kleinen Beutel unterhielten ihn immer. Auf der einen Seite waren erhabene Bilder, deren Bedeutung er nicht ganz verstand. Die Stücke waren glatt und glänzend. Er hatte seine Freude daran, aus ihnen auf dem Tisch verschiedenartige Figuren zu bilden. Hundertmal hatte er so gespielt. Während er heute damit beschäftigt war, ließ er ein hübsches, gelbes Stück – ein englisches Goldstück – fallen, dieses rollte unter das Bett, auf dem die sterblichen Überreste der einst so schönen Lady Alice lagen.

Der ordnungsliebende Tarzan suchte alsbald auf allen Vieren unter dem Bett nach dem verlorenen Goldstück. Merkwürdigerweise hatte er nie zuvor unter das Bett gesehen. Er fand sein Goldstück und außerdem noch etwas anderes – eine kleine Holzkiste mit einem losen Deckel. Er nahm beides unter dem Bett vor, steckte das Goldstück in seinen Beutel und den Beutel in sein gehöriges Spindfach; dann untersuchte er die Kiste. Sie enthielt eine Menge zylindrischer Metallstücke, die am einen Ende konisch, am anderen Ende flach mit einem vorspringenden Rande waren. Sie waren alle ganz grün und matt und mit einer Haut von jahrzehntealtem Grünspan überzogen.

Tarzan nahm eine Handvoll aus der Kiste und untersuchte sie. Er rieb sie aneinander und entdeckte, daß das Grün abging und daß auf zwei Drittel der Länge eine glänzende Oberfläche und an dem konischen Teil ein stumpfes Grau herauskam. Er nahm ein Stückchen Holz und rieb einen der Zylinder rasch ab. Zu seiner Belohnung erzielte er einen glänzenden Schein, der ihm gefiel.

An seiner Seite hing eine Tasche, die er einem der vielen von ihm besiegten schwarzen Krieger abgenommen hatte. In diese Tasche steckte er eine Handvoll der neuen Spielzeuge, die er bei gelegentlicher Muße blank zu polieren gedachte. Dann stellte er die Kiste wieder unter das Bett, und verließ die Hütte, da er weiter keine Unterhaltung fand, um zu den Affen zurückzukehren.

Kurz bevor er sie erreichte, hörte er bereits vor sich einen großen Aufruhr – lautes Schreien der Weibchen und der Balus, wildes, ärgerliches Bellen und Knurren der großen Bullen. Er beschleunigte alsbald seinen Weg, denn die ihm zu Ohren kommenden »Kreeg-ahs!« meldeten ihm, daß etwas bei seinen Gefährten nicht richtig war.

*

Während sich Tarzan in der Hütte seines toten Vaters mit seinen eigenen Angelegenheiten befaßte, war Taug, Teekas riesiger Gatte, eine Meile nördlich von seinen Stammesgenossen auf die Jagd gegangen. Als er sich endlich den Magen gefüllt hatte, wandte er sich träge zu der Lichtung zurück, wo er die Horde zuletzt gesehen hatte und kam bald an Gruppen von zweien und dreien vorbei. Da er weder Teeka noch Gazan irgendwo erblicken konnte, fragte er die anderen Affen nach ihrem Verbleib; aber keiner hatte sie zuletzt gesehen.

Nun besitzen die niederen Gattungen keine hochentwickelte Einbildungskraft. Sie können sich nicht, wie wir, im Geiste in lebhaften Bildern ausmalen, was geschehen sein könnte, und deshalb ahnte Taug noch nicht, daß seiner Ehegattin und seinem Sprößling ein Unglück zugestoßen war – er wußte nur, daß er Teeka zu finden wünschte. Sie sollte sich mit ihm in den Schatten legen und ihm den Rücken kratzen, während er sein Frühstück verdaute. Aber obgleich er sie rief und suchte und jeden, den er traf, nach ihr fragte, konnte er doch keine Spur von Teeka noch von Gazan finden.

Er begann nun ungeduldig zu werden und war entschlossen, Teeka zu züchtigen, weil sie so weit fort war, während er sie brauchte. Er ging eine Wildfährte gen Süden. Seine schwieligen Sohlen und Handknöchel machten keinerlei Geräusch, als er Dango am anderen Ende einer kleinen Lichtung antraf. Der Aasfresser sah Taug nicht, weil er nur für etwas Augen hatte, das unter einem Baume im Gras lag – irgend etwas, das er mit der vorsichtigen, verstohlenen Art seiner Gattung beschlich.

Immer vorsichtig, wie es sich für einen gehört, der in der Dschungel herumkommt und sein Leben erhalten will, schwang sich Taug geräuschlos auf einen Baum, von dem aus er die Lichtung besser übersehen konnte. Er fürchtete Dango nicht, aber er wollte sehen, was Dango beschlich. In gewisser Beziehung handelte er wohl ebensosehr aus Neugierde wie aus Vorsicht.

Als dann Taug auf den Zweigen einen Platz erreichte, von dem aus er einen ungehinderten Überblick über die Lichtung hatte, sah er, daß Dango bereits etwas direkt unter sich beschnüffelte – etwas, das Taug sofort als die leblose Gestalt seines kleinen Gazan erkannte.

Mit einem so fürchterlichen, so bestialischen Schrei, daß Dango für den Augenblick vor Entsetzen gelähmt war, warf der große Affe seinen mächtigen Körper auf die überraschte Hyäne. Dango brach mit einem Schrei und einem Schnarren auf dem Boden zusammen, und wand sich, um nach seinem Gegner zu beißen. Aber ebenso wirkungslos hätte ein Sperling einen Habicht angegriffen. Taugs große, knorrige Finger umfaßten Hals und Genick der Hyäne, seine Kinnladen schnappten einmal nach dem bösen Nacken und zermalmten die Wirbelsäule, dann warf er den toten Körper verächtlich beiseite.

Abermals erhob er seine Stimme zum Ruf des männlichen Affen nach seiner Ehegattin, aber es kam keine Antwort. Dann legte er sich nieder, um Gazans Körper zu beriechen. In der Brust dieses wilden, abschreckenden Tieres schlug ein Herz, das ebensogut, wenn auch schwächer, von den gleichen Empfindungen der Vaterliebe bewegt wurde, die uns berühren.

Auch wenn kein Anzeichen dafür vorhanden gewesen wäre, müssen wir dies annehmen, da sich nur so das Überleben der Rassen erklären läßt, weil sonst in ihnen die Eifersucht und Selbstsucht der Männchen schon die Jungen gleich beim Erscheinen auf der Welt ausgerottet hätte, hätte nicht Gott in den grimmen Busen jene Vaterliebe eingepflanzt, die sich am stärksten in dem Beschützerinstinkt des Männchens offenbart.

Bei Taug war nicht allein dieser Beschützerinstinkt hoch entwickelt, sondern auch die Zuneigung zu seinem Sprößling, denn Taug war ein ungewöhnlich intelligentes Exemplar dieser großen, menschenähnlichen Affen, über welche die Eingeborenen nur im Flüstertöne sprechen, und die kein weißer Mann je gesehen hat.

Daher fühlte Taug denselben Kummer wie jeder andere Vater ihn wegen des Verlustes eines kleinen Kindes fühlt. Für uns mochte vielleicht der kleine Gazan eine häßliche, abstoßende Kreatur gewesen sein, aber für Taug und Teeka war er schön und ebenso gescheit wie für euch euer kleiner Hans oder euer Mariechen oder Elisabeth, und außerdem war er der Erstgeborene, der Einzige und ein Sohn – drei Dinge, die jeden jungen Affen zu des Vaters Augapfel machen!

Einen Augenblick lang beroch Taug die regungslose kleine Gestalt. Mit Schnauze und Zunge glättete und liebkoste er das verschrammte Fell. Ein leises Stöhnen brach über seine wilden Lippen, aber der überwältigende Wunsch nach Rache folgte seinem Kummer auf dem Fuße nach.

Er sprang auf die Füße und stieß eine kreischende Salve von »Kreeg-ahs!« aus, die er von Zeit zu Zeit mit dem schauerlichen, bluterstarrenden Schrei des wütenden, kampfdrohenden Affenbullen unterbrach. Er war jetzt ein tollwütiger Bulle mit stark zur Aufwallung kommendem Blutdurst.

Als Antwort auf seinen Schrei hörte er die Rufe der Horde, die sich durch die Bäume auf ihn zuschwang. Diese hatte auch Tarzan vernommen, als er von seiner Hütte zurückkam. Als Antwort darauf ließ Tarzan seine eigene Stimme erschallen und jagte mit verdoppelter Eile vorwärts, bis er auf halber Höhe der Bäume nur so dahinflog.

Endlich erreichte er die Horde und sah die Affen um Taug und etwas still auf dem Boden Liegendes versammelt. Taug brüllte immer noch seinen Kampfruf ins Weite, aber als er Tarzan sah, hielt er ein, bückte sich, hob Gazan in seinen Armen auf und hielt ihn Tarzan hin. Tarzan war der einzige von allen männlichen Angehörigen des Stammes, zu dem Taug so etwas wie Zuneigung spürte. Auf Tarzan vertraute er und sah zu ihm wie zu einem weiseren und klügeren Wesen auf. So kam er auch jetzt zu Tarzan – zu dem Spielgefährten aus der Zeit, als sie Balus waren, zu dem Genossen in den unzähligen Kämpfen seiner reiferen Jahre.

Als Tarzan Gazans leblose Gestalt in Taugs Armen erblickte, kam ein leises Knurren über seine Lippen, denn auch er liebte Teekas kleines Balu.

Wer hat das getan? fragte er. Wo ist Teeka?

Ach weiß es nicht, erwiderte Taug. Ich fand ihn hier, als ihn Dango eben fressen wollte, aber Dango ist nicht der Täter – er trägt keine Bißspuren.

Tarzan trat herzu und legte ein Ohr an Gazans Brust. Er ist nicht tot, sagte er. Vielleicht bleibt er am Leben. Darauf drängte er sich durch den Haufen der Affen, ging rund um sie herum und untersuchte Schritt für Schritt den Boden. Plötzlich machte er Halt, legte seine Nase auf den Boden und suchte die Witterung. Alsbald sprang er auf die Füße und stieß einen eigenartigen Schrei aus. Taug und die anderen stürmten zu ihm hin, denn der Klang sagte ihnen, daß der Jäger die Spur seines Wildes gefunden hatte.

Ein fremder Bulle war hier, sagte Tarzan. Er hat Gazan verletzt und Teeka fortgeschleppt.

Taug und die übrigen Affen begannen zu brüllen und zu drohen, aber weiter wußten sie nichts zu tun. Wäre der fremde Bulle in Sichtweite gewesen, dann hätten sie ihn in Stücke gerissen; aber ihn zu verfolgen, kam ihnen nicht in den Sinn.

Wenn die drei Bullen rund um den Stamm auf Posten gewesen wären, hätte das nicht vorkommen können, sagte Tarzan. Solche Geschichten werden sich immer wieder ereignen, solange ihr nicht die drei Bullen als Wache gegen Feinde aufstellt. Die Dschungel wimmelt von Feinden, und doch laßt ihr eure Weibchen und eure Balus, wo sie wollen, allein und ohne Schutz, Futter suchen. Tarzan geht jetzt – er geht, um Teeka zu suchen und zu ihrem Stamm zurückzubringen.

Dieser Gedanke gab den anderen Bullen eine Anregung.

Wir gehen alle mit, schrien sie.

Nein, sagte Tarzan, ihr werdet nicht alle gehen. Wenn wir zu Verfolgung und Kampf ausziehen, können wir die Weibchen und die Balus nicht mitnehmen. Ihr müßt hierbleiben, um sie zu beschützen, oder ihr werdet sie alle verlieren.

Sie kratzten sich die Köpfe. Die Weisheit dieses Rates dämmerte ihnen, aber die neue Idee hatte sie erst mit sich hingerissen – die Idee, einem feindlichen Missetäter seine Beute zu entreißen und ihn zu bestrafen. Der Gesellschaftsinstinkt hatte sich ihrem Charakter durch die Jahrtausende eingeprägt. Jetzt fragten sie sich, warum ihnen der Gedanke, den Angreifer zu verfolgen und zu bestrafen, nicht selbst gekommen war, – sie konnten nicht wissen, daß es daran lag, daß sie noch nicht die geistige Entwickelungsstufe erreicht hatten, die ihnen gestattet hätte, als Einzelindividuum zu handeln. In Zeiten der Not ballte sie der Gesellschaftsinstinkt zu einem geschlossenen Herdenhaufen zusammen, weil so die großen Affenbullen mit der Wucht ihrer vereinten Stärke und Wildheit die übrigen am besten vor einem Feinde beschützen konnten. Der Gedanke, sich zu trennen, um einen Feind zu bekämpfen, war ihnen noch nicht gekommen – es war ihrer Gewohnheit gerade entgegengesetzt und widersprach außerdem ihrem Gesellschaftsinstinkt. Aber für Tarzan war es der erste und natürlichste Gedanke. Seine Sinneswahrnehmungen sagten ihm, daß ein einziger Affenbulle den Angriff auf Teeka und Gazan ausgeführt habe. Um einen einzigen Gegner zu bestrafen, brauchte man nicht die ganze Horde. Zwei gewandte Bullen konnten ihn bald genug überholen und Teeka befreien.

Früher hatte keiner je daran gedacht, nach den gelegentlich aus dem Stamme gestohlenen Weibchen auf die Suche zu gehen. Wenn Numa, Sabor, Sheeta oder ein sich herumtreibender Affe eines fremden Stammes eine junge Äffin oder eine Matrone wegholten, weil keiner aufgepaßt hatte, dann war die Angelegenheit damit erledigt – sie war fort, das war alles. Der beraubte Ehegatte – falls das Opfer einen gehabt hatte – ging einen oder zwei Tage knurrend herum; wenn er stark genug war, nahm er sich dann eine andere Frau aus der Horde, andernfalls zog er in die Dschungel, um sich womöglich aus einem anderen Gemeinwesen eine zu stehlen.

Bisher hatte sich Affentarzan aus dem Grunde dies Verfahren gefallen lassen, weil er an den Gestohlenen keinen Anteil nahm; aber Teeka war seine erste Liebe gewesen und mehr Raum als Teekas Balu hätte auch kein eigenes in seinem Herzen haben können. Schon früher einmal hatte Tarzan den Wunsch nach Verfolgung und Vergeltung gehabt; das war vor Jahren, als Kulonga, des Häuptlings Mbonga Sohn, Kala getötet hatte. Damals hatte Tarzan ganz allein die Verfolgung aufgenommen und sein Rachegefühl befriedigt. Diesmal war er, obgleich in geringerem Maße, von der gleichen Leidenschaft bewegt.

Er wandte sich zu Taug. Lasse Gazan bei Mumga, sagte er. Sie ist alt, ihre Zähne sind abgenutzt und sie ist zu nichts mehr gut, aber sie kann für Gazan sorgen, bis wir mit Teeka zurückkommen. Wenn Gazan bei unserer Rückkehr tot ist, wendete er sich an Mumga, dann werde ich dich auch töten. Wohin gehen wir? fragte Taug.

Wir gehen, um Teeka zu holen, erwiderte der Affenmensch, und den Bullen zu töten, der sie geraubt hat. Komm!

Er wandte sich zu der Fährte des fremden Affen, die sich seinen geübten Sinnen klar zeigte. Taug legte Gazan in Mumgas Arme mit den Abschiedsworten: Wenn er stirbt, wird dich Tarzan töten. Dann folgte er der bronzefarbenen Gestalt, die sich schon im mäßigen Trabe die Dschungelfährte entlang bewegte.

Kein männlicher Affe von Kerschaks Stamm war ein so guter Fährtenleser wie Tarzan, denn dessen geübte Sinneswerkzeuge wurden von einem höheren Verstand unterstützt. Seine Urteilskraft sagte ihm, welcher Fährte der Verfolgte natürlicherweise folgen mußte, so daß er nur auf die deutlichsten Anzeichen auf dem Wege zu achten brauchte, und heute war dazu Toogs Spur für ihn so deutlich wie die Buchstaben einer bedruckten Seite für uns.

Dicht hinter der schlanken Gestalt des Affenmenschen kam der ungeheure, zottige Affenbulle. Sie wechselten weiter keine Worte. Schweigend, wie zwei Gespenster, bewegten sie sich unter den Myriaden Schatten des Waldes vorwärts. Scharf wie seine Augen und Ohren war auch Tarzans Edelnase. Die Spur war noch frisch und nun, da sie aus dem Bereiche der starken Affenwitterung ihres Stammes heraus waren, war es ihm leicht, allein dem Geruch nachgehend, Toog und Teeka zu folgen. Die vertraute Witterung von Teekas Fährte sagte beiden, Tarzan wie Taug, daß sie ihr auf der Spur waren und bald war ihnen Toogs Witterung ebenso klar und geläufig wie die andere.

Sie machten rasche Fortschritte, als plötzlich dichte Wolken die Sonne verhüllten. Tarzan beschleunigte sein Tempo. Jetzt flog er geradezu die Dschungelfährte entlang oder er verfolgte da, wo Toog auf die Bäume gestiegen war, flink wie ein Eichhörnchen den schwingenden, wogenden Weg über die belaubten Zweige und schwang sich von Baum zu Baum, wie es Toog vor ihnen gemacht hatte. Da sie nicht wie Toog durch eine Bürde gehemmt wurden, kamen sie natürlich rascher vorwärts.

Tarzan merkte, daß sie ihre Beute beinahe erreicht haben mußten, denn die Spurwitterung wurde stärker und stärker, da wurde die Dschungel plötzlich von lebhaften Blitzen durchschossen, und betäubender Donner rollte durch Himmel und Forst, so daß die Erde zitterte und wankte. Und dann kam der Regen – nicht so, wie er bei uns in der gemäßigten Zone kommt, sondern eine mächtige Wasserlawine – eine Sintflut, welche Fässer Wasser statt Tropfen auf die sich biegenden Waldriesen und die erschreckt in ihren Schutz gebannten Geschöpfe herabgießt.

Genau wie es Tarzan vorausgesehen hatte, vernichtete und vertilgte der Regen die Spur der Beute vom Angesicht der Erde. Eine halbe Stunde lang stürzten die Wasserströme hernieder, dann brach die Sonne wieder durch und schmückte den Wald mit Millionen leuchtender Edelsteine. Aber der sonst für die wechselnden Wunder der Dschungel so empfängliche Affenmensch sah sie heute nicht. Nur die Tatsache, daß die

Witterung Teekas und ihres Entführers vernichtet war, fand Raum in seinen Gedanken.

Selbst in den Zweigen der Bäume finden sich wohlausgetretene Pfade, genau die Fährten auf dem Erdboden. Aber oben auf den Bäumen verzweigen und kreuzen sie sich öfter, weil der Weg offener ist als in dem dichten Unterholz unten auf der Erde. Tarzan und Taug folgten nach dem Regen einer dieser wohlbemerkbaren Fährten, weil der Affenmensch wußte, daß dieser der einzige Pfad war, den der Räuber logischerweise einhalten mußte; aber als sich der Pfad gabelte, wußten sie nicht mehr, was sie tun sollten. Sie hielten an und Tarzan untersuchte jeden Zweig und jedes Blatt, das der fliehende Affe berührt haben konnte.

Er beroch den Baumstamm und suchte mit feinen scharfen Augen die Rinde ab, ob nicht irgendwo ein Anzeichen war, welche Richtung die Flüchtlinge genommen hatten. Es war eine recht langwierige Arbeit, und Tarzan wußte, daß während der ganzen Zeit der Affe aus dem fremden Stamm sich weiter von ihnen entfernte – daß jener kostbare Minuten gewann, die ihn vielleicht in Sicherheit brachten, ehe beide ihn einholen konnten.

Erst untersuchte Tarzan die eine Strecke der Gabelung, dann die andere und wendete jede Untersuchung, die seiner wunderbaren Dschungelweidmannskunst bekannt war, an. Aber wieder und wieder wurde er irregeführt, denn der schwere Wassersturz hatte die Witterung an jeder etwas ihm ausgesetzt gewesenen Stelle weggewaschen. Eine halbe Stunde lang suchten Tarzan und Taug, bis zuletzt Tarzans seine Nase auf der Unterseite eines breiten Blattes einen schwachen Hauch von Toogs Witterung fand, wo das Blatt die behaarte Schulter des großen Affen bei dessen Passieren des Laubes gestreift hatte.

Wieder nahmen die beiden die Verfolgung auf, aber es war jetzt langsame Arbeit, und viele entmutigenden Verzögerungen ergaben sich, wenn die Witterung immer wieder auf Nimmerwiederkehr verloren schien. Für uns wäre auch vor dem Regen keine Spur zu entdecken gewesen, außer vielleicht an Stellen, an denen Toog auf den Boden heruntergekommen und einer Wildfährte gefolgt war. An solchen Orten war der Eindruck

eines riesigen handähnlichen Fußes und der Knöchel einer großen Hand auch für einen gewöhnlichen Sterblichen ab und zu
klar zu erkennen. Aus diesen und einigen anderen Anzeichen
wußte Tarzan, daß der Affe Teeka immer noch trug. Die Tiefe
seines Fußeindrucks zeigte ein viel größeres Gewicht an, als es
selbst einer der größeren Bullen besaß, denn sie war unter dem
vereinten Gewicht von Toog und Teeka entstanden, während
die Tatsache, daß nie mehr als die Knöchel einer Hand den
Boden berührten, bewies, daß die andere Hand mit einer anderen Tätigkeit beschäftigt war – nämlich damit, die Gefangene
auf der behaarten Schulter festzuhalten. Tarzan konnte sogar
an einzelnen Plätzen feststellen, daß die Bürde von einer Schulter auf die andere gelegt worden war, nämlich dadurch, daß der
tiefere Fußeindruck auf die andere Seite hinüberging, während
die Knöcheleindrücke ebenfalls die Seite wechselten. Dann waren wieder Strecken auf ebenem Wege, wo der Affe auf beträchtliche Entfernung auf den Hinterfüßen allein gegangen
war – wie der Mensch geht. Aber das gleiche war bei jedem
anderen großen Menschenaffen dieser Art der Fall, denn, ganz
verschieden vom Schimpansen und Gorilla, gehen diese Riesenaffen ebenso gerne ohne Zuhilfenahme ihrer Hände wie mit
dieser Stütze. Aber alle diese Dinge zusammen halfen Tarzan
und Taug die Anwesenheit des Entführers festzustellen, und
mit diesen ihrem Gedächtnis bereits unauslöschlich eingepräg-
ten Merkmalen seiner Personalien waren sie weit besser in der
Lage, ihn bei einer Begegnung wieder zu erkennen, selbst wenn
er schon vorher Teeka beseitigt haben sollte, weit besser als ein
moderner »Spürhund«, mit seinen Lichtbildern und Bertill-
lonschen Meßverfahren ausgerüstet, imstande ist, einen von
der zivilisierten Justiz gesuchten Flüchtling festzustellen.

Aber mit all ihren hochentwickelten und fein abgestimmten
Wahrnehmungsfähigkeiten fiel es den zwei Bullen aus Kerschaks Stamm oft schwer genug, überhaupt nur der Fährte zu
folgen, und trotzdem sie ihr Bestes hergaben, hatten sie den
Flüchtling am Nachmittag des zweiten Tages doch noch nicht
eingeholt. Die Witterung war inzwischen wieder stärker geworden, weil die Fährte erst nach dem Regen entstanden war.
Tarzan wußte, daß sie binnen kurzem auf den Räuber und seine

Beute stoßen mußten. Über ihren vorsichtig vorwärts schleichenden Gestalten schnatterte Manu, das Äffchen, mit seinen tausend Gefährten, schrien und piepten die vorlauten Vögel, und die zahllosen Insekten zwischen dem rauschenden Laub surrten und summten. Ein kleiner Graubart, der quiekend und scheltend auf einem schwankenden Aste saß, sah herab und sah sie vorbeikommen. Alsbald hörte das langgeschwänzte Häufchen auf zu schelten und zu quieken und schoß davon, als ob Sheeta, der Leopard, Flügel hätte und ihm dicht auf den Fersen wäre. Allem Anschein nach war es nur ein sehr erschrockener, kleiner Affe, der sein Leben in Sicherheit bringen wollte – weiter war daran nichts Besonderes zu erkennen.

Was machte nun Teeka während dieser ganzen Zeit? Hatte sie sich endlich in ihr Geschick ergeben und begleitete sie ihren neuen Gatten in der geziemenden Demut einer liebenden und willfährigen Braut? Ein einziger Blick auf das Paar hätte selbst dem Tadelsüchtigsten eine völlig zufriedenstellende Antwort erteilt. Sie war zerfleischt und blutete aus vielen Wunden, die ihr der mürrische Toog bei seinen vergeblichen Versuchen, sie unter seinen Willen zu beugen, beigebracht hatte. Toog selbst war auch hinreichend entstellt und verletzt, aber er hielt mit der ihm angeborenen, hartnäckigen Wildheit seine nun nicht mehr sehr angenehme Beute fest.

Er erzwang sich seinen Weg durch die Dschungel auf die Jagdgründe seines Stammes zu. Er hoffte, sein König werde seinen Verrat vergessen haben, aber selbst wenn das nicht der Fall sein sollte, wollte er sich in sein Geschick ergeben – jedes Los war besser, als noch länger die Gesellschaft dieses fürchterlichen Weibchens zu erdulden. Außerdem wünschte er auch, die Gefangene seinen Gefährten vorzuführen. Vielleicht wollte er sie auch seinem König aufhängen – es ist möglich, daß ihn jetzt ein solcher Gedanke antrieb.

Zuletzt trafen sie auf zwei Affenbullen, die in einem parkartigen Haine ihr Futter suchten. Ein wundervoller Hain war es, übersät mit riesigen, halb im fruchtbaren Boden eingebetteten Felsen – möglicherweise stummen Denkmälern eines weit zurückliegenden Zeitalters, als noch mächtige Gletscher sich langsam über die Fläche schoben, über welcher jetzt die dörrende Sonne auf die tropische Dschungel herniederbrennt. Die beiden Bullen sahen auf und fletschten ihre Reißzähne, als Toog in der Ferne sichtbar wurde. Dieser erkannte die zwei als Freunde. Ich bin doch Toog, knurrte er. Toog ist mit einem neuen Weibchen zurückgekommen!

Die Affen ließen sie herankommen. Teeka wies ihnen knurrend die Zähne. Sie bot jetzt gerade keinen erfreulichen Anblick, aber trotz des Blutes und des Hasses auf ihrem Gesicht sahen die Affen, daß sie schön war und beneideten Toog – ach! – hätten sie Teeka erst gekannt!

Als sie einander anblickend sich niederhockten, kam durch die Bäume ein langschwänziger kleiner Affe mit grauem Backenbart auf sie zugerast. Ein sehr aufgeregter, kleiner Affe war es, der gerade über ihrem Kopfe auf einem Aste anhielt.

Zwei fremde Bullen kommen, schrie er. Der eine ist ein Mangani, der andere ist ein häßlicher Affe ohne Haare auf dem Leibe. Sie folgen Toogs Spur. Ich sah sie.

Die vier Affen sahen auf die Fährte zurück, auf welcher Toog eben gekommen war, dann besahen sie einander eine Minute lang. Kommt, sagte der größere von Toogs zwei Freunden, wir wollen die Fremden in den dichten Büschen jenseits der Lichtung erwarten.

Er drehte sich um und wackelte über den freien Platz davon, während ihm die anderen folgten. Der kleine Affe tanzte ganz erregt herum. Die Hauptunterhaltung seines Lebens bestand darin, zwischen den größeren Bewohnern der Dschungel blutige Zusammenstöße herbeizuführen, bei denen er vom sicheren Baumsitz aus den Zuschauer spielen konnte. Er war ein Vielfraß an Blutdurst, dieser kleine, backenbärtige graue Affe; das heißt natürlich nur so lange es sich um das Blut anderer handelte – ein typischer Streithetzer!

Die Affen versteckten sich in dem Gebüsch neben der Fährte, welche die zwei fremden Bullen entlang kommen würden. Teeka zitterte vor Erregung. Sie hatte Manus Worte gehört und wußte, daß der haarlose Affe Tarzan sein mußte, während der andere zweifellos Taug war. Niemals, auch nicht im entferntesten, hatte sie auf Rettung dieser Art gehofft. Sie hatte nur daran gedacht, zu entfliehen und ihren Weg zum Stamm

Kerschaks zurück zu suchen. Aber Toog hatte sie so scharf bewacht, daß selbst diese Absicht praktisch unmöglich geschienen hatte.

Als Taug und Tarzan den Hain erreichten, wo Toog seine Freunde getroffen hatte, wurde die Affenwitterung so stark, daß beide wußten, ihre Beute konnte nur noch in nächster Nähe sein. Darum gingen sie jetzt noch vorsichtiger zu Werke, denn sie wollten sich dem Diebe von hinten nähern und sich auf ihn stürzen, ehe er ihre Gegenwart ahnte. Daß ein Äffchen mit grauem Backenbart sie schon angemeldet hatte und daß drei wilde Augenpaare bereits jede ihrer Bewegungen bewachten und nur auf den Augenblick warteten, in dem sie in den Bereich der greifgierigen Hände und knirschenden Kinnladen kommen würden, konnten sie freilich nicht wissen.

Sie schritten über den Hain und betraten eben den Pfad, der weiter in die dichte Dschungel führte, als plötzlich ein schrilles »Kreeg-ah!« dicht vor ihnen erscholl – ein »Kreeg-ah!« in Teekas wohlbekannter Stimme. Die kleinen Gehirne Toogs und seiner Gefährten waren außerstande gewesen, vorauszusehen, daß Teeka sie verraten würde, und nun, da es geschehen war, packte sie heftige Wut. Toog versetzte der Affin einen mächtigen Hieb, der sie zu Boden streckte, dann stürzten alle drei vor, um mit Tarzan und Taug zu kämpfen. Der kleine Affe tanzte oben auf seinem Zweige und schrie vor Entzücken.

Er hatte wohl Grund, entzückt zu sein, denn es war wirklich ein schöner Kampf. Es gab keine Vorreden, keine Formalitäten, keine Vorstellungen – die fünf Bullen gingen einfach auf einander los und nahmen Griff. Sie rollten auf dem schmalen Pfad hin und her und in das dichte Grün daneben. Sie bissen, rissen, kratzten und schlugen und ließen während der ganzen Zeit einen höchst schauerlichen Chor von Knurren, Bellen und Brüllen ertönen. In fünf Minuten waren sie alle übel zerrissen und blutig, und der kleine Graubart hüpfte hoch und schrillte seine urweltlichen Bravos, aber seine Haltung war stets für Kampf bis zum Äußersten. Er wollte Tote sehen. Ob Freund oder Feinde das war ihm gleich. Blut wollte er sehen – Blut und Tod.

Taug wurde von Toog und einem anderen Affen angegriffen, während Tarzan den dritten, eine ungeheure Bestie mit der Stärke eines Büffels, gegen sich hatte. Nie zuvor hatte Tarzans Angreifer ein so merkwürdiges Geschöpf wie diesen schlüpfrigen, haarlosen Bullen bekämpft. Schweiß und Blut bedeckte Tarzans glatte, braune Haut, immer wieder entschlüpfte er den Griffen des großen Bullen, immer aufs neue versuchend, das in der Scheide steckende Jagdmesser zu ziehen. Endlich gelang es ihm – eine braune Hand fuhr mit festem Griff an die behaarte Kehle, die andere schoß mit der scharfen Klinge in die Höhe. Drei rasche, kräftige Stöße, der Bulle ließ mit einem Stöhnen los und fiel steif vor seinem Gegner nieder. Tarzan entzog sich sofort den Griffen des sterbenden Bullen und sprang Taug zu Hilfe. Toog sah ihn kommen und warf sich ihm entgegen. Die Wucht des Zusammenstoßes schlug Tarzan das Messer aus der Hand und Toog begann mit ihm zu ringen. Nun war der Kampf gleich – zwei gegen zwei – während Teeka am Rande von dem sie fällenden Schlage wieder zu sich kam und eine Gelegenheit zum Helfen abwartend herzuschlich. Sie sah Tarzans Messer und hob es auf. Sie hatte es selbst nie benützt, aber sie wußte, wie Tarzan es gebrauchte, und sie fürchtete sich stets vor dem Ding, welches den Mächtigsten der Dschungelbewohner ebenso leicht den Tod brachte, wie Tantors große Stoßzähne besten Feinden den Garaus machen.

Dann sah sie, wie Tarzan die Tasche von der Seite gerissen wurde und mit der Neugierde des Affen, die selbst Gefahr und Aufregung nicht völlig bannen, las sie auch diese auf.

Jetzt standen die Bullen einander gegenüber – die engen Griffe hatten sich gelöst. Blut rann ihnen an den Seiten herab, die Gesichter waren davon gerötet. Der kleine Graubart war so bezaubert, daß er ganz zu tanzen und zu schreien vergaß und vor Entzücken über das erhebende Schauspiel steif dasaß.

Tarzan und Taug drängten ihre Gegner über den Hain zurück. Teeka folgte langsam. Sie wußte nicht recht, was sie tun sollte. Sie war lahm und müde, zerschlagen und erschöpft von den furchtbaren Prüfungen, die sie durchgemacht hatte, und außerdem setzte sie das ihrem Geschlechte eigene Vertrauen in die Tüchtigkeit ihres Mannes und die des anderen Bullen aus ihrer Horde, daß sie die Hilfe eines Weibchens im Kampfe mit diesen zwei Fremden nicht brauchen würden.

Das Gebrüll und die Schreie der Kämpfer dröhnten durch die Dschungel und weckten das Echo der fernen Berge. Tarzans Gegner hatte ein Dutzend »Kreeg-ahs!« ausgestoßen, und nun kam von hinten her die Antwort, die er erwartete. Bellend und knurrend kam ein Dutzend unförmiger Affenbullen in den Hain – die Kriegsmannen von Toogs Stamm.

Teeka sah sie zuerst und schrie Tarzan und Taug eine Warnung zu. Dann floh sie, einen Augenblick vor Furcht überwältigt, hinter den Kämpfern vorbei auf die andere Seite der Lichtung. Und keiner konnte sie nach der furchtbaren Prüfung, unter deren Folgen sie noch litt, dafür tadeln.

Die großen Affen gingen auf sie los. Noch einen Augenblick und Tarzan und Taug würden in Stücke gerissen sein, um nachher bei der wilden Orgie eines Dum-Dum-Festes als Opfer zu dienen. Teeka drehte sich um und sah zurück. Sie sah das drohende Geschick ihrer Verteidiger, und in ihrem wilden Busen flammte der Funke des Märtyrertums auf, den ein gemeinsamer Vorfahre ebensogut Teeka, der wilden Äffin, wie den Frauen einer höheren Gattung vererbte, die für ihre Männer großherzig in den Tod gingen. Mit einem lauten Schrei warf sie sich den Kämpfern entgegen, die in breiter Masse am Fuße eines der großen über den Hain verstreuten Felsen heranrollten. Aber was konnte sie weiter tun? Das Messer in ihrer Hand konnte sie nicht mit Vorteil gebrauchen, weil sie zu schwach war. Sie hatte gesehen, wie Tarzan Wurfgeschosse schleuderte und hatte das mit manchem anderen von dem Spielgeführten ihrer Kindheit gelernt. Sie suchte nach etwas, das sie werfen konnte und berührte mit ihren Fingern die harten Gegenstände in der Tasche, welche dem Affenmenschen abgerissen worden war. Sie zerrte den Beutel auf, packte eine Handvoll der glänzenden Zylinder – für ihre Größe kamen sie ihr recht schwer vor und schienen gute Wurfgeschosse zu sein – und schleuderte sie mit aller Kraft gegen die vor dem Granitfelsen kämpfenden Affen.

Die Wirkung überraschte Teeka ebensosehr wie die Affen. Es gab eine laute, die Kämpfer betäubende Explosion und eine

Wolke beißenden Rauches. Niemals hatte einer dort je ein solch furchtbares Geräusch gehört. Vor Angst schreiend sprangen die fremden Bullen auf die Füße und flohen zum Jagdgrund ihres ruhigen Stammes zurück, während Taug und Tarzan langsam zur Besinnung kamen und sich lahm und blutend auf ihre Füße erhoben. Auch sie wären geflohen, hätten sie nicht Teeka mit dem Messer und der Tasche in den Händen vor sich stehen sehen.

Was war eigentlich los? fragte Tarzan.

Teeka schüttelte den Kopf. Ich warf diese da nach den fremden Bullen, damit hielt sie ihm eine weitere Handvoll der glänzen, den Metallzylinder mit den mattgrauen, konischen Enden hin. Tarzan besah sie und kratzte sich am Kopf.

Was ist das? fragte Taug.

Ich weiß nicht, sagte Tarzan. Ich habe sie gefunden.

Der kleine Affe mit dem grauen Barte hielt erst eine ganze Meile entfernt zwischen den Bäumen an und kauerte sich verstört gegen einen Ast. Er konnte nicht wissen, daß Tarzans toter Vater, aus der Vergangenheit über eine Spanne von zwanzig Jahren hinwegreichend, seines Sohnes Leben gerettet hatte.

Und Tarzan, Lord Greystoke, hatte davon ebensowenig sine Ahnung.

Ein Dschungelstreich

Es kam selten vor, daß Tarzan vor Langerweile nicht wußte, was er mit seiner Zeit anfangen sollte. Selbst wenn alles sich wiederholt, kann doch keine Eintönigkeit aufkommen, sofern die Wiederholung darin besteht, dem Tode erst in der einen und dann in der anderen Form auszuweichen oder darin, andere zu Tode zu bringen. In einem solchen Dasein findet sich Würze genug. Aber Affentarzan entwickelte auch dabei noch allerlei verschiedene Spielarten eigener Erfindung.

Er war nun voll ausgewachsen, bewegte sich mit der Anmut eines griechischen Gottes, besaß Sehnen wie ein Stier und hätte nun, nach allem Herkommen der Affensippe sauertöpfisch, mürrisch und verschlossen sein müssen, war es aber nicht. Seine Laune schien nicht zu altern – er war zum Mißbehagen seiner äffischen Genossen immer noch ein spielfrohes Kind. Sie konnten ihn und sein Wesen nicht verstehen, denn sie selbst vergaßen mit der Reife alsbald die Jugend und deren Spiele. Ebensowenig konnte sie Tarzan ganz verstehen. Es kam ihm merkwürdig vor, daß er erst vor wenigen Monaten Taugs Fuß mit der Schlinge gefangen und diesen dann schreiend durch das hohe Dschungelgras geschleppt hatte, bis der junge Affe sich befreite und mit ihm in gutgelauntem Kampfspiel herumrollte. Und als er heute an denselben Taug von hinten herangeschlichen war und ihn rücklings über den Rasen gezogen hatte, hatte sich anstelle des spielenden jungen Affen eine große, knurrende Bestie herumgeworfen und war ihm an die Kehle gefahren.

Tarzan entwischte mit Leichtigkeit dem Angriff, und Taugs Ärger legte sich alsbald, ohne aber der früheren Spiellust wieder Platz zu machen. Der Affenmensch merkte, daß Taug weder Lust an Unterhaltung hatte noch selbst unterhaltend war. Der mächtige Affenbulle schien jeden Sinn für Humor, den er einst besessen hatte, eingebüßt zu haben. Mit einem enttäuschten Knurren wendete sich der junge Lord Greystoke anderen Beschäftigungen zu. Eine schwarze Haarsträhne fiel ihm über ein Auge. Mit einer Bewegung der Hand und einem Zucken des Kopfes warf er sie zurück. Der Zwischenfall gab ihm etwas zu tun. Er suchte seinen Köcher, der in der Höhlung eines vom Blitz gespaltenen Baumstammes verborgen war, nahm die Pfeile heraus, drehte den Köcher um und leerte den Inhalt – seine paar Kostbarkeiten – auf den Boden. Ein flaches Stück Stein und eine Muschelschale, die er an der Bucht bei seines Vaters Hütte aufgelesen hatte, waren dabei.

Mit großer Sorgfalt rieb er die Kante der Schale auf dem flachen Stein hin und her, bis die weiche Kante ganz dünn und scharf war. Ganz wie ein Barbier das Rasiermesser abzieht und anscheinend mit ganz ähnlichen Handgriffen verfuhr er dabei. Aber seine Geschicklichkeit war der Erfolg jahrelanger peinlicher Bemühung. Ohne Belehrung ganz aus sich selbst heraus hatte er eine Methode gefunden, seiner Schale eine Schneide zu geben – er prüfte ihre Schärfe sogar am Daumenballen! – und als die Schärfe seinen Ansprüchen genügte, packte er die Haarsträhne, die ihm über die Augen fiel, mit Daumen und Zeigefinger der linken Hand und sägte solange mit seiner geschärften Schale daran, bis sie abgeschnitten war. So verfuhr er rund um seinen ganzen Haarschopf, bis dieser zu einer Art wirrer Ponyfrisur gestutzt war. Um das Aussehen kümmerte er sich dabei wenig, aber in bezug auf Sicherheit und Bequemlichkeit war die Sache wichtig genug. Eine zur Unzeit über die Augen fallende Locke konnte zwischen Leben und Tod entscheiden, während die langen über den Rücken hängenden Strähnen unbequem waren, besonders wenn Tau, Regen oder Schweiß sie anfeuchtete.

Während Tarzan seine Haarschneidearbeit ausführte, beschäftigte sich sein regsames Gehirn mit vielen Dingen. Er erinnerte sich seines jüngsten Kampfes mit einem Gorilla, dessen Wunden eben erst geheilt waren. Er grübelte über die seltsamen Abenteuer seiner ersten Träume nach und belächelte den schmerzhaften Ausgang seines letzten handgreiflichen, an der Horde geübten Scherzes, als er, in die Haut des Löwen Numa gehüllt, brüllend unter sie getreten war, worauf die großen Bullen, die er gelehrt hatte, wie sie sich vor den Angriffen ihres Erbfeindes zu schützen hätten, sich auf ihn gestürzt und ihn beinahe zu Tode gebracht hätten.

Inzwischen hatte er seine Haare zufriedenstellend gekürzt. Da Tarzan keine Möglichkeit sah, in der Gesellschaft der Affen seine Unterhaltung zu finden, schwang er sich in die Bäume hinaus und nahm den Weg nach seiner Hütte. Aber unterwegs wurde seine Aufmerksamkeit durch eine starke von Norden kommende Witterung abgelenkt. Es war der Geruch von Gomanganis.

Neugierde, das höchstentwickelte gemeinsame Erbteil von Mensch und Affe, bestimmte Tarzan jedesmal, wenn die Gomangani in Frage kamen, zu näherer Untersuchung. Sie hatten etwas an sich, das seine Einbildungskraft anregte. Möglicherweise war es die Verschiedenartigkeit ihrer Beschäftigungen und Interessen. Die Affen lebten nur, um zu essen, zu schlafen und sich fortzupflanzen. Dasselbe ließ sich von allen anderen Bewohnern der Dschungel sagen außer von den Gomangani. Diese schwarzen Gesellen tanzten und sangen, kratzten in der Erde, die sie sorgfältig von Bäumen und Unterholz befreit hatten, beobachteten die dann herauswachsenden Dinge, und schnitten sie beim Reifwerden ab, um sie in ihre strohgedeckten Hütten zu bringen. Sie fertigten Bogen, Speere, Pfeile, bereiteten Gift und machten sich Kochtöpfe und Gegenstände aus Metall, die sie um Arme und Beine trugen. Wenn ihre schwarzen Gesichter, ihre häßlichen, verstümmelten Gesichter nicht gewesen wären, und wenn nicht einer davon Kala getötet hätte, würde sich Tarzan gewünscht haben, einer der ihren zu sein. Wenigstens dachte er manchmal so, aber gleich darauf erhob sich in ihm immer ein merkwürdiges Gefühl des Abscheus, das er weder verstehen noch erklären konnte – er wußte nur, daß er die Gomangani haßte und daß er lieber Histah, die Schlange, als einer von ihnen sein wollte.

Aber ihre Sitten waren bemerkenswert, und Tarzan wurde nie müde, sie zu belauern, obgleich sein Hauptbestreben dabei stets war, einen neuen Weg zu finden, der ihr Leben elend machen konnte. Das Peinigen der Schwarzen war Tarzans Hauptzerstreuung.

Tarzan fand, daß die Schwarzen sehr nahe und in großer Zahl waren, darum ging er lautlos und mit größter Vorsicht weiter. Geräuschlos bewegte er sich durch das üppige Gras der offenen Flächen und schwang sich an den dichteren Stellen des Waldes von einem schwankenden Ast zum anderen oder er schnellte sich gewandt über die dichten verwachsenen Massen gestürzter Bäume, wo kein Weg über die unteren Äste zu finden und der Boden überwuchert und ungangbar war.

Er bekam bald die schwarzen Krieger des Häuptlings Mbonga in Sicht. Sie befaßten sich mit einer Arbeit, die Tarzan mehr oder weniger bereits kannte, da er ihr bei mehr als einer Gelegenheit zugesehen hatte. Sie stellten eine Lockfalle für Numa, den Löwen, auf. In einem auf Rädern stehenden Käfig banden sie ein Zicklein so an, daß Numa beim Ergreifen des armen Geschöpfes die Käfigtüre hinter sich zum Fallen brachte und dadurch gefangen war.

Diese Dinge hatten die Schwarzen in ihrer alten Heimat gelernt, ehe sie durch die jungfräuliche Dschungel sich nach dem Platze ihres neuen Dorfes flüchteten. Früher hatten sie im Belgisch-Kongo gelebt, bis sie die Grausamkeiten herzloser Unterdrücker gezwungen hatten, jenseits der Grenzen von Leopolds Domäne die Sicherheit noch unerforschter Einsamkeit aufzusuchen.

In ihrem früheren Leben dort hatten sie oft für die Agenten europäischer Händler wilde Tiere in Fallen gefangen und dabei von jenen allerlei Kunstgriffe gelehrt bekommen, wie diesen einen, der ihnen ermöglichte, Numa unverletzt gefangen zu nehmen und ihn sicher und verhältnismäßig leicht nach ihrem Dorfe zu schaffen. Sie fanden zwar jetzt für ihre wilde Ware keinen weißen Markt mehr, aber es bestand immer noch genügender Anreiz, Numa lebendig zu fangen. Erstlich bestand die Notwendigkeit, die Dschungel von menschenfressenden Tieren zu säubern, und nur nach Plünderungen durch solche grimmigen, schrecklichen Plagegeister wurde eine Löwenjagd organisiert. Der zweite Beweggrund war die Veranstaltung einer zur Orgie werdenden Feier, wenn die Jagd erfolgreich war, und die Tatsache, daß dabei ein Lebewesen zu Tode gebracht werden konnte, machte ihnen solche Feste doppelt erfreulich.

Tarzan hatte schon früher diese grausamen Gebräuche mit angesehen. Selbst viel wilder als die wildesten Krieger der Gomangani, war er über ihre Grausamkeit nicht so entsetzt, als er hätte sein sollen, aber er fühlte sich doch davon abgestoßen. Obgleich er Numa nicht liebte, sträubten sich ihm doch vor Grimm alle Haare, wenn die Schwarzen ihrem Feinde solchen Schimpf und solche Grausamkeiten antaten, wie sie nur der Verstand des Menschen ersinnen kann.

Schon bei zwei Gelegenheiten hatte er Numa aus der Falle befreit, ehe die Schwarzen zurückgekehrt waren, um sich über Erfolg oder Fehlschlag ihres Versuches zu unterrichten. Heute würde er das wieder tun – sobald er die Absicht der Schwarzen erkannt hatte, faßte er diesen Entschluß.

Die Krieger ließen die Falle in der Nähe der Wasserstelle auf der breiten Elefantenfährte stehen und begaben sich zu ihrem Dorfe zurück. Am nächsten Morgen würden sie wiederkommen. Tarzan sah ihnen mit einem ihm selbst unbewußten Nasenrümpfen, dem Erbteil seiner von ihm selbst ungeahnten Rasse, nach. Er sah sie im Gänsemarsch abziehen, wie sie unter dem überhängenden Grün belaubter Zweige und verschlungener und girlandenartiger Schlingpflanzen hindurchpassierten, während sie mit ihren ebenholzfarbenen Schultern die prächtigen Blumen streiften, die eine unergründliche Natur an den Stellen am üppigsten gedeihen läßt, die menschlichen Augen am seltensten zu Gesicht kommen.

Durch die zusammengekniffenen Lider spähte Tarzan, bis der letzte der Krieger hinter einer Krümmung der Fährte verschwand, dann änderte sich sein Gesichtsausdruck unter dem Aufkeimen eines neuen Gedankens. Ein schwaches, grimmiges Lächeln trat auf seine Lippen. Er blickte auf das erschreckte, meckernde Zicklein herab, das in seiner Angst und Unschuld seinen Aufenthaltsort und seine Hilflosigkeit noch verriet.

Tarzan ließ sich auf den Boden fallen, ging zu der Falle und trat hinein. Ohne das Grasseil, das im rechten Augenblick das Tor fallen lasten sollte, zu berühren, machte er den lebenden Köder los, nahm ihn unter den Arm und ging aus der Falle.

Mit seinem Jagdmesser brachte er das erschreckene Geschöpf zur Ruhe, indem er ihm den Hals durchschnitt, dann schleifte er es noch blutend die Fährte bis zur Wasserstelle entlang, während immer das halbe Lächeln auf seinem gewöhnlich ernsten Gesicht schwebte. Am Ufer des Wassers bückte sich der Affenmensch und entfernte mit Jagdmesser und geschickten starken Fingern flink die Eingeweide des toten Zickleins. Er kratzte im Schlamm ein Loch, vergrub diese Teile, die er nicht aß, warf den Körper auf die Schulter und schwang sich auf die Bäume hinauf.

Kurze Zeit verfolgte er seinen Weg in den Fußtapfen der Krieger, dann vergrub er das Fleisch seiner Beute, um es vor Plünderung durch Dango, die Hyäne, oder die anderen fleischfressenden Vierfüßler und Vögel der Dschungel zu bewahren. Er war zwar sehr hungrig. Wäre er nichts weiter als nur ein Tier gewesen, dann hätte er sich jetzt an sein Mahl gemacht. Aber sein Menschengehirn konnte noch dringendere Vorhaben als die Ansprüche des Magens beherbergen, und im Augenblick war er voll und ganz mit einem Gedanken beschäftigt, der das Lächeln auf seinen Lippen hielt und seine Augen vor lauter Vorfreude funkeln ließ. Ein Gedanke war es, der ihn sogar seinen Hunger vergessen ließ.

Sobald Tarzan sein Fleisch sicher verborgen hatte, trabte er hinter den Gomangani her, die Elefantenfährte entlang. Zwei oder drei Meilen von dem Käfig entfernt erreichte er sie wieder, schwang sich auf die Bäume und wartete – sich über und hinter ihnen haltend – bis die günstige Gelegenheit kam.

Unter den Schwarzen befand sich Rabba Kega, der Zauberer. Tarzan haßte sie alle, aber diesen Rabba Kega haßte er ganz besonders. Während die Schwarzen auf dem gewundenen Pfade weiterzogen, blieb der müde und faul gewordene Rabba Kega etwas zurück. Tarzan bemerkte das mit größter Genugtuung – seine ganze Person strahlte nun vor grimmiger und grausiger Zufriedenheit. Wie der Engel des Todes schwebte er über dem ahnungslosen Schwarzen.

Rabba Kega wußte zwar, daß das Dorf schon nahe war, aber er setzte sich noch einmal zum Ausruhen hin. Ruhe sanft, o Rabba Kega! Es ist deine letzte Gelegenheit dazu.

Tarzan stahl sich auf den Zweigen der Bäume bis über den wohlgenährten, selbstzufriedenen Zauberer. Er machte kein Geräusch, das die harthörigen Ohren eines Menschen außer dem Rauschen des sanften Dschungellüftchens im Laubwerk der untersten Zweige hätten vernehmen können. Als er dicht über dem Neger war, hielt er, durch dichtbelaubte Zweige und Schlingpflanzen wohl verborgen, an.

Rabba Kega saß mit dem Rücken an den Stamm eines Baumes gelehnt und hielt das Gesicht Tarzan zugekehrt. Seine Stellung war nicht so günstig, wie sie sich das lauernde beutelüsterne Geschöpf wünschte. Deshalb kauerte der Affenmensch regungslos und still wie ein gemeißeltes Standbild oben, bis die Frucht zum Pflücken reif wurde. Ein giftiges Insekt kam mit bösartigem Summen durch die Luft angebrummt. In Kreisen zog es dicht vor Tarzans Gesicht umher. Tarzan sah es und erkannte es. Das Gift seines Stachels bedeutete für kleinere Wesen als ihn den Tod, für ihn dagegen tagelange Qualen. Er rührte sich nicht. Seine glitzernden Augen blieben weiter auf Rabba Kega geheftet, nachdem sie mit einem einzigen Blick das Erscheinen der geflügelten Marter festgestellt hatten. Er hörte und verfolgte die Bewegungen des Insekts mit seinen scharfen Ohren, dann fühlte er, wie es sich auf seine Stirn setzte. Keiner seiner Muskeln zuckte, denn bei Geschöpfen, wie er war, sind die Muskeln die Diener des Gehirns. Das schreckliche Tier krabbelte ihm über das Gesicht, über Nase, Lippen und Kinn. Auf der Kehle hielt es an, machte Kehrt und ging wieder zurück. Tarzan bewachte immer noch Rabba Kega. Nicht einmal seine Augen bewegten sich. So regungslos hockte er da, daß nur der vollendete Tod seiner Bewegungslosigkeit gleichkommen konnte. Das Insekt kletterte über seine braune Wange hinauf und hielt an, während es mit den Fühlern an den Wimpern des Unterlides spielte. Wir wären zurückgefahren, hätten die Augen geschlossen und nach dem Tier geschlagen; denn wir sind Sklave, nicht Herr unserer Nerven. Selbst wenn das Geschöpf auf den Augapfel des Affenmenschen geklettert wäre, läßt sich denken, daß er hätte die Augen offen und starr halten können; aber das Tier kroch nicht weiter. Einen Augenblick blieb es nahe am Unterlid sitzen, dann flog es auf und summte davon.

Hinunter zu Rabba Kega wandte sich das Insekt, der Schwarze hörte es, sah es, schlug danach und erhielt einen Stich in die Wange, ehe er es töten konnte. Dann erhob sich dieser mit einem ärgerlichen Schmerzgeheul, aber als er sich der

Fährte nach dem Dorfe des Häuptlings Mbonga zuwandte, entblößte er dem schweigsam über ihm lauernden Ding feinen breiten, schwarzen Rücken.

Als nun Rabba Kega herumfuhr, sauste eine schlanke Gestalt aus dem Baume oben heraus auf seine breiten Schultern herab. Die Wucht der auf ihn springenden Person schlug Rabba Kega zu Boden. Er fühlte, wie sich starke Zähne in seinen Nacken schlugen, und als er zu schreien versuchte, würgten ihm stählerne Finger die Kehle zu. Der kräftige schwarze Krieger suchte sich freizumachen, aber unter dem Griff seines Gegners war er wie ein Kind.

Tarzan lockerte seinen Griff um des andern Hals gleich wieder, aber sobald Rabba Kega zu schreien versuchte, würgten ihn die grausamen Finger ohne Gnade. Schließlich ließ es der Schwarze sein. Darauf erhob sich Tarzan halb und kniete auf dem Rücken seines Opfers, aber als Rabba Kega sich aufrichten wollte, drückte ihm Tarzan das Gesicht in den Schmutz der Fährte. Mit dem Stück Strick, das die Ziege festgehalten hatte, band Tarzan Rabba Kega die Hände fest auf den Rücken, dann stand er auf, riß seinen Gefangenen auf die Füße, stellte ihn mit dem Gesicht nach der Fährte und stieß ihn vorwärts.

Erst als er wieder auf seine Füße gestellt wurde, konnte Rabba Kega einen richtigen Blick auf seinen Angreifer tun. Als er sah, daß es der weiße Teufelsgott war, sank ihm aller Mut, und seine Knie begannen zu zittern. Aber als er vor seinem Besieger die Fährte immer weiter entlang gehen mußte, ohne daß er verletzt oder gepeinigt wurde, schöpfte er langsam wieder Mut. Möglicherweise wollte ihn der Teufelsgott nachher gar nicht töten. Hatte er nicht den kleinen Tibo wochenlang in seiner Gewalt gehabt, ohne ihm etwas zu tun, und hatte er nicht Momaya, Tibos Mutter, verschont, trotzdem er sie so leicht hätte töten können?

Aber nun kamen sie an den Käfig, den Rabba Kega mit den anderen schwarzen Kriegern vom Dorfe des Häuptlings Mbonga aufgestellt und mit dem Köder versehen hatte. Rabba Kega sah, daß die Lockspeise verschwunden war, obgleich weder ein Löwe im Käfig saß, noch auch die Türe gefallen war. Er sah das mit Erstaunen, und nicht ganz ohne dunkle

Vorahnung. Sein dummer Schädel sagte sich, daß diese Verquickung von Umständen irgendwie mit seiner Anwesenheit als Gefangener des Teufelsgottes in einem Zusammenhang stehen müsse.

Er täuschte sich auch nicht, denn Tarzan stieß ihn rauh in den Käfig hinein, und im gleichen Augenblick verstand Rabba Kega die ganze Sache. Aus jeder Pore seines Körpers drang der kalte Schweiß – wie im Fieber schüttelte er sich – denn der Affenmensch band ihn sorgfältig an derselben Stelle fest, die vor ihm das Zicklein eingenommen hatte. Der Zauberer bettelte erst um sein Leben, dann um einen weniger grausamen Tod, aber er hätte ebensogut sein Flehen für Numa aufheben können, denn sie waren auch jetzt schon nur an ein wildes Tier gerichtet, das kein Wort von dem verstand, was er sagte.

Aber da sein dauerndes Gejammer Tarzan, der stets schweigend arbeitete, nicht nur ärgerte, sondern auch vermuten ließ, daß der Schwarze seine Stimme nachher zu Hilferufen erheben könnte, trat er aus dem Käfig, pflückte eine Handvoll Gräser und einen kleinen Stock und stopfte, in den Käfig zurückgekehrt, das Gras in Rabba Kegas Mund, klemmte ihm den Stock quer zwischen die Zähne und band ihn mit der Schnur von Rabba Kegas Lendentuch fest. Nun konnte der Zauberer nur noch mit den Augen rollen und schwitzen.

Und dabei ließ ihn Tarzan.

Der Affenmensch begab sich zunächst wieder an den Fleck, wo er den Körper des Zickleins verborgen hatte. Er grub ihn aus, kletterte auf einen Baum und ging an die Befriedigung seines Hungers. Den übrigbleibenden Rest vergrub er wieder. Dann schwang er sich durch die Bäume nach dem Wasserloch und ging zu der Stelle, an welcher zwischen zwei Felsen frisches, kaltes Wasser hervorsprudelte. Dort nahm er einen tiefen Trunk. Mochten die übrigen Tiere hineinwaten und stehendes Wasser trinken, Affentarzan liebte das nicht. In solchen Sachen war er wählerisch. Er wusch sich jede Spur der widerlichen Witterung des Gomangani von den Händen. Dann erhob und streckte er sich, selbst einer riesigen, behaglich trägen Katze nicht unähnlich, kletterte auf den nächsten Baum und schlief ein.

Als er wieder erwachte, war es bereits dunkel, obgleich noch schwaches Leuchten den Himmel im Westen rötete. Ein Löwe rohrte und hustete, während er durch die Dschungel zur Wasserstelle schritt. Er näherte sich der gewöhnten Tränke. Tarzan grinste schläfrig, änderte seine Lage etwas und schlief wieder ein.

Als die Schwarzen des Häuptlings Mbonga ihr Dorf erreichten, entdeckten sie, daß Rabba Kega nicht unter ihnen war. Nachdem einige Stunden verstrichen waren, sagten sie sich, daß ihm etwas zugestoßen sein müsse, und die Mehrzahl der Stammesangehörigen hegte die stille Hoffnung, daß, was ihm auch immer zugestoßen sein sollte, der Ausgang tödlich sein möge. Sie liebten den Zauberer alle nicht; Liebe und Furcht sind selten Genossen; aber ein Dorfgenosse ist ein Dorfgenosse, daher schickte Mbonga eine Abteilung nach ihm auf die Suche. Daß sein eigener Kummer nicht untröstlich war, ging aus der Tatsache hervor, daß er selbst zu Hause blieb und sich schlafen legte. Die jungen Krieger, bis er ausgeschickt hatte, blieben ihrem Auftrag eine volle Stunde lang getreu, bis zum Unglück für Rabba Kega – von solchen Geringfügigkeiten kann das Geschick eines Menschen abhängen – ein Honigvogel die Aufmerksamkeit der Suchabteilung ablenkte und sie an den Ort des köstlichen, süßen Speichers führte, den er eben verraten hatte.

Damit war Rabba Kegas Schicksal besiegelt.

Als die Sucher ohne ihn heimkamen, stellte sich Mbonga wütend; aber sein Zorn legte sich, als er sah, welche Menge Honig sie mitgebracht hatten. Übrigens praktizierte bereits Tubuto, ein junger, gewandter Krieger von schlechtem Charakter, an einem kranken Kinde in der Hoffnung, Rabba Kegas Amt und seine Zaubergeräte sich aneignen zu können. Heute nacht würden die Weiber des alten Zauberers jammern und heulen, morgen würde er vergessen sein. So geht es mit dem Leben, mit dem Ruhme, mit der Macht, im höchstzivilisierten Zentrum der Welt wie in den Tiefen der schwarzen Urwalddschungel. Immer und überall bleibt der Mensch ein Mensch und er hat sich unter seinem äußeren Firnis wenig geändert seit den sechs Millionen Jahren, als er noch zwischen zwei Felsen in ein Loch schlüpfte, um dem Tyrannosaurus zu entgehen.

Am Morgen nach Rabba Kegas Verschwinden zogen die Krieger unter dem Häuptling Mbonga aus, um die für Numa aufgestellte Falle nachzusehen. Schon lange, ehe sie den Käfig erreichten, hörten sie das Brüllen eines großen Löwen und errieten, daß sie einen guten Fang gemacht hatten. Daher näherten sie sich mit freudigem Jauchzen der Stelle, an welcher sie ihren Gefangenen finden mußten.

Ja! da war er. Ein großes, prächtiges Exemplar – ein ungeheurer, schwarzmähniger Löwe. Sie machten Luftsprünge und stießen wilde Schreie – heisere Siegesschreie aus. Vor Entzücken waren die Krieger wie wahnsinnig. Dann kamen sie näher und – die Schreie erstarben ihnen auf den Lippen, ihre Augen wurden so groß, daß man rund um die Iris das Weiße sah, während ihre heruntergezogenen Lippen mit den herunterfallenden Unterkiefern noch tiefer hingen. Entsetzt wichen sie vor dem im Käfig sich bietenden Anblick zurück – drinnen lag die zermalmte und verstümmelte Leiche dessen, der gestern noch Rabba Kega, der Zauberer, gewesen war.

Der gefangene Löwe war zu zornig und erschreckt gewesen, um den Körper seines Opfers zu fressen, aber er hatte seinen Grimm so daran ausgelassen, daß es fürchterlich anzuschauen war.

Affentarzan, Lord Greystoke, sah aus der Nähe von einem Baume auf die schwarzen Krieger herab und lachte. Endlich war sein Selbstvertrauen in seine Fähigkeit als gewandter Scherzmacher wieder hergestellt. Seit den schmerzhaften Quetschungen, die er damals davongetragen hatte, als er mit dem Fell Numas angetan unter Kerschaks Affen gesprungen war, hatte dieses Talent einige Zeit still gelegen. Aber dieser neue Streich war entschieden ein Erfolg.

Nach einigen Augenblicken des Schauders traten die Schwarzen näher an den Käfig heran, denn Furcht machte der Wut Platz – der Wut und der Neugierde. Wie kam Rabba Kega in den Käfig? Wo war das Zicklein? Von dem ursprünglich als Köder bestimmten Tier war keine Spur mehr zu sehen. Sie sahen schärfer hin und bemerkten zu ihrem Entsetzen, daß der

Körper ihres toten Gefährten mit demselben Strick gebunden war, mit dem sie die Ziege festgemacht hatten. Wer konnte das getan haben? Sie sahen einander an.

Tubuto war der erste, der das Wort ergriff. Er war diesen Morgen hoffnungsvoll mit zu der Unternehmung ausgezogen. Vielleicht ließ sich irgendwo ein Anzeichen von Rabba Kegas Tod finden. Nun war er gefunden, und er war der erste, Erklärung dafür zu geben.

Der weiße Teufelsgott, flüsterte er. Es ist das Werk des weißen Teufelsgottes.

Keiner widersprach Tubuto, denn wer konnte es denn in der Tat weiter gewesen sein, als der große, unbehaarte Affe, den sie alle so fürchteten? Und so bekam ihr Haß gegen Tarzan wieder neuen Zuwachs, aber zusammen mit einer Vergrößerung ihrer Furcht vor ihm. Tarzan aber saß oben auf seinem Baume und schüttelte sich vor Lachen.

Kein einziger fühlte wegen Rabba Kegas Tod Trauer, aber jeder der Schwarzen empfand persönliche Furcht vor jenem erfinderischen Geist, der für jeden von ihnen eine ebenso schreckliche Todesart aussinnen konnte, wie sie der Zauberer hatte erdulden müssen. Eine gedemütigte und recht nachdenkliche Gesellschaft war es, die den gefangenen Löwen auf der breiten Elefantenfährte zum Dorfe des Häuptlings Mbonga schleppte. Mit einem Seufzer der Erleichterung rollten sie endlich den Käfig in das Dorf und schlossen hinter sich die Tore. Jeder von ihnen hatte, seit sie den Fleck, auf dem der Käfig gestanden hatte, verließen, das Gefühl, als ob sie beobachtet würden, obgleich keiner von ihnen etwas gehört oder gesehen hatte, das ihrer Angst hätte greifbare Nahrung geben können.

Beim Anblick der Leiche im Löwenkäfig stimmten die Weiber und Kinder eine fürchterliche Wehklage an und arbeiteten sich dabei in eine vergnügliche Hysterie hinein, welche die unterhaltende Niedergeschlagenheit weit übertraf, die manche ihrer zivilisierten Vorbilder sich dadurch verschafften, daß sie ihre Zeit zwischen den Lichtspielen und den Leichenbegängnissen von Bekannten und Unbekannten – besonders von Unbekannten – aus der Nachbarschaft teilen. Von einem die Palisaden überragenden Baume aus übersah Tarzan alles, was im

Dorfe vorging. Er sah, wie die sich wie irrsinnig gebärdenden Weiber den großen Löwen mit Steinen und Stöcken peinigten. Die Grausamkeit der Schwarzen gegen wehrlose Gefangene erzeugte stets in Tarzan ein Gefühl zorniger Verachtung für die Gomangani. Er würde es schwierig gefunden haben, dies Gefühl zu erklären, denn Zeit seines Lebens war er an den Anblick von Leiden und Grausamkeit gewöhnt. Er war ja selbst grausam. Alle Dschungeltiere waren grausam; aber die Grausamkeit der Schwarzen war ganz anderer Art. Die ihrige war jene Grausamkeit, die wollüstig die Wehrlosen martert, während die Grausamkeit Tarzans und der Tiere um ihn die der Notwendigkeit oder der Leidenschaft war. Tarzan fühlte sich dabei einzig als Angehöriger einer Affenhorde, als Sohn einer Äffin.

Derweil wuchs im gleichen Maße wie sein Grimm gegen die Gomangani sein rauhes Mitgefühl für Numa, den Löwen, denn obgleich Numa das Leben lang sein Feind blieb, fühlte Tarzan gegen ihn doch weder Bitternis noch Verachtung. Deshalb gewann in dem ganz auf sich selbst angewiesenen und von keiner Zivilisation angeleiteten Affenmenschen der Entschluß, die Schwarzen zu enttäuschen und Numa zu befreien, feste Gestalt. Aber er mußte die Ausführung in eine Form bringen, die den Gomangani den größtmöglichsten Ärger und stärkstes Mißbehagen verursachte.

Während er so hockte und die Vorgänge unten bewachte, sah er, wie die Krieger an den Käfig nochmals Hand anlegten und ihn zwischen zwei Hütten hineinschoben. Tarzan wußte nun, daß er bis zum Abend dort stehen bleiben würde und daß die Schwarzen ein Festessen und eine Tanzorgie zur Verherrlichung ihres Fanges planten. Als er vollends sah, daß zwei Krieger am Käfig aufgestellt wurden, und daß diese die Weiber, Kinder und jungen Leute wegtrieben, die vermutlich Numa gleich zu Tode gequält haben würden, wußte er, daß der Löwe sicher war, bis er zur Unterhaltung gebraucht wurde, bei der er dann auf grausamere und genau ausgeklügelte Methode zur Erbauung des versammelten Stammes zu Tode gepeinigt werden sollte.

Nun legte Tarzan großen Wert darauf, die Neger in so theatralischer Weise, wie sie sein erfindsames Gehirn nur ausdenken konnte, zu hetzen. Er besaß schon so halb und halb einen Begriff von ihrer abergläubischen Furcht und besonders vor ihrem Schauder vor der Nacht, und darum beschloß er, zu warten, bis es dunkel war und bis sich die Schwarzen mit ihren Tänzen und religiösen Gebräuchen in die richtige hysterische Stimmung gebracht hatten. Er hoffte, daß ihm inzwischen eine angemessene Idee kommen werde. Und er brauchte nicht allzulange darüber nachzudenken.

Während er sich auf der Jagd nach Nahrung durch die Dschungel schwang, kam ihm der Plan. Erst lächelte er nur und sah zweifelnd drein, denn ihm blieb noch eine recht lebhafte Erinnerung an den wenig erbaulichen Schluß, den ihm die Ausführung einer ebenso wunderschönen Idee in fast denselben Gedankengängen gebracht hatte. Aber trotzdem konnte er sich von diesem Plane nicht losreißen, bis er einen Augenblick später seinen Hunger ganz vergaß und sich in mittlerer Höhe der Bäume rasch nach den Jagdrevieren von Kerschaks, des großen Affen, Horde dahin schwang.

Gewohnheitsmäßig landete er mitten unter dem kleinen Trupp, ohne seine Ankunft anders wie durch einen wilden Schrei anzumelden, gerade als er von einem überhängenden Zweige zu ihnen heruntersprang. Zum Glück leiden die Arten, zu denen Kerschaks Affen gehören, nicht an Herzfehlern, denn Tarzans Handlungsweise verursachte ihnen ein über das andere Mal einen schweren Nervenschock, und sie konnten sich nie und nimmer an seine eigenartige Form von Humor gewöhnen.

Als sie nun wieder gesehen hatten, wer es war, knurrten und schnarrten sie nur für einen Augenblick ärgerlich, dann nahmen sie wieder ihr Äsen oder ihr Schläfchen auf, je nachdem, worin sie gestört worden waren. Er hatte wieder seinen kleinen Scherz gemacht und begab sich zu dem hohlen Baume, in dem er seine Schätze vor den neugierigen Augen und Fingern seiner Gefährten und der nichtsnutzigen kleinen Manus verbarg. Er zog eine fest zusammengerollte Haut heraus. Numas Fell mit dem Kopfe daran: ein artiges Stück primitiver Gerberei und Ausstopfung, das einst Eigentum des Zauberers Rabba Kega gewesen war, ehe es Tarzan aus dem Dorfe gestohlen hatte.

Dieses Fell nahm er mit sich durch die Dschungel nach dem Dorfe der Schwarzen und machte unterwegs Halt, um etwas zu jagen und zu essen und im Laufe des Nachmittags ein Stündchen zu schlafen, so daß er gerade bei eintretender Dunkelheit wieder den großen Baum über der Palisade bestieg, der ihm einen Überblick über das ganze Dorf gestattete. Er sah, daß Numa noch am Leben war und daß die zwei Wächter neben dem Käfig schliefen. Ein Löwe ist für die im Löwengebiet lebenden Schwarzen keine große Neuigkeit, und als ihrem scharfen Verlangen, das Tier zu quälen, die Spitze abgebrochen war, schenkten die Dorfbewohner der großen Katze wenig oder keine Aufmerksamkeit mehr und sparten sich lieber alles für das große Abendereignis auf.

Gar nicht lange nach Einbruch der Dunkelheit begann denn auch die Feier. Unter dem Schlagen der Tam-Tams sprang ein einzelner Krieger ganz gebückt in den feuerbeschienenen großen Kreis der übrigen Krieger, hinter denen die Weiber und Kinder standen oder saßen. Der Tänzer trug die für eine Jagd übliche Bemalung und Bewaffnung, und seine Bewegungen und Gesten spielten die Suche nach einer Wildfährte vor. Tief heruntergebeugt, manchmal auf einem Knie, suchte er den Boden nach Spuren der Beute ab; dann stand er wieder balancierend wie eine Statue und lauschte. Der Krieger war jung, schlank und anmutig; dazu war er muskulös und pfeilgerade gewachsen. Der Feuerschein glänzte auf seinem schwarzen Körper und hob die grotesken Zeichnungen auf Gesicht, Brust und Leib kühn hervor.

Jetzt bog er sich tief zur Erde hinab, dann sprang er mit einem Satze hoch in die Luft. Jeder Zug des Gesichtes, jeder Muskel des Körpers deutete an, daß er die Spur gefunden hatte. Er sprang ohne Pause zu dem ihn umringenden Kreis der Krieger, teilte ihnen seine Entdeckung mit und forderte sie zur Jagd auf. Alles geschah mimisch, aber in so guter Darstellung, daß Tarzan ihr bis in die kleinste Kleinigkeit folgen konnte.

Er sah, wie die übrigen Krieger ihre Jagdspeere ergriffen, auf die Füße sprangen und sich dem anmutigen, sich dahinstehlenden »Pirschgang«-Tanz anschlossen. Das war äußerst sehenswert. Aber Tarzan wußte, wenn er seinen Plan zum erfolgreichen Abschluß bringen wollte, dann mußte er jetzt schnell handeln. Er hatte diese Tänze schon früher mit angesehen und wußte, daß nach dem Beschleichen das »Wild gestellt« und dann »Halali« kam, währenddessen Numa von den Kriegern so umgeben war, daß er nicht mehr an ihn herankommen konnte.

Mit dem Löwenfell unter dem Arme sprang der Affenmensch in den dichten Schatten unter dem Baume herab und im Bogen hinter den Hütten entlang, bis er gerade hinter den Käfig kam, in welchem Numa ruhelos hin und her schritt. Der Käfig war jetzt unbewacht, denn die beiden Krieger hatten sich fortgemacht, um ihren Platz unter den übrigen Tänzern einzunehmen.

Hinter dem Löwenkäfig legte Tarzan das Löwenfell an, gerade wie er es bei jener denkwürdigen Gelegenheit gemacht hatte, als Kerschaks Affen, die seine Verkleidung nicht durchschauten, ihn beinahe erschlagen hätten. Dann kroch er auf allen Vieren vorwärts, tauchte zwischen den beiden Hütten auf und stand einige Schritte hinter den schwarzen Zuschauern, deren ganze Aufmerksamkeit sich auf die Tänzer vor ihnen richtete.

Tarzan sah, daß sich die Schwarzen inzwischen in genügende nervöse Erregung hineingebracht hatten, um für den Löwen reif zu sein. Im nächsten Augenblick würde sich die dem gefangenen Löwen zunächst befindliche Seite des Ringes öffnen und das Opfer würde in die Mitte des Kreises gerollt werden. Auf diesen Augenblick wartete Tarzan.

Endlich kam er. Auf ein vom Häuptling Mbonga gegebenes Zeichen erhoben sich die Weiber und Kinder unmittelbar vor Tarzan und traten zur Seite, einen breiten Zugang zu dem Löwenkäfig öffnend. Im selben Augenblick ließ Tarzan das leise, hustende Brüllen eines zornigen Löwen hören und schlich langsam durch die offene Lücke auf die verzückten Tänzer zu.

Ein Weib sah ihn zuerst und schrie laut auf. Im Nu entstand in der unmittelbaren Nähe des Affenmenschen eine Panik. Der helle Feuerschein beleuchtete voll das Haupt des Löwen und die Schwarzen schlossen – wie das Tarzan vorhergesehen hatte

– sofort, daß ihr Gefangener aus seinem Käfig ausgebrochen sei.

Mit erneutem Brüllen rückte Tarzan vor. Die tanzenden Krieger hielten nur einen Augenblick stand. Sie hatten einen sicher im starken Käfig aufbewahrten Löwen zu jagen geglaubt, aber nun, da er in Freiheit unter ihnen stand, sah die Sache ganz anders aus. Auf diese Wendung waren ihre Nerven nicht gefaßt. Die Weiber und Kinder hatten bereits die fragwürdige Sicherheit der nächsten Hütten aufgesucht, und die Krieger bedachten sich nicht lange, ihrem Beispiel zu folgen, so daß sich Tarzan plötzlich im alleinigen Besitze der Dorfstraße fand.

Aber das dauerte nicht lange, und es hätte ihm auch nicht in seinen Plan gepaßt, lange so allein gelassen zu werden. Schon lugte ein Kopf aus einer nahegelegenen Hütte hervor, dann noch einer und noch einer, bis ein Dutzend oder mehr Krieger nach ihm Ausschau hielten und auf seine nächste Bewegung warteten – ob der Löwe angreifen oder den Versuch zur Flucht aus dem Dorfe machen würde.

Für beide Fälle, Angriff oder Versuch zum Ausbrechen zur Freiheit, hielten sie nun ihre Sperre bereit, da erhob sich der Löwe aufrecht auf die Hinterpranken, ließ das lohfarbene Fell von den Schultern fallen, und im Feuerschein stand die hochgewachsene, jugendliche Gestalt des weißen Teufelsgottes.

Für kurze Zeit waren die Schwarzen zu bestürzt zum Handeln. Sie fürchteten diese Erscheinung ebensosehr wie Numa, doch hätten sie mit Freude das Geschöpf getötet, wenn sie nur ihr bißchen Verstand hätten rasch genug wieder zusammenbringen können. Aber Furcht, Aberglaube und angeborene geistige Schwerfälligkeit hielten sie gelähmt, während sich der Affenmensch bückte und sein Löwenfell aufnahm. Sie sahen, wie er sich umdrehte und in den Schatten am anderen Ende des Dorfes verschwand. Erst dann sammelten sie Mut, um ihn zu verfolgen; aber als sie sich speerschwingend und mit lauten Kriegsrufen in genügender Anzahl gesammelt hatten, war die Beute fort.

Tarzan hielt sich nicht einen Augenblick auf dem Baume auf. Er warf das Fell über einen Ast, sprang auf der anderen Seite des Baumstammes wieder in das Dorf hinab, tauchte in den Schatten einer Hütte und rannte von da rasch zu dem eingekerkerten Löwen. Mit einem Satze war er auf dem Käfig und zog an dem Strick, der das Tor in die Höhe hob. Einen Augenblick später sprang ein riesiger Löwe in der Blüte seiner Kraft und Stärke heraus in das Dorf.

Die von der vergeblichen Verfolgung Tarzans zurückkommenden Krieger sahen ihn in den Feuerschein heraustreten. Ah! da war ja der Teufelsgott wieder und suchte seinen alten Streich noch einmal zu spielen. Dachte er etwa, er könne zweimal die Leute des Häuptlings Mbonga zum Narren halten, zweimal so kurz nacheinander? Diesmal wollten sie es ihm aber zeigen! Lange genug hatten sie auf eine Gelegenheit gewartet, sich für immer von diesem furchtbaren Dschungeldämon zu befreien. Wie ein Mann warfen sie sich ihm mit erhobenen Speeren entgegen.

Die Weiber und Kinder kamen aus den Hütten, um die Tötung des Teufelsgottes mitanzusehen. Der Löwe richtete erst seine funkelnden Augen auf sie, dann stürzte er sich auf die anrückenden Krieger.

Mit wilden Freudenrufen und mit Triumphgeschrei kamen sie ihm entgegen und bedrohten ihn mit den Speeren. Der Teufelsgott konnte ihnen nicht mehr entkommen!

Aber Numa, der Löwe, sprang sie nun mit fürchterlichem Brüllen an.

Des Häuptlings Mbonga Leute begegneten ihm mit vorgehaltenen Speeren und höhnischen Rufen. In einer zusammengeballten Mauer schwarzer Muskeln ließen sie den Teufelsgott herankommen, doch unter ihrem tapferen Äußeren saß eine gruselnde Furcht, daß womöglich doch nicht alles richtig war – vielleicht erwies sich dieses merkwürdige Geschöpf als unverwundbar für ihre Waffen und würde sie für ihre beleidigende Kühnheit hart bestrafen. Der anspringende Löwe war eigentlich viel zu lebenswahr – das sahen sie schon in dem kurzen Augenblick seines Ansehens. Aber sie wußten ja, daß unter dem gelben Fell das weiche Fleisch eines weißen Mannes steckte, und wie sollte das dem Angriff so vieler Sperre standhalten?

In vorderster Front stand ein ungeheurer junger Krieger in der ganzen Anmaßung seiner Kraft und Jugend. Sich fürchten? Er nicht! Er lachte, als Numa auf ihn herunterkam, lachte, schwang seinen Speer und richtete die Spitze auf die breite Brust, da war der Löwe schon auf ihm. Eine riesige Pranke schlug den schweren Kriegsspeer zur Seite, der wie ein dürrer Zweig in der Hand eines Menschen zersplitterte.

Ein zweiter Schlag streckte den Schwarzen mit zerschmettertem Schädel zu Boden. Und nun war Numa mitten unter den Kriegern, nach rechts und links schlagend und zerreißend. Dem konnten sie nicht lange standhalten; ein volles Dutzend von ihnen lag zermalmt, ehe sich die übrigen vor den fürchterlichen Pranken und glitzernden Fängen retten konnten.

In ihrer Angst flohen die Dorfbewohner dahin und dorthin. Keine Hütte schien mehr sichere Freistatt zu bieten, solange Numa innerhalb der Palisade weilte. Von einer zur anderen flüchteten die entsetzten Schwarzen, während Numa funkelnden Auges über seinen Opfern stand und knurrte.

Zuletzt riß einer vom Stamme das Dorftor auf und suchte sich auf den Zweigen der Bäume im Wald in Sicherheit zu bringen. Wie die Schafe folgten ihm die anderen, bis der Löwe und die Toten allein noch im Dorfe verblieben.

Von den nächsten Bäumen aus sahen Mbongas Leute, wie der Löwe das mächtige Haupt senkte, eines seiner Opfer an der Schulter packte, langsamen, majestätischen Schrittes die Dorfstraße hinabging und durch das Tor in der Dschungel verschwand. Sie sahen es mit Schauder. Affentarzan auf einem anderen Baume sah es mit Lächeln.

Erst eine volle Stunde, nachdem der Löwe mit seinem Mahle verschwunden war, wagten die Schwarzen ihre Bäume zu verlassen und ihr Dorf wieder zu betreten. Die weitaufgerissenen Augen rollten hin und her, und mehr der Schauer der Furcht als der Schauer der kühlen Dschungelnacht zog ihnen den nackten Körper zusammen.

Er war es selbst die ganze Zeit über, murmelte einer. Es war der Teufelsgott!

Er verwandelte sich von einem Löwen in einen Menschen und wieder zurück in einen Löwen, flüsterte ein anderer.

Und er schleppte Mweeza in den Wald und frißt ihn jetzt, sagte schaudernd ein dritter.

Wir sind hier nicht mehr sicher, jammerte ein vierter. Laßt uns unsere Sachen packen und uns weit von den Zaubergründen des bösen Teufelsgottes ein neues Dorf bauen.

Aber mit dem Tage kam neuer Mut, so daß die Ereignisse des vergangenen Abends weiter keine Wirkung hatten, als daß sie die Furcht der Neger vor Tarzan erhöhten und ihren Glauben an seine übernatürliche Herkunft bestärkten.

Und also wuchs der Ruf und die Macht des Affenmenschen in den geheimnisvollen Gebieten der wilden Dschungel, in denen er das mächtigste aller Geschöpfe blieb, weil wacher Verstand seine riesigen Muskeln und seinen makellosen Mut leitete.

Tarzan rettet den Mond

Der Mond schien vom wolkenlosen Himmel herab. Ungeheuer und wie aufgeschwollen sah er aus und schien der Erde so nahe zu sein, daß man sich wunderte, daß er nicht die Kronen der Bäume streifte. Es war Nacht, und Tarzan war in der Dschungel unterwegs – Tarzan der Affenmensch, der mächtige Kämpfer und mächtige Jäger. Er konnte selbst nicht sagen, weshalb er sich durch die düsteren Schatten des dunklen Forstes dahinschwang. Hungrig war er nicht, denn er hatte heute wohl gespeist und sich noch die Überbleibsel seiner Beute in einem sicheren Versteck für die Befriedigung des nächsten Hungers aufgehoben. Vielleicht war es nur die Lebensfreude, die ihn antrieb, seine Muskeln und Sinne gegen die Dschungelnacht einzusetzen, aber außerdem wurde Tarzan stets und ständig von seinem gebieterischen Wissensdurst geleitet.

Das Dschungelreich, über das Kudu, die Sonne, regiert, ist grundverschieden von dem Goros, des Mondes. Bei Tage hat die Dschungel ihr eigenes Aussehen – ihre besonderen Licht- und Schattenseiten, besondere Vögel, besondere Blumen und Tiere, deren Stimmen den Lärm des Tages bilden. Aber Lichter und Schatten der nächtlichen Dschungel sind davon so verschieden, wie die Lichter und Schatten dieser Welt von denen einer anderen. Goros Tiere, Blumen und Vögel sind andere als die der Dschungel unter Kudu, der Sonne.

Tarzan liebte es, die Dschungel bei Nacht zu erforschen, weil er an diesen Unterschieden seine Freude hatte. Nicht nur anders geartet war dieses Leben, es war auch reicher an Zahl und Romantik. Es war auch reicher an Gefahren, und für Affentarzan bedeutete Gefahr die Würze des Lebens. Dazu waren die Laute der Dschungelnacht – das Brüllen des Löwen, der Schrei des Leoparden, das schauerliche Lachen Dangos, der Hyäne, Musik in den Ohren des Affenmenschen.

Die weichen Tritte unsichtbarer Füße, das Rascheln der Blätter und Gräser unter den Schritten der wilden Tiere, das Scheinen ihrer in der Finsternis fluoreszierend leuchtenden Augen, dazu die Millionen Laute eines durch Gehör und Geruch, aber selten durch das Auge wahrnehmbaren wimmelnden

Lebens, all das bildete für Tarzan den besonderen Reiz der Dschungelnacht.

Heute nacht hatte er einen weiten Kreis geschlagen – erst hatte er sich nach Osten, dann nach Süden gewendet, und nun kam er im Bogen wieder nach Norden zurück. Seine Augen, seine Ohren und seine Nasenflügel waren stets auf der Hut. Unter die ihm bekannten Geräusche mischten sich fremde Töne – unheimliche Laute, die er nie vernahm, ehe nicht Kudu seinen Ruheplatz weit draußen am Rande des großen Wassers ausgesucht hatte – Laute, welche Goro, dem Monde, und den geheimnisvollen Stunden von Goros Herrschaft angehörten. Diese Töne veranlaßten Tarzan oft zu angestrengtem Nachsinnen. Sie verwirrten ihn, weil er seine Dschungel so genau zu kennen glaubte, daß es darin nichts ihm Fremdartiges geben konnte. Da Farben und Formen sich nachts von ihrem gewöhnlichen Aussehen bei Tage zu unterscheiden schienen, kam ihm manchmal der Gedanke, daß sich mit dem Untergange Kudus und mit Goros Erscheinen auch die Töne änderten, und solche Gedanken erweckten natürlich in seinem Kopfe die unklare Vermutung, daß vielleicht Goro und Kudu diese Änderungen hervorriefen. Was war danach natürlicher, als daß er der Sonne und dem Monde so gut wie sich selbst Persönlichkeit zuschrieb? Die Sonne war ein lebendes Wesen und herrschte am Tage. Der Mond, mit Verstand und wundersamen Kräften begabt, herrschte bei Nacht.

So arbeitete sein ungeschulter Menschenverstand und haschte in der dunklen Nacht der Unwissenheit nach einer Erklärung für Dinge, die er weder berühren, noch riechen oder hören konnte, und nach einer Auslegung der großen, unbekannten Naturkräfte, die er nicht sehen konnte.

Während sich Tarzan auf seinem Wege wieder nach Norden wendete, kam ihm eine mit dem scharfen Geruch von Holzfeuer vermischte Witterung von Gomangani in die Nase. Der Affenmensch wendete sich rasch nach der Richtung, aus der ihm der leichte Nachtwind die Witterung zugetragen hatte. Alsbald drang der rötliche Schein eines großen Feuers durch das Laubwerk zu ihm. Als Tarzan auf einem Baume in der Nähe anhielt, sah er einen Trupp von einem halben Dutzend

Negern nahe um die Flammen gekauert. Offenbar war es eine Schar Jäger aus des Häuptlings Mbonga Dorf, die in der Dschungel von der Dunkelheit überrascht worden waren. Sie hatten im Kreise aus Dornengestrüpp eine Boma um sich gebaut, offenbar in der Hoffnung, mit Hilfe des Feuers die Angriffe der größeren Raubtiere abhalten zu können.

Daß diese Hoffnung nicht allzu stark war, zeigte die greifbare Angst, mit der sie sich zitternd und die Augen weit aufreißend zusammenkauerten, denn Numa und Gabor schlichen bereits ächzend durch die Dschungel auf sie zu. Auch noch andere Geschöpfe waren draußen im Schatten jenseits des Feuerscheins. Tarzan sah ihre gelben Augen glühen. Die Schwarzen sahen sie gleichfalls und schauderten. Dann erhob sich einer, riß einen brennenden Zweig aus dem Feuer und schleuderte ihn nach den Augen, die sofort erloschen. Der Schwarze hockte sich wieder zu Boden. Tarzan paßte scharf auf und bemerkte, daß es einige Minuten dauerte, ehe die Augen wieder zu zweien und zu vieren auftauchten.

Jetzt kamen Numa, der Löwe, und Gabor, seine Gefährtin, heran. Die übrigen Augen zerstreuten sich vor dem drohenden Knurren der großen Katzen nach rechts und links und die riesigen runden Lichter glühten allein aus der Finsternis. Einige der Schwarzen warfen sich jammernd auf das Gesicht, aber der eine, welcher schon vorher den brennenden Zweig geschleudert hatte, warf jetzt den hungrigen Löwen einen anderen gerade in das Gesicht und auch sie verschwanden, wie die kleineren Augen vor ihnen. Tarzan war voll gespanntester Aufmerksamkeit. Nun wußte er einen weiteren Grund, warum die Schwarzen nachts Feuer unterhielten — einen neuen Grund außer dem Zweck des Wärmens, Beleuchtens und Kochens. Die Dschungeltiere fürchteten sich vor dem Feuer, daher war das Feuer ein Schutz vor ihnen. Tarzan selbst hatte vor dem Feuer eine gewisse Scheu. Er hatte einmal, als er ein verlassenes Feuer im Dorfe der Schwarzen untersuchte, eine glühende Kohle aufgehoben. Seitdem hielt er sich stets in achtungsvoller Entfernung von solchen Feuern. Eine Erfahrung hatte ihm genügt.

Nachdem der Schwarze den Feuerbrand geschleudert hatte, ließen sich ein paar Minuten lang keine Augen sehen, aber Tarzan konnte überall in der Runde den Tritt weicher Pfoten hören. Dann flammten wieder die zwei Lichtpunkte auf, welche die Rückkehr des Gebieters der Dschungel anzeigten, und gleich darauf zeigten sich in etwas geringerer Höhe über dem Boden die Lichter seiner Gefährtin Sabor.

Einige Zeit blieben sie unbeweglich stehen – eine Konstellation wilder Sterne in der Dschungelnacht – dann bewegte sich das Löwenmännchen langsam auf die Boma zu, in der alle außer einem einzigen Schwarzen in zitternder Angst kauerten. Sobald dieser eine Wächter sah, daß Numa wieder nahte, warf er abermals einen Feuerbrand, vor dem Numa, der Löwe, wie zuvor mit der Löwin Sabor zurückwich, aber diesmal ließ er sich nicht für so lange Zeit abschrecken. Fast umgehend drehten sie sich wieder um und umkreisten mit stets auf das Feuer gerichteten Augen die Boma, während sie mit leisen, knurrenden Kehltönen ihr wachsendes Mißvergnügen bekundeten. Hinter den Löwen glühten die Flammenaugen ihrer kleineren Begleiter auf, bis die dunkle Dschungel um das Lager der Schwarzen rund herum mit kleinen glühenden Pünktchen besät schien.

Immer wieder schleuderte der schwarze Krieger seine armseligen Feuerbrände nach den zwei großen Katzen, aber Tarzan bemerkte, daß ihnen Numa nach anfänglichem Zurückweichen bald keine Aufmerksamkeit mehr schenkte. Der Affenmensch merkte an Numas Stimme, daß der Löwe hungrig war und vermutete, er sei entschlossen, sich die Gomangani zum Mahle zu holen; aber ob er es wagen würde, den gefürchteten Flammen noch näher zu kommen?

Eben als Tarzan darüber nachdachte, hielt der Löwe in seinem ruhelosen Wandern inne und wendete sich nach der Boma. Einen Augenblick stand er regungslos, nur der Schweif schlug in kurzem, nervösen Bogen hoch, dann schritt er überlegt vorwärts, während Gabor auf der Stelle, wo er sie gelassen hatte, rastlos hin und her ging. Der Schwarze schrie seinen Gefährten zu, daß der Löwe komme, aber sie waren bereits so sehr von der Angst gelähmt, daß sie sich nur noch enger zusammenkauerten und lauter als vorher jammerten.

Der Mann ergriff einen hellbrennenden Ast und schlug ihn dem Löwen mitten in das Gesicht. Einem zornigen Brüllen folgte ein rascher Sprung. Mit einem einzigen Satz nahm die Bestie die Umfriedigung der Boma, aber mit ebenso großer Gewandtheit sprang der Krieger auf der anderen Seite darüber hinaus und schnellte sich, der im Dunkel lauernden Gefahren nicht achtend, auf den nächsten Baum zu.

Numa war ebenso schnell, wie er hineingesprungen, wieder aus der Boma heraus; aber als er über den niedrigen Dornenwall zurücksprang, nahm er einen schreienden Neger mit sich. Langsam über den Boden schreitend schleppte er sein Opfer mit sich auf die ihm entgegenkommende Löwin Sabor zu, und die beiden schritten zusammen in die Dunkelheit hinein, während sich ihr wildes Knurren mit den durchdringenden Schreien des rettungslos verlorenen, entsetzten Mannes vermischte.

Die Löwen hielten in einiger Entfernung vom Feuer an, eine kurze Folge ungewöhnlich tückischen Knurrens und Brüllens war zu hören, währenddessen die Schreie und Jammerlaute des Schwarzen für immer verstummten.

Sogleich erschien Numa wieder im Lichte des Feuers, machte einen neuen Einfall in die Boma und wiederholte die vorausgegangene grausige Tragödie mit einem anderen heulenden Opfer.

Tarzan erhob sich und reckte sich träge. Die Unterhaltung begann ihn zu langweilen. Er gähnte und machte sich wieder weiter nach der Lichtung, an der seine Horde auf den umstehenden Bäumen schlief, auf den Weg.

Aber als er dann seine gewohnte Gabel aus Ästen ausgesucht und sich zum Schlummer zurechtgelegt hatte, wollte kein Schlaf kommen. Lange Zeit lag er wach, dachte nach und träumte. Er sah zum Himmel hinauf und musterte den Mond und die Sterne. Er fragte sich, wer sie wohl waren und welche Kraft sie vom Herunterfallen zurückhielt. Er war ein Geist, der allem auf den Grund ging. Immer steckte er voller Fragen, die die gesamten Vorgänge in seiner Umgebung betrafen, aber nie hatte ihm einer auf seine Fragen eine Antwort geben können. Als Kind hatte er nach Wissen verlangt, und da ihm jede Art Wissenschaft versagt blieb, war er als erwachsener Jüngling immer noch von der großen, unbefriedigten Neugierde eines Kindes erfüllt.

Er war nie völlig damit zufrieden, zu wissen, daß sich Dinge ereigneten – er wünschte zu wissen, *warum* sie sich ereigneten. Das Geheimnis des Lebens zwang ihm unermeßliches Interesse ab, das Wunder des Todes konnte er nicht völlig erfassen. Bei unzähligen Gelegenheiten hatte er den inneren Mechanismus der von ihm erlegten Tiere untersucht, und ein- oder zweimal hatte er sogar die Brusthöhle seines Opfers so rasch geöffnet, daß er das Herz noch schlagen sah.

Er hatte durch Erfahrung gelernt, daß ein Messerstich durch dies Organ in neun von zehn Fällen unmittelbaren Tod brachte, während er einen Gegner an anderen Stellen unzählige Male stechen konnte, ohne ihn auch nur kampfunfähig zu machen. Und so kam er dazu, das Herz, oder wie er es nannte, »das rote Ding, das atmet« für den Sitz und den Ursprung des Lebens anzusehen.

Das Gehirn und sein Arbeiten konnte er nicht im mindesten verstehen. Daß seine sinnlichen Wahrnehmungen nach dem Gehirn übertragen und dort übersetzt, eingereiht und bezettelt wurden, ging vollkommen über seine Begriffe. Er meinte, daß seine Finger es wußten, wenn sie etwas berührten, daß seine Augen verstanden, was sie sahen, daß seine Ohren wußten, was sie hörten und seine Nase, was sie roch.

Den Hals, die Haut und die Haare auf seinem Kopfe betrachtete er als die drei Hauptsitze der Gefühlsbewegung. Als Kala getötet worden war, hatte er ein eigentümlich würgendes Gefühl in der Kehle verspürt. Eine Berührung mit Histah, der Schlange, löste an seinem ganzen Körper ein unangenehmes Gefühl auf der Haut aus. Bei der Annäherung eines Gegners sträubten sich ihm die Haare auf dem Kopfe.

Man stelle sich ein Kind vor, das von Bewunderung der Natur erfüllt, voller Fragen steckte und nur von Dschungelgeschöpfen umgeben war, denen seine Fragen so unverständlich waren wie Sanskrit. Wenn er Gunto fragte, wer regnen ließ, starrte ihn der große, alte Affe einen Augenblick vor Erstaunen wie versteinert an und wandte sich dann wieder seiner anregenden und erbaulichen Flohjagd zu. Und wenn er Mumga, die sehr alt war und weise hätte sein sollen, es aber nicht war, nach dem Grunde fragte, aus dem manche Blumen die Kelche schlossen, sobald Kudu den Himmel verlassen hatte, während andere erst in der Nacht aufgingen, dann stellte er zu seiner Überraschung fest, daß Mumga diese interessanten Tatsachen noch nie bemerkt hatte, obgleich sie auf Fingerbreite sagen konnte, wo sich die fettesten Larven verborgen hielten.

Für Tarzan waren alle diese Dinge Wunder. Sie wendeten sich an seinen Verstand und an seine Einbildungskraft. Er sah die Blumen sich schließen und wieder öffnen, er sah, wie manche Blüten ihr Antlitz stets der Sonne zugekehrt hielten, er sah Blätter, welche sich, ohne daß ein Wind ging, bewegten, und er sah Weinranken gleich Lebewesen an den Bäumen hinauf und über deren Zweige klettern. Für Affen-Tarzan waren die Blumen, die Ranken und die Bäume lebende Geschöpfe, mit denen er oft sprach wie mit Goro, dem Mond, und Kudu, der Sonne; aber er war immer enttäuscht, daß sie nicht antworteten. er stellte ihnen Fragen, aber sie konnten ihm keine Erwiderung geben, obgleich er wußte, daß das Rascheln der Blätter deren Sprache war – sie redeten mit einander.

Den Wind schrieb er den Bäumen und dem Grase zu. Er dachte, daß sie sich hin- und herschwenkten und dadurch den Wind hervorriefen. Auf keine andere Weise konnte er sich diese Erscheinung erklären. Den Regen schließlich führte er auf Sonne, Mond und Sterne zurück, aber seine darüber aufgestellte Vermutung war nicht gerade besonders lieblich und poetisch.

Als Tarzan in dieser Nacht nachdenklich wach lag, fiel seinem erfindungsreichen Gehirn eine Erklärung für Mond und Sterne ein. Er wurde darüber ganz aufgeregt. Taug schlief auf einer Baumgabel gleich nebenan. Tarzan schwang sich neben ihn.

Taug! rief er. Im Nu war der große Affe wach und sträubte, hinter dem nächtlichen Anruf Gefahr vermutend, die Haare. Schau, Taug, rief Tarzan, auf die Sterne deutend. Siehst du die Augen von Numa und Sabor, von Sheeta und Dango? Sie sind rund um Goro auf der Lauer, um auf ihn zu springen und ihn zu ihrer Beute zu machen. Sieh die Augen, die Nase und den

Mund von Goro! Und das Licht, welches auf sein Gesicht scheint, ist das Licht des großen Feuers, das er auf. gebaut hat, um Numa und Sabor und Sheeta und Dango fortzuscheuchen.

Um ihn herum sind lauter Augen, Taug, du kannst sie sehen! Aber sie kommen dem Feuer nicht sehr nahe – nur wenige Augen sind Goro nahe. Sie scheuen sich vor dem Feuer. Das Feuer beschützt Goro vor Numa. Siehst du sie, Taug? Eines Nachts wird Numa sehr hungrig und sehr böse sein – dann wird er über die Dornbüsche springen, die Goro umgeben, und wir werden kein Licht mehr haben, wenn Kudu sein Lager aufsucht – dann wird die Nacht immer so schwarz sein, wie wenn Goro zu Zeiten faul ist und bis spät in die Nacht hinein schläft oder wenn er bei Tag durch den Himmel wandert und die Dschungel und ihre Bewohner vergißt.

Taug sah dumm erst den Himmel an und dann Tarzan. Ein fallender Meteor zeichnete seinen flammenden Weg über den Himmel.

Schau! schrie Tarzan. Goro hat einen brennenden Zweig nach Numa geschleudert.

Tang brummte. Numa ist hier unten, sagte er. Numa jagt nicht da oben über den Bäumen. Aber er sah neugierig und ein wenig furchtsam hinauf nach den hellen Sternen, als ob er sie das erstemal sehe, und zweifellos bemerkte Taug zum allererstenmal die Sterne, obgleich sie jede Nacht seines Lebens über ihm am Himmel geschienen hatten. Für Taug bedeuteten sie ebensoviel wie die prachtvollen Dschungelblumen – da er sie nicht fressen konnte, übersah er sie.

Taug rutschte unruhig hin und her und wurde nervös. Lange Zeit lag er schlaflos und sah nach den Sternen – den glühenden Augen der Raubtiere, die Goro umgaben, Goro, den Mond, bei dessen Licht die Affen zum Klang ihrer tönernen Trommeln tanzten. Wenn Goro von Numa aufgefressen wurde, war es mit dem Dum-Dum vorbei. Taug fühlte sich von diesem Gedanken ganz überwältigt. Halb ängstlich sah er nach Tarzan hin. Warum war sein Freund grundverschieden von den übrigen Mitgliedern der Horde? Keiner sonst, den Taug kannte, hatte solch merkwürdige Gedanken wie Tarzan. Der Affe kratzte sich am Kopfe und fragte sich ganz im stillen, ob

Tarzan überhaupt ein empfehlenswerter Gefährte war, aber dann kam er langsam und im Verlaufe eines schwierigen Denkprozesses dahinter, daß ihm Tarzan bessere Dienste geleistet hatte, als jeder andere der Affen, bessere selbst, als die starken und weisen Bullen des Stammes.

Tarzan hatte ihn an demselben Tage aus den Händen der Schwarzen befreit, an dem Taug glaubte, Tarzan wolle Teeka haben. Tarzan hatte Taugs kleines Balu vom Tode gerettet, und Tarzan war es gewesen, der den Plan zur Verfolgung von Teekas Entführer und zur Wiedergewinnung der Geraubten entworfen und ausgeführt hatte. Tarzan hatte so oft schon in Taugs Interesse gekämpft und geblutet, daß Taug, wenn er auch nur ein brutaler Affe war, doch in seinem Herzen eine feurige Ergebenheit fühlte, die nichts zum Wanken bringen konnte – seine Freundschaft für Tarzan war eine feste Gewohnheit, beinahe eine Überlieferung geworden, die bestehen blieb, solange Taug bestand. Er trug diese Zuneigung niemals äußerlich zur Schau – er knurrte Tarzan wie jeden anderen Bullen an, wenn ihm dieser bei der Suche nach Futter zu nahe kam – aber dennoch wäre er für Tarzan in den Tod gegangen. Das wußte er und Tarzan wußte es gleichfalls; aber Affen reden über solche Dinge nicht – soweit es sich um höhere Gefühle handelt, besteht ihr Sprachschatz nicht aus Worten, sondern aus Taten. Aber jetzt war Taug doch verwirrt und dachte beim Wiedereinschlafen immer noch an die merkwürdigen Worte seines Gefährten.

Am folgenden Tage mußte er wieder daran denken und erzählte, ohne dabei an Verräterei zu denken, Gunto, was ihm Tarzan über die Goro umgebenden Augen gesagt hatte und über die Möglichkeit, daß Numa früher oder später Goro angreifen und fressen werde. Für die Affen sind alle großen Dinge, die in der Natur vorkommen, männlichen Geschlechtes, daher war auch Goro als das größte Wesen am Nachthimmel für sie ein Bulle.

Gunto biß sich einen Hautfetzen von einem seiner hornigen Finger und erinnerte sich daran, daß Tarzan einmal behauptet hatte, die Bäume sprächen miteinander. Gozan seinerseits erzählte, er habe gesehen, wie Tarzan allein im Mondlicht mit Sheeta, dem Leoparden, tanzte. Daß Tarzan die wilde Bestie mit seinem Seil gefangen und an einem Baume angebunden hatte, ehe er auf den Boden herunterkam und die sich auf die Hinterbeine stellende Katze umsprang, um sie zu ärgern, wußten sie natürlich nicht.

Andere sprachen davon, sie hätten Tarzan auf dem Rücken Tantors, des Elefanten, reiten sehen, sie erinnerten daran, wie Tarzan den Negerjungen mit zum Stamm gebracht hatte, sie sprachen über die geheimnisvollen Dinge, mit denen er in seinem merkwürdigen Aufenthaltsort an der See umging. Sie hatten sich nie von seinen Büchern einen Begriff machen können. Ein- oder zweimal hatte er sie einigen von ihnen gezeigt und gefunden, daß selbst die Bilder auf deren Gehirn keinen Eindruck machten. Da hatte er es aufgegeben.

Tarzan ist kein Affe, sagte Gunto. Er wird Numa verleiten, uns zu fressen, wie er ihn jetzt dazu bringt, Goro zu verzehren. Wir sollten ihn töten.

Sofort sträubten sich Taugs Haare. Tarzan töten! Erst mußt du Taug töten, sagte er und trollte sich hinweg, um sich seine Nahrung zu suchen. Aber andere schlossen sich den Verschwörern an. Sie dachten an die vielen Dinge, die Tarzan schon getan hatte – Dinge, die kein Affe tat oder verstehen konnte. Wieder tat Gunto seine Meinung dahin kund, daß der Tarmangani, der weiße Affe, erschlagen werden müsse, und die anderen, welche die vernommenen Geschichten mit Schrecken erfüllten, dachten, Tarzan plane wirklich die Ermordung Goros und begrüßten den Vorschlag mit beifälligem Knurren.

Unter ihnen befand sich auch die angespannt lauschende Teeka, aber sie erhob ihre Stimme nicht zur Förderung des Planes. Sie sträubte die Haare, zeigte die Fänge und begab sich später auf die Suche nach Tarzan. Da sie ihn aber nicht finden konnte, weil er weit fort auf der Jagd nach Fleisch war, suchte sie Taug auf und erzählte ihm von dem Vorhaben der anderen. Der große Bulle stampfte auf den Boden und brüllte. Seine blutunterlaufenen Augen schossen vor Grimm Blitze, die Oberlippe zog sich hoch, um die Fangzähne zu zeigen, das Haar auf seinem Rückgrat sträubte sich und – dann huschte ein kleines Kriechtier über die Lichtung und Taug sprang hinterher, um es zu haschen. Im gleichen Augenblick schien er seinen Zorn gegen die Feinde seines Freundes vergessen zu haben. Aber das Affengehirn ist nun einmal so.

In einigen Meilen Entfernung lag Tarzan müßig auf dem breiten Kopf Tantors, des Elefanten. Er kratzte ihn mit seinem spitzen Stöckchen hinter den großen Ohren und erzählte dem ungeheuren Dickhäuter von allem, was seinen Kopf unter dem schwarzen Haarbusch erfüllte. Tantor verstand wenig oder nichts von dem, was ihm erzählt wurde, aber Tantor ist ein guter Zuhörer. Von einer Seite zur anderen sich wiegend stand er, freute sich über die Gesellschaft seines Freundes, den er so liebte, und ließ das angenehme Gefühl des Kratzens über sich ergehen.

Numa, der Löwe, nahm die Witterung des Menschen auf und beschlich ihn vorsichtig, bis er seine Beute hoch oben auf dem Kopfe des mächtigen Elefanten mit den großen Stoßzähnen erblickte; knurrend und brummend wendete er sich ab und suchte günstigere Jagdgründe auf.

Der Elefant bekam die von einem Wirbelwind ihm zugetragene Witterung des Löwen und erhob laut trompetend seinen Rüssel. Tarzan legte sich behaglich herum und lag langausgestreckt auf seinem Rücken auf der rauhen Haut. Die Fliegen schwärmten ihm um das Gesicht, aber mit dem abgerissenen Zweige eines Laubbaumes wehrte er sie träge ab.

Tantor, sagte er, das Leben ist schön. Es ruht sich gut im kühlen Schatten. Es ist gut, in die grünen Schatten zu blicken, es ist gut, die grünen Bäume und die leuchtenden Farben der Blumen zu sehen – zu sehen, was uns Bulamutumumo hier gegeben hat. Er ist sehr gut zu uns, Tantor. Dir gibt er die zarten Blätter und die Rinde und das üppige Gras zu fressen, mir hat er Vara, Horta, Pisah, die Früchte, Nüsse und Wurzeln gegeben. Er besorgt für jeden das Mahl, das ihm am liebsten ist. Alles, was er von uns verlangt, ist, daß wir stark und klug genug sind, hinzugehen und es uns zu nehmen. Ja, Tantor, es ist eine Lust zu leben. Ich möchte nicht gerne sterben. Tantor ließ ein kleines Geräusch in seiner Kehle hören und wand seinen Rüssel empor, um mit den Fingermuskeln an der Spitze des Affenmenschen Wange zu streicheln.

Tantor, sagte Tarzan nun, kehre um und suche dein Futter in der Richtung auf den Stamm Kerschaks, des großen Affen, damit Tarzan auf deinem Kopfe hinreiten kann, ohne laufen zu müssen.

Der Elefant drehte sich um und bewegte sich langsam eine breite, baumbeschattete Fährte entlang, während er ab und zu Halt machte, um gelegentlich einen zarten Zweig zu pflücken oder von einem benachbarten Baume ein Stück eßbare Rinde abzuschälen. Tarzan drehte sich wieder herum, so daß sein Gesicht nach dem Kopf des Tieres sah, ließ seine Beine auf beiden Seiten des Rückens herunterhängen, stützte die Ellenbogen auf den breiten Schädel und legte sein Kinn auf seine Handflächen. So verfolgten sie beide behaglich ihren Weg nach dem Aufenthaltsorte des Stammes.

Gerade einen Augenblick, ehe sie die Lichtung von Norden her erreichten, trat eine andere Gestalt von Süden kommend auf sie heraus – ein wohlgebauter schwarzer Krieger, der vorsichtig durch die Dschungel schritt und mit jedem Sinne gegen die vielen überall im Wege lauernden Gefahren auf der Hut war. Aber nun schritt er unter dem südlichsten Posten durch, der auf einem Baume saß, von dem aus er die von Süden kommende Fährte übersehen konnte. Der Affe ließ den Gomangani unbelästigt passieren, denn er sah, daß dieser allein war; aber sobald der Krieger die Lichtung betrat, erscholl hinter ihm ein lautes »Kreeg-ah!« dem sofort ein Chor Antworten aus verschiedenen Richtungen folgte, als die großen Bullen krachend durch die Bäume herankamen, um dem Ruf ihres Genossen Folge zu leisten.

Der Neger hielt beim ersten Schrei an und sah sich um. Er konnte nichts sehen, aber er kannte die Stimmen der behaarten Baummenschen, die er und seine Genossen nicht allein wegen der Stärke und Wildheit der grimmigen Wesen fürchteten, sondern auch weil sie ein abergläubischer Schrecken vor der menschenähnlichen Erscheinung der Affen befiel.

Aber Bulabantu war kein Feigling. Er hörte die Affen rundherum und wußte, daß Flucht wahrscheinlich unmöglich war, darum hielt er stand, nahm seinen Speer wurfbereit in die Hand und ließ seinen Kriegsruf ertönen. Er wollte sein Leben teuer verkaufen, das wollte er, er Bulabantu, Unterhäuptling aus des Häuptlings Mbonga Dorf.

Tarzan und Tantor waren nicht mehr weit entfernt, als der erste Schrei des Wachpostens durch die ruhige Dschungel scholl. Wie ein Blitz sprang der Affenmensch vom Rücken des Elefanten auf den nächsten Baum und schwang sich rasch auf die Lichtung zu, ehe noch die Echos des ersten »Kreeg-ah!« erstorben waren. Bei seiner Ankunft sah er, wie ein Dutzend Affenbullen einen einzelnen Gomangani umstanden. Mit einem Schrei, der das Blut erstarren machen konnte, sprang Tarzan zum Angriff vor. Er haßte die Schwarzen noch grimmiger, als es selbst die Affen taten, und hier war wieder eine Gelegenheit, einen davon auf freiem Felde umzubringen. Was hatte der Gomangani getan? Hatte er einen vom Stamme getötet?

Tarzan fragte den nächsten Affen. Nein, der Gomangani hatte niemand etwas getan. Gozan war auf Wache, hatte ihn durch den Wald kommen sehen und die Horde gewarnt – das war alles. Der Affenmensch drängte sich durch den Ring der Bullen, von denen sich bis jetzt noch keiner in genügende Wut hineingearbeitet hatte, um zum Angriff überzugehen, und bekam nun den Schwarzen aus nächster Nähe richtig zu Gesicht. Er erkannte den Mann sofort wieder. Erst die Nacht zuvor hatte er ihn beobachtet, wie er den im Dunkel drohenden Augen getrotzt hatte, während seine Gefährten sich im Staube vor seinen Füßen wälzten, weil sie sogar zu ihrer eigenen Verteidigung zu erschreckt waren. Dieser war ein tapferer Mann, und für Tapferkeit hatte Tarzan die höchste Bewunderung. Selbst sein leidenschaftliches Haßgefühl war nicht so stark als seine Vorliebe für Mut. Er würde jederzeit wohlgemut sich in einen Kampf mit einem schwarzen Krieger gestürzt haben, aber diesen einen hier wollte er nicht töten – er fühlte unklar, daß dieser Mann durch seine mutige Gegenwehr in der vergangenen Nacht sich sein Leben verdient hatte, und außerdem mißfiel es ihm, daß eine so große Übermacht gegen einen einzelnen Krieger eingesetzt war.

Er wandte sich zu dem Affen. Geht und sucht weiter eure Nahrung, sagte er. Laßt diesen Gomangani in Frieden seines

Weges ziehen. Er hat uns nichts getan, und letzte Nacht sah ich, wie er allein in der Dschungel Numa und Gabor mit Feuer bekämpfte. Er ist tapfer. Warum sollen wir einen töten, der tapfer ist und uns nicht angegriffen hat? Laßt ihn gehen.

Die Affen knurrten. Sie waren mißvergnügt. Tötet den Gomangani! schrie einer.

Ja, brüllte ein anderer. Tötet den Gomangani und den Tarmangani dazu!

Tötet den weißen Affen! kreischte Gozan. Er ist überhaupt gar kein Affe, sondern nur ein Gomangani, dem das Fell abgezogen ist.

Tötet Tarzan! bellte Gunto. Tod! Tod! Tod!

Die Affen tobten sich nun allmählich in eine zum Gemetzel führende Raserei hinein, aber ihr Groll richtete sich weniger gegen den Neger als gegen Tarzan. Eine zottige Gestalt drängte sich durch sie hindurch und schleuderte die mit ihr in Berührung Kommenden beiseite, wie wenn ein erwachsener Mann kleine Kinder auseinandertreibt. Es war Taug – der riesige, grimmige Taug.

Wer sagt hier »Tötet Tarzan«? fragte er. Wer Tarzan töten will, muß auch Taug töten. Wer kann hier Taug töten? Taug wird euch die Eingeweide herausreißen und Dango damit füttern.

Wir können euch alle töten, erwiderte Gunto. Wir sind viele und ihr seid nur wenige. Und damit hatte er recht. Tarzan wußte, daß er recht hatte. Taug wußte es auch. Aber keiner von beiden hätte das zugegeben. Das ist nicht die Art der Affenbullen.

Ich bin Tarzan, schrie der Affenmensch. Ich bin Tarzan, der mächtige Jäger, der mächtige Kämpfer. In der ganzen Dschungel ist keiner so groß wie Tarzan. Einer nach dem anderen zählten nun auch die gegnerischen Bullen ihre Tugenden und Fähigkeiten auf. Und während der ganzen Zeit kamen sich die kämpfenden Parteien näher und näher. So bringen sich die Bullen erst in die richtige Stimmung, ehe sie den Kampf beginnen.

Gunto kam steifbeinig auf Tarzan zu und beschnüffelte ihn mit fletschenden Zähnen. Tarzan ließ ein leises, drohendes

Knurren hören. Diese Taktik würden sie vielleicht ein dutzendmal wiederholen, aber früher oder später würde einer mit dem anderen handgemein werden und dann würde das ganze scheußliche Pack das Opfer zerfleischen und zerreißen.

Bulabantu, der Neger, stand mit vor Verwunderung weit aufgerissenen Augen da, seit er Tarzan hatte durch die Affen herankommen sehen. Er hatte viel von diesem Teufelsgott, der mit dem behaarten Baumvolk zusammen leben sollte, sagen hören, aber er hatte ihn noch nie zuvor im hellen Tageslicht erblickt. Nach der Beschreibung derer, die ihn gesehen hatten und von den paar kurzen Blicken, die er auf ihn bei den verschiedenen Gelegenheiten gehabt hatte, wenn der Affenmensch bei Nacht des Häuptlings Mbonga Dorf zu Plünderungen oder in Verfolgung eines seiner zahlreichen gespenstigen Streiche betreten hatte, erkannte er ihn gut genug.

Natürlich konnte Bulabantu nichts von dem, was zwischen Tarzan und den Affen vorging, verstehen, aber er merkte, daß der Affenmensch und einer der größeren Bullen den übrigen Vorstellungen machten. Er sah, daß diese zwei mit dem Rücken nach ihm zwischen ihm und dem Reste der Horde standen, und vermutete, so unwahrscheinlich es auch schien, daß sie ihn verteidigen wollten. Er wußte, daß Tarzan einst dem Häuptling Mbonga das Leben geschenkt hatte, und daß er Tibo und Tibos Mutter, Momaya, zu Hilfe gekommen war. Es war daher nicht ausgeschlossen, daß er Bulabantu helfen würde; aber wie er das machen sollte, konnte Bulabantu nicht wissen; und Tarzan selbst wußte in der Tat auch nicht, wie er es machen sollte, denn die Übermacht der Gegner war zu groß.

Gunto und die übrigen drängten Tarzan und Taug langsam auf Bulabantu zurück. Der Affenmensch dachte an die Worte, die er kurz zuvor zu Tantor gesagt hatte: »Ja, Tantor, das Leben ist schön. Ich möchte nicht gerne sterben.« Und nun wußte er, daß es zum Sterben kam, denn die Wut der großen Bullen gegen ihn steigerte sich rasch. Immer hatten ihn viele von ihnen gehaßt und alle hatten gegen ihn Argwohn. Sie wußten, daß er etwas anderes war. Tarzan wußte das selbst und war froh, daß es der Fall war – er war ein *Mensch*, soviel hatte er aus seinem

Bilderbuch ersehen, und er war stolz auf diesen Unterschied. Jetzt würde er allerdings bald ein toter Mensch sein.

Gunto bereitete sich zum Angriff vor. Tarzan kannte die Anzeichen dafür. Er wußte, daß die übrigen Bullen mit Gunto zusammen auf ihn stürzen würden. Dann war es gleich zu Ende. Irgend etwas drüben hinter dem Grün auf der anderen Seite der Lichtung bewegte sich. Tarzan sah es gerade in dem Augenblick, als Gunto mit dem schrecklichen Angriffsschrei der Affen vorwärts sprang. Tarzan stieß einen eigentümlichen Ruf aus und bückte sich, um dem Angriff zu begegnen. Taug bückte sich desgleichen, und Bulabantu, nunmehr sicher, daß diese beiden auf seiner Seite kämpften, legte seinen Speer ein und sprang zwischen sie, um den ersten Angriff des Feindes aufzunehmen.

Mit einem Male brach aus der Dschungel hinter den anstürmenden Affenbullen eine ungeheure Masse auf die Lichtung heraus. Der Trompetenton eines wütenden Elefanten übertönte schrill die Schreie der Menschenaffen, und Tantor, der Elefant, stürzte wie der Blitz über die offene Lichtung, um seinem Freunde zu Hilfe zu kommen.

Gunto kam mit dem Affenmenschen nicht mehr zum Handgemenge, und auch nicht ein Reißzahn packte auf einer der beiden Parteien in das Fleisch. Das fürchterliche Dröhnen von Tantors Kampfruf jagte die Bullen in regelloser Flucht auf die Bäume, auf denen sie dann zu schelten und zu schnattern begannen. Auch Taug riß mit ihnen zusammen aus. Nur Tarzan und Bulabantu blieben. Der letztere hielt aus, weil er sah, daß der Teufelsgott nicht fortrannte, und weil er den Mut hatte, an der Seite dessen, der ganz augenscheinlich um seinetwillen dem Tode getrotzt hatte, einem sicheren und schrecklichen Ende entgegenzusehen.

Aber der Gomangani sah zu seiner größten Überraschung, wie der mächtige Elefant vor dem Affenmenschen plötzlich anhielt und ihn mit seinem langen, geschmeidigen Rüssel liebkoste.

Tarzan wendete sich zu dem Schwarzen. Geh! sagte er in der Affensprache und wies in die Richtung nach Mbongas Dorf. Wenn auch Bulabantu die Motte nicht verstand, die

Geste verstand er gut genug und gehorchte, ohne Zeit zu verlieren. Tarzan sah ihm nach, bis er verschwunden war. Er wußte bestimmt, daß ihn die Affen nicht verfolgen würden. Dann sagte er zu dem Elefanten: Nimm mich auf! und der Elefant schwang ihn wie eine Feder auf seinen Kopf.

Tarzan begibt sich zu seiner Behausung bei dem großen Wasser, rief der Affenmensch den auf den Bäumen hockenden Affen zu. Ihr seid alle viel närrischer als Manu, ausgenommen Taug. Taug und Teeka dürfen Tarzan besuchen, aber die anderen sollen sich fernhatten. Tarzan ist fertig mit Kerschaks Stamm.

Er spornte Tantor mit einer lederharten Zehe, und das große Tier schritt über die Lichtung davon, während die Affen ihnen nachsahen, bis die Dschungel die beiden verschlang.

Noch vor Sonnenuntergang brach Taug mit Gunto wegen dessen Angriff auf Tarzan einen Streit vom Zaune und tötete ihn.

Einen vollen Monat lang sah die Horde nichts von Tarzan. Wahrscheinlich dachten viele überhaupt nicht an ihn. Aber einige gab es, die ihn mehr vermißten als er ahnen konnte. Taug und Teeka wünschten oft, daß er zurück wäre, und Taug beschloß wohl ein dutzendmal, sich aufzumachen und Tarzan in seiner Strandbehausung einen Besuch zu machen. Aber jedesmal kam ihm das Eine oder das Andere dazwischen.

Eines Nachts lag Taug, ohne einschlafen zu können, sah zum gestirnten Himmel hinauf und erinnerte sich an die merkwürdigen Dinge, welche ihm Tarzan einst erklärt hatte – daß die hellen Punkte die Augen der Fleischfresser seien, die im Dunkel der Himmelsdschungel auf der Lauer lägen, um sich auf Goro, den Mond, zu stürzen und ihn zu verschlingen. Je länger er über diese Sache nachdachte, desto verwirrter wurde er.

Und in diesem Augenblick ereignete sich etwas Merkwürdiges. Eben als Taug nach dem Mond schaute, sah er einen Teil desselben auf einer Seite verschwinden, gerade als ob etwas daran herumbiß. Größer und größer wurde das Loch in Goros Seite. Mit einem Schrei sprang Taug auf. Seine wahnsinnigen

»Kreeg-ahs!« brachten die erschreckte Horde schreiend und schnatternd zu ihm hin.

Schaut! schrie Taug, auf den Mond deutend. Seht ihr, es ist wie Tarzan gesagt hat. Numa ist durch die Bäume gesprungen und will Goro fressen. Ihr habt Tarzan Schimpfnamen gegeben und ihn aus dem Stamme vertrieben. Jetzt könnt ihr sehen, wie weise er war. Jetzt soll doch einer von denen, die Tarzan hassen, Goro zu Hilfe kommen! Seht die Augen rund herum in der dunklen Dschungel, wie sie alle auf Goro lauern! Er ist in Gefahr und keiner kann ihm helfen – keiner außer Tarzan. Bald wird Goro von Numa ganz verschlungen sein, und dann haben wir kein Licht mehr, wenn Kudu sein Lager ausgesucht hat. Wie sollen wir ohne das Licht Goros Dum-Dum tanzen?

Die Affen zitterten und winselten. Jegliche Äußerung von Naturkräften erfüllte sie mit Schrecken, weil sie diese nie verstehen konnten.

Gehe und bringe Tarzan her, rief einer und alsbald erhoben sie einstimmig den Schrei: Tarzan! Bringt Tarzan! Er wird Goro retten! Aber wer sollte durch die dunkle Dschungel bei Nacht hineilen und ihn holen?

Ich will gehen, erbot sich Taug und war gleich darauf durch das stygische Düster nach dem kleinen Hafen an der See auf dem Wege.

Während die Horde wartete, beobachteten die Affen, wie der Mond langsam verschlungen wurde. Schon hatte Numa ein großes, halbkreisförmiges Stück herausgefressen. Jedenfalls war Goro völlig verschwunden, ehe Kudu wieder kam. Die Affen zitterten bei dem Gedanken, die Nacht könnte immer in völlige Dunkelheit getaucht sein. Sie konnten nicht weiterschlafen. Ruhelos kletterten sie auf den Zweigen dahin und dorthin, bewachten den himmlischen Numa bei seinem tödlichen Mahle und lauschten, ob Taug nicht bald mit Tarzan kam. Als Goro beinahe verschwunden war, hörten die Affen die zwei Erwarteten durch die Bäume herankommen und gleich darauf schwang sich Tarzan, dem Taug folgte, in der Nähe auf einen Baum.

Der Affenmensch verlor seine Zeit nicht mit müßigen Worten. Seinen langen Bogen hielt er in der Hand und auf dem

Rücken hing sein Köcher voll vergifteter Pfeile – Pfeile, die er aus dem Dorfe der Schwarzen gestohlen hatte, gerade so wie er auch den Bogen dort entwendete.

Hinauf auf einen Baum, höher und höher, kletterte er, bis er federnd auf einem schwachen Zweig stand, der sich unter seinem Gewicht herunterbog. Von hier hatte er klaren und ungehinderten Überblick über den Himmel. Er sah Goro und sah, welche Bissen der hungrige Numa bereits aus der leuchtenden Fläche herausgeholt hatte.

Tarzan hob sein Antlitz zum Monde empor und sandte schrill seinen fürchterlichen Kampfruf hinauf. Schwach und weit aus der Ferne kam als Antwort das Brüllen eines Löwen. Die Affen erschauerten. Der Numa im Himmel hatte Tarzan geantwortet.

Nun legte Tarzan einen Pfeil auf seinen Bogen, zog den Schaft weit zurück und zielte mit der Spitze nach der Stelle, wo sich das Herz des Numa, der im Himmel lag und Goro verschlang, befinden mußte. Mit lautem, hellem Klang schoß der losgelassene Pfeil in den dunklen Himmel hinein. Wieder und wieder schoß Affentarzan seine Pfeile auf Numa ab, und die ganze Zeit über kauerten sich die Affen von Kerschaks Horde schreckensbange zusammen.

Schließlich stieß Taug einen Schrei aus. Schaut, schaut! rief er. Numa ist tot. Tarzan hat Numa getötet! Seht! Goro kommt aus Numas Magen heraus. Und sicher genug tauchte der Mond allmählich wieder auf aus dem, was ihn verschlungen hatte, ob es nun Numa, der Löwe, oder der Erdschatten gewesen war. Wer aber versucht hätte, den Affen von Kerschaks Horde klar zu machen, daß es nicht Numa war, der in jener Nacht Goro beinahe verzehrt hätte, oder daß ein anderer als Tarzan den leuchtenden Gott ihrer grimmen und geheimnisvollen Gebräuche von einem furchtbaren Tode errettet hatte, der würde Schwierigkeiten bekommen haben, ja er hätte sich auf einen Kampf mit ihnen gefaßt machen müssen.

Auf diese Art kam Affentarzan wieder zum Stamm Kerschaks zurück und tat mit seiner Rückkehr einen großen Schritt vorwärts nach der Königswürde, die er schließlich errang, denn von nun an sahen die Affen zu ihm wie zu einem höheren Wesen auf.

Im ganzen Stamme gab es nur einen einzigen, welcher der Glaubwürdigkeit von Tarzans bemerkenswerter Rettung des Mondes etwas zweifelnd gegenüberstand, und dieser eine war, so merkwürdig es scheinen mag, Affentarzan selbst.